Die Nibelungen

nach alten Quellen neu erzählt

von Baal Müller

mit Illustrationen

von

Linde Gerwin

Impressum

Arun-Verlag, Engerda 28, D-07407 Uhlstädt-Kirchhasel

Telefon	036743-233-0
Telefax	036743-233-17
Email	info@arun-verlag.de
www	arun-verlag.de
Text	Baal Müller
Vorwort	Stephan Grundy
Illustrationen und Buchgestaltung	Linde Gerwin
Gesamtherstellung	Drogowiec, Kielce

ISBN 3-935581-63-7

Inhalt

Vorwort

Die bedeutendste Literatur des Mittelalters kreist um zwei epische Zyklen: um die Sagen vom Hofe König Artus' und um die Geschichte der Nibelungen. Beide erwuchsen aus historischen Wurzeln (im einen Fall des fortwährenden keltisch-romanischen Widerstandes gegen die sächsische Eroberung Großbritanniens, im anderen der Zerstörung Worms' durch die Hunnen im Jahre 436 oder 437); beide entwickelten den erzählerischen Kern eines heroischen Goldenen Zeitalters, das durch menschliche Fehler zu einem apokalyptischen Ende gebracht wird, und beide entfalteten eine Welt von mehr oder minder bedeutenden Figuren mitsamt den zugehörigen Nebenhandlungen, die sie als ein organisches Ganzes präsentierten, welches den mittelalterlichen Erzählern und Autoren erlaubte, ihrem eigenen Weiterdichten Autorität und Wahrheitsgehalt – im Sinne der Glaubwürdigkeit für das Publikum – zuzumessen.

König Artus zog daher, neben anderen Rittern, Tristan und Parzival in seinen Kreis, während das burgundische Königshaus zu Theoderich dem Großen (Dietrich von Bern) in Beziehung trat und sich, durch die neuere, mit den drachentötenden Wälsungen verbundene Siegfriedsgestalt ebenso wie durch eine Aufnahme der untergeordneten Abenteuer Walthers, mit Hagen als einem „halbunabhängigen" Helden verband. Schließlich erweiterte es sich bis zu einer Begegnung mit den meisten Helden des Nordens.

Ebenso bedeutsam an der Artus- wie an der Nibelungenepik ist ihre Vermischung von Elementen christlicher und ursprünglich-europäischer Religion. Keltische Archetypen wie die „Loathly Lady" (die „abscheuliche Dame", die zunächst widerwärtig, dann nach der Umarmung mit dem tapferen Helden wunderschön ist) als Verkörperung der Unabhängigkeit, der niemals leere Kessel des Heils und die Jagd, die in die Anderswelt hinabführt, lieferten im Sagenkreis um König Artus die Prüfungen, die manche seiner Ritter zu bestehen hatten. Die Nibelungensage ist besonders in jenen Teilen, die von Siegfried und seinen Abenteuern handeln, tief in der altgermanischen Religion verwurzelt: Zwerge, Drachen und Zauberschwerter entstammen alle unversehrt jener älteren Kultur. Obwohl das deutsche Nibelungenlied – im Gegensatz zum offenkundigen Heidentum der nordischen Wälsungensage, in der Odin zu den tragenden Gestalten der Handlung gehört – in einen wesentlich christlichen Kontext versetzt wurde, glimmen die germanischen Ursprünge unter der Oberfläche weiter. Brunhilds kriegerische Natur als einstige Walküre und ihr Widerstreben zu heiraten, Siegfrieds einzige verwundbare Stelle und die Art seines Todes, die beide an den Tod des germanischen Gottes Balder erinnern, Hagens an Odin gemahnende Dunkelheit, seine Weisheit und Einäugigkeit (die zwar nicht im Nibelungenlied selbst erwähnt wird, aber in der mit diesem eng verbundenen Geschichte Walthers von Aquitanien auffällig ist und ebenso in der Thidrekssaga, der nordischen Entsprechung der deutschen Fassungen des Nibelungenzyklus) sind allesamt Anzeichen der zugrundeliegenden Kontinuität zwischen Altem und Neuem und bewirken gleichsam eine Versöhnung volkstümlicher Überlieferung mit gelehrter Kunst, woraus sich die ungebrochene Popularität der Sage vom Mittelalter bis in unsere Zeit erklärt.

Die Neuerzählung eines so ausgedehnten Sagenkreises wie dem der Nibelungen gleicht der Wiederherstellung eines zersprungenen Mosaiks, die sich allein von dem verschwommenen und unterbrochenen Umriß des Originals an der Wand und den Formen und Farben der davor am Boden liegenden Steinchen leiten läßt. Der Autor muß die Linien so gut wie möglich nachzeichnen und nach eigenem Ermessen das Fehlende ergänzen. Manche Teilchen finden leicht ihren Platz und geben dem Ganzen Kontur, andere müssen wieder und wieder umgewendet werden – vielleicht passen die Stückchen etwas nachgeschnitten und neugeordnet zusammen – und einige muß man immer am Schluß widerwillig beiseitelegen. Und sowohl der Umriß des Ganzen als auch die einzelnen Teile sind durch die Erwartungen des Betrachters vorgeprägt: der Grundzug der Handlung ist im wesentlichen bekannt, und manche gesicherten Einzelheiten haben ihren festen Ort, so daß sie weder weggenommen noch ignoriert werden können. Dies galt für die Autoren des Nibelungenliedes, der Wälsungensage und der Thidkrekssaga; jeder von ihnen arbeitete daran, zusammenhängende Geschichten aus einer Menge von Liedern und Legenden für ein Publikum zu erstellen, das ihren Kern eher für historisch als für mythisch hielt. Es gilt auch heute noch.

Im Fall des Nibelungenstoffes wird die Arbeit dem modernen Nacherzähler durch die Existenz zweier Hauptversionen, die in wesentlichen Punkten voneinander abweichen, ganz besonders erschwert: die des deutschen Nibelungenliedes und die der nordischen Wälsungensage. Die Hauptunterschiede bestehen in Siegfrieds/Sigurds Lebensgeschichte (der eine in der gewöhnlichen Weise bei lebendigen Eltern aufgewachsen; des anderen Vater vor seiner Geburt erschlagen, er selbst von dem Zwerg erzogen, der ihn dazu anreizt, Fafnirs Gold zu erlangen), Hagens Stellung und Funktion (Gunthers Onkel und der finster-zweideutige führende Kopf hinter allen Unternehmungen der Burgunden oder Gunnars unzweifelhaft heroischer Bruder – die Rolle der rücksichtslosen Figur im Hintergrund wird dort von Grimhild als Mutter der Könige eingenommen) und Kriemhilds/Gudruns Anteil am Untergang des burgundischen Königreiches (alleinige Anstifterin zum Zweck der Rache an Hagen und ihren Brüdern versus Verteidigerin ihrer Brüder nach bestem Vermögen und Rächerin an Attila, nachdem sie sie nicht retten konnte). Andere Darstellungen weichen noch stärker ab (Siegfried wurde im Wald von Hirschen aufgezogen; Hagen ist Gunthers Halbbruder, von einem übernatürlichen Wesen gezeugt, und wird im Dämmerlicht leicht für einen Troll gehalten), ermangeln aber der literarischen Bedeutsamkeit, um mehr als zufällige Bildungen zu sein.

Wie dem auch sei, der moderne Nibelungendichter muß eine definitive Wahl zwischen dem Nibelungenlied und der Wälsungensage treffen. Details des einen Textes können in den anderen übernommen werden (in meinem ‚Rheingold' beispielsweise folgte ich im allgemeinen der nordischen Überlieferung, übernahm jedoch manche Begebenheiten der Burgundenreise an Attilas Hof direkt aus dem Nibelungenlied), aber eine endgültige Entscheidung oder eine ganze Reihe von Entscheidungen müssen immer getroffen werden, nämlich eine der Hauptversionen außer Acht zu lassen oder einen Weg zu finden, sie doch zu berücksichtigen: durch Eingliederung von Ereignissen und Details der einen in die Rahmenhandlung der anderen oder dadurch, daß bei der Beschreibung großer Taten Raum für die Mehrdeutigkeit von Gerücht und mündlicher Überlieferung gelassen wird. Das Nibelungenepos stellt den Neuerzähler vor ganz besondere Herausforderungen, die noch über jene hinausgehen, die es mit der Artusepik gemeinsam hat. Gleich der letzteren wandelte sich die Nibelungensage mit der Zeit durch ihre Weitergabe, so daß ihre maßgeblichen Fassungen mindestens ebensosehr Ausdruck der Epoche, in der sie niedergeschrieben wurden, wie auch Fenster in die Zeit ihrer historischen Ursprünge sind. Die Fassung der Wälsungensage, die auf einer Sammlung von Liedern der Wikingerzeit beruht, ist erheblich einfacher als das Nibelungenlied in der historischen Epoche vor dem Untergang Worms' zu verorten: Die Kultur der Wikingerzeit und sogar das Skandinavien des vierzehnten Jahrhunderts hatten seither nicht solchen Wandel erfahren wie das Deutschland des dreizehnten Jahrhunderts, und der Autor der Wälsungensage war möglicherweise ein antiquarisch ambitionierter und auf die wilde, heidnische Vergangenheit seines Landes stolzer Isländer. Das Nibelungenlied steht im Gegensatz dazu genau am Übergang von heroischem Epos und Ritterroman. Seine Handlung und die meisten der Charaktere sind noch solche des Epos, aber sein Stil sowie die Umwelt, die es rezipierte, sind die des Romans – sie sind beinahe so weit vom Worms des fünften Jahrhunderts entfernt wie Mallorys ‚Morte d'Arthur' mit seinem stilisierten Rittertum und seiner höfischen Feinheit von den bewehrten Romano-Briten der historischen „Artus-Epoche".

Als sich Baal Müller für die Version des Nibelungenliedes entschied, nahm er die Herausforderung an, dessen mythischen Charakter so wiederzubeleben wie ihn das mit dem gesamten Nibelungenstoff vertraute deutsche Publikum des dreizehnten Jahrhunderts verstanden hätte – und reicherte ihn zusätzlich mit den von den Skandinaviern bekannten Sagen sowie dem Glauben aus der Zeit der Originalgeschichte an. Das hervorstechendste Merkmal von Müllers Text und der Grund für dessen Überzeugungskraft ist seine Wahl des altdeutschen Helden Hildebrand als Protagonist und Erzähler einer „Geschichte in der Geschichte", der seine Erlebnisse einem betagten Einsiedler mitteilt. Dieser Rahmen erhebt ‚Die Nibelungen' in das mythische Reich der ursprünglichen Handlung und verknüpft sie zugleich fest mit dem mittelalterlichen literarischen Kontext des Nibelungenliedes. Die Figur des weisen Einsiedlers, der den Helden geleitet, durchzieht die ritterliche Literatur des Mittelalters: Parzival empfängt solche Belehrung wie manche anderen der Artusritter; Raimundus Lullus' wegweisendes ‚Book of Chivalry' (ein Handbuch für Ritteranwärter) wird Rittern, die auf der Suche nach einem Knappen sind, von einem alten Einsiedler diktiert. Müllers Einsiedler vereinigt – passend zu der zwiefachen Natur des Nibelungenliedes – Aspekte des geistlichen Lehrers aus der christlich geprägten mittelalterlichen Literatur mit Nachklängen des Gottes Odin/Wotan als einsamem Wanderer und Ratgeber der Helden. Der Einsiedler der immer wieder zwischengeschalteten Rahmenhandlung liefert außerdem eine Lösung für das Problem, völlig unvereinbare Berichte zu verbinden (Attilla überlebt – Kriemhild/Gudrun tötet ihn etc.), welches den Erzählern der Geschichte mindestens seit dem vierzehnten Jahrhundert Kopfzerbrechen bereitet hat: Hildebrand und der Einsiedler können voneinander abweichende Versionen, wie etwa Gerüchte und volkstümliche Legenden, erörtern – möglicherweise sind diese für sich genommen falsch, aber dem Leser als Keimzellen künftiger Literatur oder Volksdichtung klar erkennbar. Ob der Erzähler im einzelnen zustimmt oder ablehnt, ist irrelevant: Einen Sagenbestandteil zu erwähnen, genügt, um ihn fest in den Gesamtzyklus zu integrieren, und verschafft Müller die Möglichkeit, ohne den Aufbau anzutasten eine kohärente Narration aufrechtzuerhalten – ein außerordentlicher Kunstgriff.

Hildebrand selbst – der treue Begleiter Dietrichs von Bern und Protagonist des ältesten erhaltenen deutschen Heldenliedes – stellt eine unerwartete, aber faszinierend wirkungsvolle Wahl dar, um den Grundton der Nibelungensage anzustimmen. Sein erster Auftritt, bei dem er den Leichnam seines Sohnes, den er (wie das Hildebrandslied beschreibt) vom Schicksal zu töten gezwungen war, in seinen Armen hält, stellt ihn in seiner Rolle als tragisch Überlebender vor und unterstreicht dabei die apokalyptische Natur des Nibelungenuntergangs. Seine unabhängige (im Mittelalter als historisch angenommene) Identität als Held, die von einem nicht unmittelbar mit den Kernstücken der Nibelungensage verbundenen Werk bezeugt ist, verleiht ihm eine einzigartige Aura von Wahrhaftigkeit (zumindest im Zusammenhang des germanischen mythisch-literarischen Kosmos) bezüglich der Ereignisse, von denen er berichtet. Hildebrands Stimme ist notwendigerweise gleichermaßen glaubwürdig wie trauervoll: Einst ein Held unter Helden und nun nach seinem eigenen Verständnis zu einer tragischen Gestalt geworden, ist er eine überzeugende Autorität, um das Urteil über Ruhm, Schande und Verderben des Goldenen Zeitalters, das er zugrundegehen sah, zu sprechen. Und wo seine Einsicht versagt oder sein Wissen nicht weit genug reicht – schließlich ist er trotz allem mehr ein Krieger als ein Philosoph oder Barde – ist sein Zuhörer, der Einsiedler, zur Stelle, um die Lücken zu füllen. Der Abschluß mit der Rahmenhandlung des Hildebrandsliedes und seinen Folgen schließt den Kreis, führt ihn auf seine Quellen in altgermanischer Vergangenheit zurück und läßt ein letztes Echo der nordischen Wälsungensage anklingen. Vom Einsiedler dazu angeleitet, übergibt Hildebrand die Leiche seines Sohnes einem mysteriösen Fährmann – der selbstverständlich Odin ist: die Szene ist direkt aus der eddischen Erzählung vom Tod des Sinfjötli übernommen, in welcher Sigurds Vater Sigmund seinen ältesten Sohn dem Ahnherrn und Schutzgott seines Geschlechtes zurückgibt. Die letzten der Toten werden ihren Ursprüngen überantwortet; das Schicksal ist erfüllt, die Sage schließt.

Der mythische Charakter von Müllers Erzählung wird auf großartige Weise durch die herausragenden künstlerischen Arbeiten von Linde Gerwin gesteigert. Die Nibelungensage stellt fast solange schon eine Quelle der Inspiration für Malerei und bildende Künste dar, wie sie eine der Literatur ist: von den heidnischen Gedächtnissteinen der Wikingerzeit zu Verzierungen in Kirchen, vom üppigen Romantizismus der historisierenden Kunst des neunzehnten Jahrhunderts bis zu den kargen, suggestiven Linien von Jens Nettlichs Eisenskulpturen haben Künstler danach gestrebt, Bilder und Momente der Geschichte zu wählen, welche die Größe und Tragik des Ganzen mit sich führen. In Linde Gerwins eindrucksvoller Perspektive unterstreicht die übermenschliche, beinahe stilisierte Schönheit der Nibelungenhelden und -heldinnen ihre Herauslösung aus der gewöhnlichen Zeit: Sie sind die Verkörperungen des verlorenen Goldenen Zeitalters, von dem Hildebrand Zeuge ist. Gerwins traumgestaltige Bilder verleihen Müllers Prosa einen zusätzlichen Gehalt an sinnlicher Realität, indem sie die ewig-mythische Natur der Nibelungensage zum Ausdruck bringen.

Dr. Stephan Grundy, Shinrone, Ireland, March 9, 2005

Dr. phil. Stephan Grundy, geboren 1967 in New York, promovierte mit einer Arbeit über 'The Cult of Odin' und ist Verfasser zahlreicher historischer und mythologischer Romane, darunter 'Rheingold' und 'Wodans Fluch'.

Die Nacht war von schwarzen Gestalten erfüllt. Da und dort blitzte ein Helm, oder ein Schwert zuckte blutrot um Düster. Durch den grenzenlosen Raum wogte Schlachtgetümmel. Ein Brausen erfüllte die Luft. Rufe, Schreie, Hundegebell, Geräusch von Pferdehu über waldigen Boden. Hör Trompeten. Zog Wotan mit Wilden Jagd durch den schw zen Tann? War König Dietri heimgekehrt ins Berner Land? Grause Gestalten in wildem Galopp. Schwerter, Speere, ein Helmbusch in Scharlach, dann wieder Nacht. Kaum lösten sich die vermummten Krieger aus dem Dunkel, nur ihre Klingen und Brünnen leuchteten durch

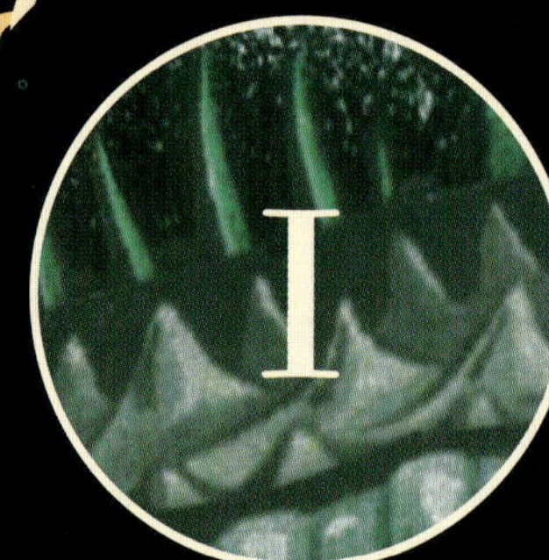

Wie Hildebrand zu dem Einsiedler kam

Die Nacht war von schwarzen Gestalten erfüllt. Da und dort blitzte ein Helm, oder ein Schwert zuckte blutrot im Düster. Durch den grenzenlosen Raum wogte Schlachtgetümmel. Ein Brausen erfüllte die Luft. Rufe, Schreie, Hundegebell, Geräusch von Pferdehufen über waldigem Boden. Hörner, Trompeten. Zog Wotan mit der Wilden Jagd durch den schwarzen Tann? War König Dietrich heimgekehrt ins Berner Land? Grause Gestalten in wildem Galopp. Schwerter, Speere, ein Helmbusch in Scharlach, dann wieder Nacht. Kaum lösten sich die vermummten Krieger aus dem Dunkel, nur ihre Klingen und Brünnen leuchteten durch die Finsternis, dann sanken sie getötet ins Bodenlose, verschwammen im Ungeformten, erhoben sich wieder oder hielten plötzlich inne und fuhren ins Finstere zurück.
Was sprang von den Schwertern in den schwarzen Raum hinauf? – Hoch empor lodert das Blut, leuchtet in Glut die lechzende Flamme wie flackernde Wand – wandert sie, wankt sie nicht schwankend heran? Steht nicht im Feuer die ganze Nacht? Fährt nicht der Sturm durchs Gemach? Klopft es nicht, schlägt es nicht an das Gebälk? Da wieder Stimme im Sturm, menschliche Stimme! Dann Brausen – wie Wucht von gewaltigem Arm stößt eine Faust durch das Fenster hinein, hoch im Ofen lodert das Feuer – –

Schritt zum Fenster, den Riegel vor, Blick durch den Raum, die zerwühlte Bettstatt – das Feuer beruhigt sich. Der alte Mann stand einen Augenblick schwer atmend im Raum und strich sich durch den langen, schlohweißen Bart. Wieder vernahm er die Stimme. Auch das Pochen an der hölzernen Tür.
„Wer ist da?" rief er mit heiserer Stimme.
„Hildebrand", antwortete es von draußen, „der Dienstmann König Dietrichs von Bern."
Hildebrand? überlegte der Greis einen Augenblick. Den Namen kenne ich, das ist der berühmte Waffenmeister König Dietrichs, der alte Heerführer, der seinem Herrn vor dreißig Jahren in die Fremde gefolgt ist, an den Hof König Etzels, auf der Flucht vor dem bösen Odoaker. Seitdem zogen manche seltsamen Geschichten durch das Land, von Hildebrand selbst und den anderen Männern des Amelungenfürsten, vom Hofe des großen Hunnenkönigs mit der gewaltigen Halle, von den tapferen Burgunden, die nach einem geheimnisvollen Albengeschlecht die Nibelungen genannt werden.
Jetzt hörte er wieder die Stimme, ging zur Tür und öffnete sie einen Spalt. Vor sich sah er ein zerfurchtes schnauzbärtiges Gesicht mit einer breiten, ein wenig platten Nase und graublauen, von buschigen Brauen überwölbten Augen unter einem schlichten Spangenhelm. Es war ein gotischer Helm; der nächtliche Wanderer war offenbar wirklich ein Kriegsmann, der zu Dietrichs Gefolge gehörte. Doch was trieb ihn nachts bei solchem Unwetter durch das Gebirge bei der Berner Klause, hoch über dem Etschtal? Und überhaupt ist Dietrich doch im Hunnenland?!
Er machte die Tür etwas weiter auf und sah erst jetzt, daß der alte Krieger mit dem einstmals blonden, heute von vergilbtem schmutzigem Weiß starrenden Schnauzbart eine leblose Gestalt in den Armen trug, einen schlanken,

in seinen mächtigen Armen fast zierlich wirkenden jungen Mann, dessen braunes Haar lang und schwer herabhing. Beide troffen vor Nässe.
„Das ist mein Sohn Hadubrand", sagte der Kriegsmann, und seine Augen wirkten unendlich traurig. „Ich habe ihn im Zweikampf erschlagen, als wir einander zwischen den Heeren entgegentraten, er mit den Leuten Odoakers, ich mit den Hunnen, die mich begleiteten. Er wußte nicht, daß ich sein Vater bin und wollte es mir nicht glauben. Für Trug und Schliche hielt er mein Wort. Jetzt bin ich allein und bitte um ein Lager für die Nacht."
„So kommt herein, Herr Hildebrand", sagte der alte Mann im Schlafrock, „meine Hütte ist für solch hohen Besuch nicht eingerichtet, und schon lange hat sich niemand mehr hierher verirrt, aber was ich habe, will ich Euch gerne geben."
Während Hildebrand eintrat, sah der Einsiedler auf den bleichen, toten Jüngling, dem eine Spur getrockneten Blutes am Mundwinkel klebte. Sie legten ihn auf eine Bank und deckten ihn zu. Für den breiten Kriegsmann mit dem erdfarbenen Umhang und dem ledernen Brustpanzer schien der enge, niedrige Raum zu klein; er drehte sich etwas unbeholfen darin herum und ließ sich dann schwer und erschöpft auf die Holzbank niedersinken.
Sitzen – endlich sitzen.
„Wollt Ihr nicht Euren Mantel und Euren Lederkoller ablegen, damit ich sie an das Feuer zum Trocknen hängen kann?" fragte der Alte. Hildebrand löste die silbernen, mit eingelegtem Goldblech verzierten Fibeln seines Gewandes, entledigte sich seiner Kleidungsstücke mit müden Bewegungen und wickelte sich in eine rauhe Decke, die sein Gastgeber ihm reichte.
Während der Einsiedler darauf zwei Hörner mit Met füllte und einen Topf mit einem zähen Brei herbeiholte, hatte Hildebrand die braunen, von Dornen und Gestrüpp zerschundenen Unterarme auf den Tisch gelegt; seine Hände waren zusammengefaltet, und er starrte mit gesenktem Haupt auf die goldenen Armreifen, die er um die Handgelenke trug. An der rußgeschwärzten Wand auf der gegenüberliegenden Seite des Raumes knisterte das Feuer, darüber und daneben hingen ein paar eiserne Gerätschaften, Töpfe und Zangen, an einer anderen Wand ein bleicher Stierschädel. Er nahm den Löffel in die Hand, den ihm der weißbärtige Mann hingelegt hatte, doch er mochte nichts essen.
Er hatte schon lange nichts mehr zu essen gehabt, aber vor ihm lag der Sohn, der einzige Sohn. Niedergestreckt vom Schwerte des eigenen Vaters. Die wüsten Bilder, die ihn seit Tagen heimgesucht, im Sturm als wilde Fratzen umtanzt, genarrt und zu Boden geworfen hatten, während er auf seinen Armen den getöteten Sohn trug, den er niemals fallen ließ, so oft er auch selbst in die Knie stürzte, sie wogten jetzt nicht mehr so wild durcheinander, sondern zogen nun in gleichmäßigem Nacheinander über seine Seele.
Die Armreifen glommen vom Scheine des Feuers. „Diese Baugen", murmelte er, noch immer auf die Ringe schauend, „aus kaiserlichem Gold wollte ich ihm geben zum Zeichen, daß ich sein Vater bin; ich erhielt sie von König Etzel, aber Hadubrand glaubte mir nicht. Seefahrer vom Wendelmeer, die er befragt habe, hätten ihm bezeugt, daß seinen Vater im Osten der Krieg dahingerafft. ‚Tot ist Hildebrand, des Heribrand Sohn', sagte er, und ich stand doch leibhaft vor ihm.

‚Beim Irmingott', rief ich, ‚du bist noch niemals mit so nahverwandtem Manne im Streite gestanden'; dann wand ich mir die Ringe vom Arm und wollte sie ihm auf der Speerspitze herüberreichen, doch er hieß mich einen alten Hunnen, der Tücke im Schilde führe, und warf seinen Speer nach mir. ‚Mit Schärfe soll man Schärfe empfangen', rief er mir zu."
„Wo waren Dietrichs Männer? Hat keiner Zeugnis geleistet für Euer Wort?" fragte der Greis.
„Welche Männer? Dietrich hat niemanden mehr. Er hat mich als seinen letzten entlassen, damit ich in die Heimat zurückkehre. Mein Geleit bildeten hunnische Krieger. Alle Mannen Dietrichs von Bern wurden in Etzels Halle erschlagen!"
Der Einsiedler starrte Hildebrand entgeistert an. „So ist es wahr, was man –? Wirklich alle Amelungenkrieger? Unten in den Dörfern kommt viel fahrendes Volk herum – Krieg hätte geherrscht, sagt man, zwischen Etzel und König Gunther von Burgund, und Dietrich hätte dem Hunnenkönig beistehen müssen, obwohl er mit Gunther von alters in Freundschaft gestanden. Und andere sagen, Rüdiger von Bechlarn, der Lehnsmann König Etzels, habe seine Tochter Gunthers jüngstem Bruder Giselher verlobt und sei dennoch von Gernot, dem zweiten der Königsbrüder, erschlagen worden! Manchmal heißt es, die Burgunden seien zu Etzels Burg nach Pannonien gezogen und dort grausam gemeuchelt worden, doch dann wird erzählt, die Hunnen hätten am Rhein das Burgundenreich vernichtet, wozu sie der römische Feldherr Aetius angestiftet. – Viel wirre Dinge werden gesagt von den Völkern, die aufeinander schlagen. Die Welt ist aus den Fugen geraten, der römische Glauben schon bis in die einsamsten Berge vorgedrungen; das Alte ist zusammengestürzt und noch nichts Neues errichtet; und selbst unser lieber Herr Dietrich hat in die Fremde ziehen müssen – und nun sollen alle seine Amelungen tot sein und mit ihm die Burgunden?"
„Das ist wahr", sagte Hildebrand und schaute auf. „Ich habe es selbst erlebt. Es hat alles die böse Kriemhild getan. Sie hat das Unglück über Burgunden, Hunnen und Goten gebracht und selbst ihre Brüder der Rache geopfert."
Nach einer Weile sagte er langsam: „Ich habe nicht nur meinen Sohn, ich habe auch Etzels Gemahlin, die Teufelin, getötet, und weder Etzel noch Dietrich haben es mir gewehrt."
„So ist Kriemhild die Gemahlin König Etzels gewesen? Ich hörte, daß er eine Frau von deutscher Zunge genommen hat, nachdem seine Gattin Helche verschieden war. Manche Marktfrauen und Zotenreißer behaupteten sogar, Etzel sei eines Nachts verstorben, als er das Lager mit ihr teilte ..."
„Etzel lebt", antwortete Hildebrand, „aber es ist nicht mehr viel Leben in ihm, Kriemhild hat ihn ausgesogen und nur eine Larve zurückgelassen. Seine besten Männer sind tot, und sein Reich wird zerfallen."
„Aber sein Reich war das mächtigste der Welt!"
„Alle Dinge kehren sich um in diesen Zeitläuften. Der Sohn erhebt das Schwert wider den Vater, und der Dienstmann handelt seinem Herrn zuwider, wie ich selbst zuweilen, wenn Zorn oder Ehrgeiz mich fortrissen ..."
„'Und Brüder kämpfen und bringen sich Tod, Brudersöhne brechen die Sippe; arg ist die Welt, Ehbruch furchtbar, Schwertzeit, Beilzeit, Schilde bersten, Windzeit, Wolfzeit, bis die Welt vergeht' – so sprach eine

Seherin im fernen Norden, bei der ich in meiner Jugend weilen durfte."

„Mag sein, daß alles nur Vorzeichen dessen ist, was noch kommen mag", sagte Hildebrand leise und schaute in das Feuer, „ich werde morgen wieder aufbrechen."

„Aber wißt Ihr, wohin Ihr wollt, Herr Hildebrand? Verweilt noch ein wenig – Ihr müßt Euch ausruhen – und erzählt mir von der Not der Burgunden! Ich weiß nicht viel von den heutigen Dingen, aber mit dem einen oder anderen Wort aus alten Tagen kann ich Eure Rede vergelten."

Hildebrand schaute dem bärtigen Greis ins Gesicht. Jetzt erst bemerkte er, daß der Alte unter seinen überhängenden Brauen nur ein Auge hatte. Die Farbe war nicht recht zu erkennen, mal verschwamm es in tiefem Blau, und dann war es schwarz wie ein Stück Kohle. Es mochte an der Dunkelheit und dem flackernden Feuerschein liegen.

Hildebrand dachte plötzlich an die Raben, die draußen im Walde krächzten. Manchmal saßen sie einfach nur auf den kahlen Ästen und schauten zu, wie er die Leiche seines Sohnes vorübertrug. Dann wieder schaukelten sie hoch über seinem Haupte im Wind.

„Gut, ich will noch ein Weilchen bei Euch bleiben", sagte Hildebrand und nahm einen Schluck aus dem Horn, „und vom Untergang der Burgunden erzählen. Ich habe diese schrecklichen Dinge selbst erlebt; anderes, was zuvor geschah, von den Herren aus Worms vernommen, als noch Frieden zwischen uns herrschte. Manches habe ich auch von Herrn Rüdiger und seiner Frau Gotelind erfahren, wieder anderes haben Reisende berichtet, die aus Burgund nach dem Hunnenland gekommen waren, wo ich mit Dietrich bei Etzel Zuflucht gefunden hatte. Dort lebte auch Kriemhild am Königshofe, seine böse Gemahlin, die niemals froh war, obgleich sie an Etzels Seite über zwölf Reiche gebot und von seinen Völkern um ihrer Freigebigkeit willen gepriesen wurde. Sie war Christin und hat ihren Sohn taufen lassen, obgleich Etzel noch dem Glauben seiner Väter anhängt; er war allzu gütig gegen sie und sah ihr vieles nach. Der alte Hunnenherrscher liebte sie sehr und wußte doch nicht, welchen Gram sie im Herzen trug. Jede Jungfrau seines großen, weiten Landes hätte er zum Weibe nehmen können, und doch war sein Sinn nur auf diese eine vom fernen Rhein gerichtet, als er um sie warb. Ihre hohe Gestalt mit dem blonden Haar und dem bleichen Gesicht zeigte noch Spuren der einstigen Schönheit, die, da sie jung war, in allen Reichen gerühmt wurde."

Hildebrand nahm noch einen Schluck von dem Met, kostete jetzt auch von der Speise, die ihm der Einsiedler hingestellt hatte, und in der kleinen Hütte wurden die alten, glutvollen Bilder wieder lebendig.

„Ich bin nur einmal in Worms gewesen", begann Hildebrand, „vor vielen Jahren zu Kampfspielen auf einem alten Totenanger, welcher der Rosengarten genannt wird, und damals weilte Kriemhilds erster Gemahl, der König von Niederland, gera- als Gast König Gunthers in Hauptstadt der Burgunden. ieß Siegfried, war beinahe Riese von Gestalt und von geheuren Körperkräften. Es schien mir nicht recht geheuer, wie er als Gunthers Freund in dessen Reich schaltete. Alles Volk liebte ihn; doch hatte er sich erst jüngst zum römischen Gott bekehrt und man munkelte, er stünde noch mit den alten Göttern im Bunde, wovon seine

Wie Siegfried nach Worms gelangte

„Ich bin nur einmal in Worms gewesen“, begann Hildebrand, „vor vielen Jahren zu Kampfspielen auf einem alten Totenanger, welcher der Rosengarten genannt wird, und damals weilte Kriemhilds erster Gemahl, der König von Niederland, gerade als Gast König Gunthers in der Hauptstadt der Burgunden. Er hieß Siegfried, war beinahe ein Riese von Gestalt und von ungeheuren Körperkräften. Es schien mir nicht recht geheuer, wie er als Gunthers Freund in dessen Reich schaltete. Alles Volk liebte ihn; doch hatte er sich erst jüngst zum römischen Gott bekehrt und man munkelte, er stünde noch mit den alten Göttern im Bunde, wovon seine Taten Zeugnis ablegten. Siegfried und Gunthers Schwester Kriemhild waren seit kurzem vermählt, und ihre Heirat war überall mit Freude und Überraschung aufgenommen worden, denn Kriemhild galt trotz ihrer großen Schönheit für spröde und hatte schon manchen Freier abgewiesen. Einst hatte ihr nämlich geträumt – so sagte man –, daß sie einen Falken zöge, den ihr zwei Adler zerrissen. Ihre Mutter Ute, die Witwe des verstorbenen Königs Dankrat, die sehr weise war und das Künftige nach alter Art aus Stäben und Reislein verkündete, hatte ihr in dem Falken einen edlen Mann gewiesen, um den sie Sorge tragen müsse, ihn nicht zu verlieren, und Kriemhild hat stolzen Sinnes verkündet, daß sie eines Mannes Minne für immer entsagen wolle, um so das Leid, das die Liebe brächte, niemals kosten zu müssen. Die Mutter schalt sie ein Närrchen, das nichts vom Leben wisse, da alles Glück doch von der Liebe stamme und eines Tages schon der rechte Ritter um ihre Hand anhalten werde. Kriemhild blieb ihrem Worte eine Zeitlang treu, aber zuletzt hat ihre Mutter rechtbehalten.

Eines Tages nämlich ging die Tür auf in Gunthers Saal, wo er im Kreise seiner Recken auf seinem prächtig geschnitzten Hochsessel saß, ein Wächter trat herein und meldete die Ankunft eines seltsamen Fremden, der mit zwölf Männern unten im Hofe stünde und den König zu sprechen begehrte. Da Gunther den Boten fragte, wer der Fremde sei und niemand ihn kannte, wurde nach des Königs Dienstmann Hagen von Tronje geschickt. Dem klugen, aber grimmigen Mann, der seine Jugend im Hunnenland verbracht hatte, waren alle Reiche und ihre Herren kund; er trat schnell zum Fenster und sagte finsteren Sinns:

‚Vor dem Tor steht Siegfried, der Drachentöter. Zwar habe ich ihn selbst nie gesehen, aber nach allem, was über ihn gesagt wird, muß es jener hochberühmte Held aus Xanten sein. Er ist der Sohn König Siegmunds von Niederland. Seine Stärke soll schon in seinen Jünglingsjahren alle menschliche Kraft übertroffen haben. Damals zog er von zu Hause fort, durchstreifte erst die nahgelegenen und dann die ferneren Gaue seiner Heimat und kam zuletzt zu einem alten Schmied namens Mime. Diesen forderte er auf, ihn sein Handwerk zu lehren, und weil seine Augen so kühn blitzten und seine Fäuste so hart wie Schmiedehämmer waren, mußte der Alte ihm wohl oder übel seinen Willen tun.

Siegfried blieb bei ihm, betrug sich aber bald mehr als ein Meister denn als ein Schüler – einmal, da die anderen Gesellen Grund genug hatten, seine Stärke zu

Bild 1 | Kriemhilds Traum

[illegible] ertem Dam [illegible]

[illegible] belt wie Rauch aus dem Rachen des Untiers. –

So vergalten die Götter die ruchlose Goldgier,
So lag unerlöslich als scheußlicher Lintwurm,
Den Hort behütend und grimmig hausend
Zum Schrecken der Heerden und ihrer Hirten,
In seiner Höhle auf Gnitaheide
Der falsche Fafner, der Vatermörder.

[illegible] Sage [illegible]
[illegible] gedr[illegible] daß [illegible] Drache
[illegible] gewonnen, [illegible] bem[illegible]igt,

fürchten, aber auch, weil er an Kunstfertigkeit schnell dem alten Mime ebenbürtig war: Eines Tages schuf er sich ein Schwert von solcher Schärfe, daß es sogar eine im Wasser heranschwimmende Vogelfeder zerschnitt, als Siegfried die noch glühende Klinge zur Kühlung in ein Bächlein bei der Schmiede tauchte. Voll Freude und Stolz erhob Siegfried das Schwert und lief zu der Werkstatt des Alten zurück, schwang die Waffe mit beiden Händen und zerschlug mit einem einzigen Hiebe den Amboß, auf dem er sie gehämmert, in zwei Hälften. Der Meister wußte ihn nun nichts mehr zu lehren. Da nahm Siegfried seine neue Waffe, sagte dem Alten, der ihn trotz seiner Grobheit zuletzt beinahe liebgewonnen, Lebewohl und streifte durch endlose Wälder, die noch kaum eines Menschen Fuß betreten hatte, bis er zu einem einsamen Meiler kam, in dem ein Köhler seine Kohlen brannte. Von diesem erfuhr er, daß in jenen Gegenden ein Lindwurm hause, der das Land weithin verheere. So groß sei er, daß er sein grausiges Haupt bis über die Baumwipfel erheben könne, und aus seinen Nüstern schlügen Feuer und giftiger Odem. Siegfried bat den Köhler, ihm den Weg zu dem Drachen zu weisen, da er das Ungetüm erlegen wolle; der Kohlenbrenner verzog sein rußiges Gesicht zu einer Fratze des Schreckens, dann aber nannte er Siegfried eine Wiese, die Gnitaheide: Dort hause der Lindwurm, und noch niemand sei lebend von diesem Orte zurückgekehrt. Nach langer Wanderung gelangte Siegfried auf diese Wiese, wo er den Drachen liegen sah. Der Lindwurm gewahrte ihn jedoch nicht, und Siegfried verbarg sich in einer Mulde und harrte solange, bis der Lindwurm über ihn kroch und er ihm sein Schwert in den Leib stoßen konnte. Gewaltig bäumte sich das Ungeheuer auf, spieh Feuer und verschnob seinen Gifthauch, peitschte mit dem Schwanz die Heide und suchte Siegfried zu verschlingen, doch es war tödlich getroffen. Zuckend brach es über der Grube zusammen und verendete.

Als Siegfried seine Höhle verlassen hatte, sah er, wie das Blut des Wurmes in die Grube rann und einen dampfenden, schäumenden See darin bildete. Neugierig steckte er einen Finger hinein, nahm ihn, da er sich an dem heißen Sud verbrühte, in den Mund und bemerkte zu seinem Erstaunen, daß seine Haut so hart und fest geworden war, daß sie sich selbst von dem scharfen Schwerte nicht einmal mehr ritzen ließ; auch konnte er plötzlich die Sprache der Vögel verstehen, die über ihm in den Zweigen eines Baumes saßen und sangen. Er hörte, wie sie ihm rieten, ein Bad im Drachenblut zu nehmen. Seine Haut werde davon am ganzen Leibe hörnern, und er sei künftig gegen jedes Schwert gefeit. Siegfried tat, wie ihm geheißen, sprang, als sich das Drachenblut etwas ausgekühlt hatte, in die Grube und gilt seitdem als unverwundbar. Auch hat Siegfried in jenen wüsten Wäldern einen gewaltigen Schatz gewonnen, den Hort des Albenkönigs Nibelung, um den dessen Söhne Nibelung und Schilbung stritten. Sie baten Siegfried herzu, daß er ihnen den Schatz teilen möge, trugen die unermeßlichen Reichtümer aus einem hohlen Berge hervor und breiteten sie vor dem Helden aus. Viele Wagen voll Gold und Edelsteinen wurden dabei herangefahren, und zum Lohn sollte er den Balmung erhalten. Dieser trägt einen großen Jaspisstein am Knauf und ist das schärfste Schwert, das je die Esse eines Schmieds verließ. Siegfried teilte den Hort so gerecht er vermochte, doch die Zwerge fühlten sich beide hintergangen und drangen mit ihren

Scharen, unter denen sich auch zwölf Riesen befanden, auf ihn ein. Siegfried erschlug die beiden Könige mit vielen ihrer Mannen, darunter auch die Riesen, und überwand zuletzt noch den Zwerg Alberich. Der war der Schatzmeister und besaß eine Tarnkappe, die wohl von Walvater selbst sein möchte, aus Zeiten, da Wotan noch als verhüllter Wanderer die Heime der Menschen aufsuchte; diese Haube macht ihren Träger unsichtbar und verleiht ihm die Kraft von zwölf starken Männern. Siegfried nahm den Tarnhut und unterwarf sich alle Nibelungenkrieger, die ihm seither untertan sind.'

Gunther schaute Hagen unschlüssig an. ‚Ich rate', sagte der kluge Tronjer zuletzt, ‚ihm Einlaß zu gewähren und die Freundschaft des Helden zu suchen.'

‚Dann soll es geschehen, wie Ihr meint', sagte Gunther und hieß den Boten, den fremden Gast in die Königshalle zu laden. Als Siegfried mit seinem Gefolge eintrat, erstarb jedes Geräusch. Noch nie hatte man zu Worms einen solchen Recken gesehen, obgleich es auch dort tapfere und starke Männer gab wie Hagen, der seine schwarze Rüstung niemals ablegte, seinen Bruder Dankwart, der die königliche Reiterei befehligte, und Hagens Schwestersohn Ortwin von Metz, wie den kühnen Spielmann Volker von Alzey, der das Schwert ebenso gut wie die Fidel führte, die Markgrafen Ger und Eckewart, den Schenken Sinold, Rumold, den Küchenmeister, und viele andere mehr – sie alle sahen mit Erstaunen und hörten mit wachsendem Zorn, wie der fremde Hüne mit den weit über die Schultern herabfallenden blonden Locken sich, seiner gewaltigen Kraft und strahlenden Schönheit nur allzu bewußt, vor dem Thron des Königs aufbaute, sechs seiner Männer zur Linken und sechs zur Rechten breitbeinig um ihn Aufstellung nahmen, wie er den König mit gerade noch geziemlichem Ehrerbieten begrüßte und unverhohlen sein Begehr vortrug: ‚Ich bin Siegfried, der Sohn Siegmunds, des Königs von Niederland, und hörte, daß Ihr, König Gunther, der kühnsten Recken einer seid und die tapfersten Männer um Euch versammelt habt. Wohlan, so will ich prüfen, ob es wahr ist, was man den Rhein hinunter bis nach Xanten von Euch kündet. Ich fordere Euch zum Holmgang um Euer Land und Eure Burgen!'

Als Siegfried diese Worte gesprochen hatte, erhob sich ein Murren in der Menge, und manche Hand tastete nach dem Schwertgriff. Gunther schwieg einen Augenblick, sah Siegfried mit seinen grauen Augen unverwandt ins Gesicht und strich sich eine Strähne seines langen bräunlichen Haars aus der Stirn. Dann sagte er: ‚Ich besitze alles Land als meiner Väter Erbe, warum sollte ich darum streiten?'

‚Auch ich besitze mein Land als Vätererbe – werfen wir alles in die Schale und kämpfen wir darum!'

König Gunther hatte sich von seinem Prunksitz zwischen den mächtigen, mit Schnitzwerk verzierten Pfeilern erhoben und stand Siegfried gegenüber. Fast wirkte der hochgewachsene Burgundenherrscher mit dem zierlichen, noch jugendlichen Antlitz, das von feiner Blässe war, zerbrechlich gegen den Recken aus Niederland, der ihn wohl noch um halbe Haupteslänge überragte. Er warf einen kurzen Blick zu Hagen hinüber: der blickte finster drein und hatte die Hand am Schwert, doch er schwieg. Plötzlich aber trat Gernot, der jüngere Bruder Gunthers, auf Siegfried zu und sprach: ‚Uns steht nicht der Sinn danach, Reckenblut zu vergießen, um neue Länder zu gewinnen. Unser Land, das uns von Rechts zu eigen ist, ist reich genug.'

Bild 3 | Drachenblut

Bild 4 | Siegfried

Siegfried schaute nun seinerseits verwundert auf den wohlgeratenen jungen Mann mit dem glatten honigfarbenen Scheitel, der waffenlos vor ihm stand – doch in diesem Augenblick rief der derbe Ortwin: ‚So, Herr Siegfried, spricht man nicht ungesühnt in der Halle der Burgunden. Das Schwert heraus – mit Eisen vergelten wir Euch das Wort!'
Siegfrieds Schwert fuhr aus der Scheide, aber Gernot befahl mit fester Stimme: ‚Schweig', Ortwin! Noch hat Herr Siegfried nichts getan, daß wir die Waffen gegen ihn erheben müssen. Wir wollen den edlen Recken in Ehren empfangen!'
‚Solche Gäste sind uns gerade willkommen', brummte jetzt Hagen und warf Siegfried einen finsteren Blick aus seinem Auge zu – denn er besaß nur eines; das andere hatte er einst im Zweikampf eingebüßt. Eine tiefe rote Narbe lief seitdem über seine Wange.
‚Ihr mögt Euren Willkommensgruß gern in Empfang nehmen', antwortete Siegfried und sah höhnisch auf den Tronjer, dessen große Macht den ganzen Rhein entlang bekannt war: ‚Wo ist eigentlich Euer vielgerühmtes Schwert, Herr Hagen, mit dem Ihr seinerzeit dem starken Walther von Spanien den Arm abhiebt, zur Sühne für den Augenstern, den er Euch zerschlug?'
Langsam und ohne den Blick von Siegfried zu wenden, schritt Hagen auf den Niederländer zu. Seine rote Narbe glühte, und er zog sein Schwert, doch erneut stellte sich Gernot zwischen die Streitenden, gebot Hagen, die Waffe einzustecken und richtete sein Wort an die Runde: ‚Siegfried ist mit zwölf Mann gekommen; wenig Ehre brächte uns solcher Streit.'
Da trat Giselher, der jüngste der Königsbrüder, vor. Er war ein zartgebauter, doch wohlgewachsener Jüngling, der noch nicht ganz volle Mannsgröße erreicht hatte; und sein Haar war ebenso blond wie das des fremden Herausforderers. Der junge Fürst sah Siegfried mit hellen, freundlichen Augen an und hielt ihm die geöffnete Hand zum Gruße entgegen: ‚Seid uns willkommen, Herr Siegfried, mitsamt Euren Heergesellen!'
‚Alles, was Küche und Keller bergen, sei Eurem Wohlsein dargebracht', fügte Gunther hinzu, der endlich die Sprache wiedergefunden hatte. ‚Bring' das Horn, Rumold!'
Siegfrieds Blick wanderte zwischen dem König und seinem jüngsten Bruder hin und her, dann blieb er an Giselhers weichen Locken haften. Auf einmal dachte der Held an Kriemhild, von deren Schönheit und Tugend auch in seiner Heimatstadt so viel gerühmt wurde und um derentwillen er eigentlich losgezogen war; darauf ergriff er Giselhers Hand und drückte sie fest. Anschließend nahm er auch Gunthers dargebotene Rechte. Inzwischen hatte der beleibte Küchenmeister ein riesiges, prachtvolles Trinkhorn aus lauterem Gold herbeigebracht, das mit gewundenen Linien und geheimnisvollen Zeichen verziert war; dieses erhob Gunther, weihte es mit einem silbernen Donarshammer und sprach: ‚Wir trinken auf Minne und Gastlichkeit', sodann reichte er es Siegfried, der es nach alter Sitte mit den Worten ‚Sei heil' entgegennahm, und Gunther antwortete: ‚Trink' heil'.
Siegfried nahm einen tiefen Zug, gab das Methorn Gunther zurück, der ebenfalls einen Zug tat und den Trunk an seine Brüder weiterreichte. Sodann kreiste das Horn im Saal, bis ein jeder daraus getrunken hatte.
Auf einen Wink des Königs wurde von zwei Männern ein großer Bierkessel in die Halle getragen, und

Gunther befahl, daß heute besonders köstliche Speisen bereitet werden sollten, worauf Rumold die Köche und Küchenknaben noch mehr als gewöhnlich scheuchte. Bald saßen alle Recken bei Bier und Wildpret zusammen und pflegten zuletzt des fröhlichen Brettspiels.
Seit diesem Abend weilte Siegfried manchen Mond als Gast bei den Burgunden und ließ es sich wohlergehen. Nur Kriemhild zeigte sich niemals, und sein Verlangen, sie endlich zu sehen, wurde stärker und stärker."

„Aber Kriemhild wird ihn sicher bald bemerkt haben", unterbrach der alte Einsiedler Hildebrands Rede.
„Gewiß", sagte dieser und wiegte nachdenklich das Haupt, „die Jungfrau verließ zwar nur selten ihre Gemächer, aber aus dem Fenster warf sie manche Blicke auf den schönen Fremdling, von dem in Worms nun überall – und besonders bei den Weibern – die Rede ging."
„Eben war er noch ein wilder Recke, der auszog, ein Königreich zu erobern, und jetzt schmachtet er danach, einen Blick auf die Prinzessin zu erhaschen."
„Er mußte sich diese Gunst erst wacker verdienen", fuhr Hildebrand fort, „durch einen Kriegszug gegen die Sachsen und Dänen. Deren Könige, die Brüder Lüdeger und Lüdegast, hatten nämlich eines Tages Boten nach Worms geschickt und melden lassen, daß sie zu einer Heerfahrt wider die Burgunden rüsteten. Binnen zwölf Wochen, so drohten sie, wollten sie in das Land einfallen, Dörfer und Felder verwüsten, Worms plündern und verheeren. Gunther war ratlos, wie er der vereinigten Streitmacht begegnen sollte, doch Siegfried war sofort von der Begierde nach Kampf und Abenteuer erfüllt und bot ihm seine Hilfe an: ‚Gebt mir nur tausend Mann und die besten Eurer Recken, Hagen, Ortwin, Volker und Dankwart, und bleibet getrost daheim. Wir wollen nicht warten, bis die Feinde kommen, sondern ihnen in das Sachsenland entgegenreiten!'
Siegfried erhielt den Oberbefehl, der kühne Spielmann trug die Fahne mit dem burgundischen Wappen, einem gekrönten roten Adler auf silbernem Grunde, voran, und schon nach wenigen Tagen stand das Heer im Feindesland. Gunther blieb, zwischen Dankbarkeit, Besorgnis und Hoffnung schwankend, bei den Frauen am Hofe zurück, von denen sich Kriemhild am allermeisten sorgte. Wie froh war sie, als endlich Boten eintrafen und die baldige Rückkehr des siegreichen Heeres meldeten! Kriemhild hieß einen der Gesandten in ihre Gemächer kommen und von den Taten der burgundischen Recken berichten. Erleichtert hörte sie die Nachricht, daß ihre Brüder wohlauf seien und bald als Sieger in die Hauptstadt einzögen, doch als sie erfuhr, daß Siegfried von allen am tapfersten gekämpft und beide feindlichen Könige gefangengenommen habe, strahlten ihre Augen voller Freude.
Ein großes Fest wurde für die Sieger gefeiert; Wein und Met flossen in Strömen, und Gunther verteilte die goldenen Baugen seiner Gunst an alle, die sich besonders tapfer gezeigt hatten; auch war er großherzig gegen die besiegten Könige, deren Blicke trotzig unter den behörnten Helmen dunkelten, und gewährte ihnen Freiheit um den Eid, daß sie künftig Frieden hielten."

„Und dann sieht Siegfried zum ersten Mal Kriemhild?" fragte der Einsiedler.
„Bei diesem Fest begegneten sie einander endlich. Alle Frauen hatten sich reich geschmückt und ihre

prächtigsten Gewänder angelegt, um hohen Mut im Kreise der siegreichen Recken zu verbreiten; am meisten aber leuchtete Kriemhild in ihrem weißen Kleid unter ihnen hervor. Wie der lichte Mond die Sterne, so überglänzte ihre Schönheit die der anderen Frauen am Königshof. Ortwin, der anfangs stürmisch das Schwert gegen Siegfried erheben wollte und dem Helden in seiner hitzigen Art nun schwärmerisch anhing, war nicht verborgen geblieben, daß dieser eine heimliche Sehnsucht nach Kriemhild im Herzen hegte, und er bat Gunther, dafür zu sorgen, daß sie den Helden empfangen und durch ihren Kuß vor allen anderen auszeichnen möge. Gunther stimmte dem leichthin zu, und auch seine Schwester mußte wahrhaftig nicht lange um diese Geste ihrer Huld gebeten werden.
Siegfried wurde zu Kriemhild geführt. Eben noch hatte er muntere Reden gehalten, jetzt verneigte er sich vor ihr in ritterlicher Zucht, und als er das Haupt wieder erhob, sah man, daß sein Gesicht ganz von Purpur übergossen war. Auch Kriemhilds Antlitz hatte sich gerötet, ihre Augen strahlten in hellstem Blau, der gefeierte Held stand wie ein törichter Junge vor ihr – dann hauchte sie ihm einen Kuß auf die Wange, und der ganze Saal war von Licht und Morgen erfüllt. Hochrufe ertönten, Hörner wurden zusammengestoßen, Becherklang erfüllte den Raum, der Fiedler strich seine Saiten, daß es eine Lust war, und ein glänzendes Gelage nahm seinen Lauf.
Zwölf Tage währte das Fest, dann leerten sich die Herbergen allmählich, die Frauen und Mädchen zogen sich in ihre Gemächer zurück, und Siegfried war wieder allein unter den vielen Recken, die ihn jetzt ebenso verehrten wie ihren König."

Etwa zu dieser Zeit erhob sich neue Mär am Rhein: von einer königlichen Jungfrau, die fern im Norden auf einer Insel voll Feuer und Eis über ein dunkles Reich gebot – „Island ist diese Insel geheißen", fiel der Einsiedler Hildebrand ins Wor
„und die Jungfrau heißt Br
hild." Sänger verkündeten, si
eine Walküre und so stark,
kein sterblicher Mann sie zu
zwingen vermag!" „Hätte Gu
ther nur nie um diese furchtbare Schuldjungfer geworben, die von der Norne wohl einem anderen Manne bestimmt war ..." „Siegfried war sie bestimmt – ich weiß es genau!" „... aber Gunther hatte sich diese Werbung nun einmal für sich selbst

Wie König Gunther um Brunhild warb

„Etwa zu dieser Zeit erhob sich neue Mär am Rhein: von einer königlichen Jungfrau, die fern im Norden auf einer Insel voll Feuer und Eis über ein dunkles Reich gebot –“
„Island ist diese Insel geheißen“, fiel der Einsiedler Hildebrand ins Wort, „und die Jungfrau heißt Brunhild. Sänger kündeten, sie sei eine Walküre und so stark, daß kein sterblicher Mann sie zu bezwingen vermag!“
„Hätte Gunther nur nie um diese furchtbare Schildjungfer geworben, die von der Norne wohl einem anderen Manne bestimmt war ...“
„Siegfried war sie bestimmt – ich weiß es gewiß!“
„... aber Gunther hatte nun einmal beschlossen, um ihre Hand anzuhalten, und war nicht davon abzubringen, weder von seiner Mutter noch von seinen Brüdern, obwohl ein jeder, der um sie freien wollte, drei Prüfungen zu bestehen hatte, und fehlte er nur in einer, so war sein Haupt verfallen. Als Gunther Siegfried von seinem Wunsch erzählte und ihn bat, ihm bei der Brautwerbung behilflich zu sein, fuhr dieser von seinem Ehrenplatz an des Königs Tafel auf und riet eindringlich von dem Vorhaben ab, doch Gunther verkündete hochgemuten Sinns, lieber sterben zu wollen als jener Jungfrau zu entsagen. Er beschwor seinen neugewonnenen Freund, ihm beizustehen, doch Siegfried schüttelte nur den Kopf und war auch gegen große Belohnungen, die der König ihm bot, nicht umzustimmen. Schließlich aber hatte Gunther einen Einfall, wie er Siegfried doch noch für das Abenteuer gewinnen könnte: Er bat ihn eines Abends, nachdem er seine Mannen fortgeschickt hatte, zu sich und versprach ihm zum Lohn für seine Hilfe – die Hand seiner Schwester. Da konnte Siegfried nicht länger widerstehen; voll Freude und Eifer sagte er Gunther zu, und der König gab ihm sein Wort. Jetzt wollten beide nicht länger säumen und machten sich zur Brautfahrt bereit. Auf Siegfrieds Rat fuhren sie nicht mit großem Gefolge, sondern nur zu vieren, nach Art junger Recken: Gunther und Siegfried, Hagen und Dankwart. Viele reiche Kleider führten sie mit sich, um nicht unwürdig vor der edlen Braut zu erscheinen; für jeden Tag, den sie bei ihr weilen wollten, ließ Gunther sich und Siegfried von Kriemhild und ihren Jungfrauen drei mit kostbaren Steinen besetzte weiße und grüne Gewänder fertigen, dazu Mäntel aus feinstem Fell mit Spangen aus lauterem Gold. Hagen und Dankwart hingegen gingen schwarz wie eh. Als alle Zurüstungen getroffen waren, bestiegen die vier Helden ein wohlbestelltes Schiff und stachen in See. Erst fuhren sie an grünen Hügeln vorbei den Rhein hinunter, dann kamen sie an das große Meer und segelten nordwärts mit günstigem Wind. Wohl wurden die Wellen höher und die Winde heftiger, aber die Fahrtgenossen vertrauten sich Siegfrieds Geschick.“
„Vielleicht erinnerte sich Siegfried daran, wie er schon einmal in jenem Lande weilte, als er die schreckliche Waberlohe durchritt“, bemerkte der Einsiedler. „Damals lag Brunhild in tiefem Schlaf, denn Odin hatte sie mit dem Schlummerdorn gestochen und ihr verhängt, daß sie nur den freien dürfe, der furchtlos genug sei, die Lohe zu durchmessen. Sie war nämlich ungehorsam gewesen und hatte einst als Walvaters Schlachtjungfer in einem Krieg einem anderen König den Sieg geschenkt als dem, welchem Odin versprach, die feindlichen Völker zu zwingen. Siegfried erweckte sie durch seine kühne Tat, und sie schwuren einander Treue. So singt ein Lied.“

„Davon habe ich nichts gehört", sagte Hildebrand. „Nach allem, was ich weiß, waren sie einander noch nie begegnet."
„Das mag ebensogut sein", gab der Alte zu. „Aber nicht immer müssen zwei sich schon gesehen haben, um einander wiederzuerkennen. Es gibt eine Verwandtschaft der Seelen, in der beide von jeher um ihre Bestimmung wissen, aber manches Mal erkennt auch nur das Eine sein Anderes. Nur von der inneren Kenntnis reden die wahren Dichter, die von dem, was einer so oder anders erlebt, das zu sondern wissen, was immer geschehen ist und geschieht. Das eine sieht man mit dem Leibe, das andere schaut man mit der Seele. Auch in Eurer Mär, Herr Hildebrand, verbergen sich wohl noch manche Dinge, die erst dann wirklich erkannt werden, wenn alle leiblichen Augen, die sie noch gesehen haben, erloschen sind."
Hildebrand sah den Einsiedler verwundert an und fuhr fort: „Es mag vielleicht sein, daß frühere Heldenfahrten Siegfried schon einmal nach Island geführt hatten; als nämlich die Recken am zwölften Tage grünes Land und einen gewaltigen schroffen Felsen erblickten, wies ihnen Siegfried das Ziel ihrer Fahrt – sie waren am Isenstein angelangt: „Wir betreten nun Brunhildes Reich. Saget künftig, daß ich Gunthers Mann und er mein Herr sei. Hütet euch, Brunhildens Recken zu erzürnen und folgt meinem Rat."
Die vornehmen Reisenden gingen an Land, bestiegen die mitgeführten Pferde und ritten auf den Felsen zu, weil Siegfried in dessen Nähe die Burg der Königin wußte. Bald wurden sie von einem Trupp Wächter erspäht und nach ihrem Begehr gefragt. Sie mußten absitzen, wobei Siegfried König Gunther wie dessen Knappe den Steigbügel hielt, trugen ihre Werbung vor, und Brunhilds Mannen, von denen zwei schon vorausritten, um die Botschaft zu melden, geleiteten sie zur Burg. Diese bestand aus so mächtigen ungefügten Steinen, daß sie wie von Thursen in grauer Vorzeit errichtet schien. Die vier Ankömmlinge standen im Hof und sahen sich bald von neugierigen Menschen umringt; es waren hünenhafte Recken mit gold- und silberfarbigen Helmen und nicht minder stattliche Frauen, die wie die Männer mit Schwertern und Geren gewaffnet waren und bräunliche Felle und Brünnen trugen. Gunther, Hagen und Dankwart kreisten behutsam die Blicke. Noch nie hatten sie so streitbar gerüstete Weiber gesehen. Plötzlich kam Bewegung in die Menge; sie teilte sich nach beiden Seiten, so daß sich eine Gasse bildete, und durch diese kam, von einem Manne mit rotbraunem Bart begleitet, eine Jungfrau in weißem Kleide geschritten, die an Wuchs die meisten Umstehenden noch überragte und von erlesenster Schönheit war. Sie ging geradewegs auf Siegfried zu und sprach: ‚Ich habe gehört, daß Ihr Siegfried von Xanten seid und Euch mit mir messen wollt. Eure großen Taten werden in allen Landen gerühmt, und es wird gesagt, daß Ihr vieler Völker Sitten kundig seid – Ihr wißt daher wohl, welche Aufgaben Euch erwarten: In Speerwurf, Steinstoß und Weitsprung müßt Ihr mich besiegen, um meine Hand und mein Reich zu erringen.'
Siegfried neigte das Haupt vor ihr und antwortete, auf Gunther zeigend: ‚Ich bin nur der Dienstmann König Gunthers von Burgund. Mein Herr ist in Euer Land gekommen, um Eure Minne zu erwerben.'
Brunhilds Miene verdüsterte sich bei diesen Worten. Jetzt erst würdigte sie Gunther ihres Blickes, grüßte ihn kurz und sagte zu allen vieren mit eisiger Stimme: ‚König Gunther möge sein Heil versuchen. Wenn er unterliegt, seid Ihr alle des Todes.'

Bild 5 | Brunhild

Dann führte sie der bärtige Kämmerer mit seiner Herrin in eine Halle, deren Wände gänzlich mit bunten hölzernen und ehernen Schilden behangen waren. Dort mußten sie ihre Waffen ablegen, was Hagen nur widerstrebend auf Siegfrieds Wink befolgte, und ihre Schilde wurden zu den anderen gehängt. ‚Das sind die Schilde derer, die vor Euch um meine Herrin freiten', sagte der Rotbart, auf die Wände deutend, ‚sie werden nun nicht mehr gebraucht.'

‚Wir werden unsere Schilde schon noch brauchen', entgegnete Hagen und setzte sich zu den Genossen, die bereits Platz genommen hatten. Ein Mundschenk reichte in Gold gefaßte knöcherne Schalen, die er langsam und bedächtig mit Met füllte. Auf die fragenden Blicke der Recken verzog der Kämmerer den Mund zu einem breiten Grinsen, neigte das spärlich behaarte Haupt etwas nach vorn und strich sich mit dem Zeigefinger kreisförmig über den Schädel. Hagen schaute bloß finster vor sich hin, Gunther schluckte, daß der Adamsapfel an seinem mageren Hals auf- und niederrollte, und Dankwart machte ein Gesicht, als hätte er in faulenden Unrat gebissen. Siegfried indessen stand plötzlich auf und bat, sich entfernen zu dürfen: ‚Ich bitte Euch, Königin, um einen kurzen Urlaub. Mein Herr befiehlt es mir so.'

Der Kämmerer grinste noch mehr, aber Brunhild nickte und erhob ihre Schale, trank zuerst Gunther, dann den beiden Tronjern zu, und das Mahl begann. Es war wohlbereitet, aber die Burgunden hatten zu Hause schon fröhlicher gespeist. Nachdem Brunhild die Tafel hatte aufheben lassen, wobei die hölzerne Tischplatte mitsamt den Geschirren von den Schragen genommen und fortgetragen wurde, verabschiedete sie sich kurz, um in ihre Rüstkammer zu gehen. Der Kämmerer ward angewiesen, die Gäste nach draußen zu führen.

Der Kampfplatz war in gleißendes Sonnenlicht getaucht. Überall standen bereits Brunhilds Krieger und warteten auf die Königin. Alle waren gerüstet und schwerbewaffnet, viele trugen nun statt der Helme Köpfe von Bären oder Wölfen auf den Häuptern und lugten aus den aufgerissenen Rachen zwischen langen, gelblichen Zähnen hervor. Die drei Burgunden blicken mißtrauisch in die Runde. ‚Wo bleibt nur Siegfried?' flüsterte Dankwart, ohne eine Antwort zu erhalten. Da ertönte plötzlich ein trommelndes Geräusch; erst leise, dann immer lauter schlugen die Isländer mit den Schwertknäufen gegen die Schilde, und von vier speertragenden Jungfrauen geleitet erschien Brunhild. Sie hatte einen goldenen Panzer angelegt, der in der Sonne funkelte. Hagen kniff sein Auge zusammen und ließ den Blick über den sandigen Hof gleiten. Mit einer herrischen Bewegung ihres schönen Armes gebot die Königin Ruhe, trat auf Gunther zu und bat ihn vorzutreten. Dankwart sagte mit gedämpfter Stimme zu seinem Bruder: ‚Hätten wir nur unsere Schwerter, wir wollten den König schon beschützen', aber Brunhild hörte dies und winkte dem Kämmerer hochmütig lächelnd, daß er den beiden ihre Waffen zurückgeben solle. Achtlos drückte dieser ihnen die Schwerter in die Hände und nickte ihnen mit einem belustigten Blicke zu. Dann wurde ein gewaltiger Felsbrocken herbeigetragen. Der Stein war so schwer, daß ihn zwölf Männer kaum bewegen konnten; sie schleppten ihn stöhnend heran und ließen ihn in den Sand fallen. Voller Entsetzen starrte Dankwart auf den Felsblock und rief aus: ‚Jetzt sind wir alle verloren!' Hagen aber schwieg und sah nach dem Könige hin.

Als nächstes brachten Brunhilds Recken eine riesige, ganz aus Eisen bestehende Lanze; drei starke Männer trugen sie keuchend und warfen sie auf den Turnierplatz. Währenddessen stand Gunther regungslos in der Mitte des Platzes; er schien sich zu sammeln und seine Sinne auf den Kampf zu richten, doch zuweilen rollte er mit den Augen, als wenn er unauffällig nach jemandem suchte. Dann nickte er auf einmal ein wenig mit dem Haupte, was nur Hagen bemerkte, denn niemand kannte den König so gut wie sein treuester Diener. Der Tronjer flüsterte darauf mit seinem Bruder, und Dankwart beruhigte sich.

Die Königin gebot Schweigen. ‚Seid Ihr bereit zum Speerwurf?' rief sie Gunther zu, und dieser nickte stumm. ‚Dann möge der Kampf beginnen!' Brunhild hob den Speer mit ihren schlanken, weißen Armen vom Boden auf, als wäre er ein leichter, gewöhnlicher Stecken Holz, ging damit zu einer in den Sand gezeichneten Linie, drehte sich um und warf ihn mit solcher Wucht, daß er pfeifend durch die Luft sauste und krachend in Gunthers Schild einschlug. Ein Raunen ging durch die Menge. Gunther war zwar mit einem Bein ins Knie gegangen, doch der Speer steckte nur in seinem Schild, den er noch am Arme trug, und hatte den Recken nicht durchbohrt. König Gunther zog ihn heraus, wog ihn einen Augenblick in den Händen, drehte mit raschem Entschluß das stumpfe Ende nach vorn, holte dann blitzschnell aus und warf ihn so kraftvoll zurück, daß die Königin, deren Schild wie von einem Donnerkeil getroffen wurde, rücklings zu Boden stürzte und unter ihren Schild zu liegen kam. Sogleich liefen einige ihrer Knappen herbei, um ihr aufzuhelfen, doch sie war schon wieder auf die Füße gesprungen.

‚Das war kein schlechter Wurf', rief sie, und die Zornesröte stand ihr im Gesicht, ‚wir wollen sehen, ob Ihr das auch mit dem Stein vermögt.' Damit ergriff sie den Felsblock, stemmte ihn bis zur Brust, stieß ihn zwölf Klafter weit, sprang ihm nach und übertraf die Strecke seines Flugs noch um etliches. Gunther jedoch schritt langsam auf den Stein zu, faßte ihn prüfend, hob ihn dann hoch über sein Haupt und warf ihn wohl sechzehn Klafter; dann sprang auch er hinterher und über den Stein hinüber und stürzte in den Sand, daß dieser auseinanderspritzte, als ob noch ein zweiter mit ihm gesprungen wäre. Die Königin war dunkelrot im Gesicht, während Gunther aufstand und sich den Staub aus den Kleidern klopfte. Er kam lächelnd auf sie zu, aber fast sah es aus, als wenn er sich bei ihr für den Sieg entschuldigen wollte. Brunhild wandte sich um und sprach zu ihren Kriegerscharen, die wie vom Donner gerührt standen: ‚König Gunther ist der Sieger; ihr habt es alle gesehen. Ihr wißt, daß ich durch einen Schwur gebunden bin. Euer neuer König heißt Gunther von Burgund!'
Kein Ton regte sich; es herrschte eisiges Schweigen. Auch dem rotbärtigen Kämmerer waren seine Späße vergangen. Da fühlten Hagen und Dankwart eine Hand auf ihrer Schulter und sahen Siegfried zwischen sich stehen. Niemand hatte sein Kommen im Gedräng bemerkt, und Brunhild führte sie nun alle vier mit Gunther an der Spitze in die Halle zurück. Verstohlen wischte sich Siegfried über den Mund und sah etwas Blut an seinem Handrücken. Beim Hammer des Donar, dachte er, Brunhild weiß wahrlich den Speer zu werfen. Ohne die Macht der Tarnkappe hätte er den Stoß niemals abfangen können, als er unsichtbar den Schild haltend neben Gunther stand, und wäre wohl kaum mit dieser kleinen Wunde

Bild 6 | Der Wettkampf

von Gunthers Schildrand davongekommen; der König freilich erst recht nicht. Kaum hätte Gunther den Speer alleine heben, geschweige denn werfen können und noch weniger den Felsbrocken, aber dank der wunderbaren Haube, die jetzt sorgsam in der Ledertasche an seinem Gürtel verstaut war, hatte Siegfried für Gunther alle Prüfungen bestehen können, während dieser lediglich die Gebärden verrichtete; zuletzt hatte er den königlichen Freier gar mit dem rechten Arm umfaßt, unter die Achsel gehoben und war mit ihm gemeinsam über den Stein gesprungen. – Kriemhild ist nun die Meine, frohlockte der Recke innerlich, aber diese Heldenjungfer ist auch nicht geringzuschätzen, dachte er, als die Königin sich umdrehte und ihn erst jetzt wieder wahrnahm.

Ein schelmisches Lächeln zuckte um seine Mundwinkel. ‚Wann beginnen denn eigentlich die Spiele, Frau Königin? Ich bin eben noch beim Schiff etwas holen gewesen.' In Brunhilds Auge funkelte plötzlich eine zornige Träne. ‚Die Spiele haben bereits stattgefunden: Euer Herr ist der Sieger, und ich werde künftig Eure Königin sein!'

Siegfried hob nur die Augenbrauen etwas und antwortete nichts. Die Burgunden blieben nun einige Tage an Brunhilds Hof und wurden mit allen Ehren bewirtet. Gleichwohl beobachtete Gunther mit Sorge, daß die Burg sich mehr und mehr mit speertragenden, doppelaxtbewehrten Männern und Frauen zu füllen begann, die offenbar von ihrer Königin Abschied nehmen wollten. Obwohl sie sich ruhig verhielten und es zu keinem Zwischenfall kam, zweifelte Gunther, ob sich Brunhilds Krieger wirklich in die Entscheidung ihrer Königin fügen würden. Wiederum versprach Siegfried, Hilfe zu schaffen; er müsse dazu eine kleine Reise unternehmen, teilte er den Gefährten mit. Falls nach ihm gefragt würde, solle Gunther sagen, er habe ihn nach seinem Heervolk geschickt, das noch auf Schiffen vor der Insel lagere. In Wirklichkeit aber segelte Siegfried in Windeseile nach seinem Albenreich, überwand erst einen Riesen, den er als Wächter eingesetzt hatte und der eine gewaltige Stange als Waffe führte, sodann den mit einer Geißel bewehrten Alberich, welche beide ihren Herrn, da er die Tarnhaube trug, nicht erkannten, und erwählte tausend seiner Nibelungenkrieger, ihm nach Island zu folgen. Mit einer ganzen Flotte von Schiffen, deren geschnitzte Drachenköpfe sich drohend aus den Wellen hoben, kehrte er zurück, und allein dieser Anblick ließ jeden Widerstand, der etwa noch in Brunhilds Volke gähren mochte, zwecklos erscheinen. Brunhild bestellte ihren Oheim zum Vogte, der in ihrem und nun auch in König Gunthers Namen das Land verwalten sollte, und ließ zur Abreise rüsten. Viel Gold wurde herbeigetragen und Dankwart mit der Aufgabe betraut, es unter dem Gesinde zu verteilen. Die Königin hatte ihm zwar selbst die Erlaubnis dazu gegeben, sah aber bald mit wachsendem Unwillen, daß der junge Mann ihren Reichtum achtlos verschwendete. Ärgerlich beklagte sie sich bei Gunther über die unangemessene Freigebigkeit seines Dienstmannes, doch bevor der König antworten konnte, entgegnete Hagen mit einiger Genugtuung – froh, der Gefahr entronnen zu sein: ‚Mein König hat Gold und Silber genug; Ihr werdet zu Wormse Eurer Schätze nicht mehr bedürfen.'

Brunhild mußte sich fügen, bestieg das Schiff ihres künftigen Gemahls, grüßte ein letztes Mal ihre Getreuen, und die von Siegfried herbeigeführte Flotte stach in See, durchkreuzte sicher das große Meer und segelte bald den Rhein hinauf der Burgundenhauptstadt entgegen.

In Worms war man über den Ausgang der Brautfahrt sehr in Sorge und bangte jeden Tag, eine schlimme Botschaft zu erhalten. Als dann plötzlich Siegfried mit einigen seiner Nibelungen in die Burg zu Worms geritten kam und vom Pferd sprang, stürzten ihm, U ne vielem Volk, Gernot und Gi her entgegen, die für das ben ihres Bruders fürchte „Der König ist wohlbehalte", rief Siegfried ihnen zu, „er hat mich vorausgeschickt und fährt schon auf dem Rhein mit Brunhild. Geht und rüstet alles zu seiner Ankunft!" Gleich ließ sich Siegfried zu Kriemhild führen; sie erwartete ihn bereits mit Hoffen und Bangen und war

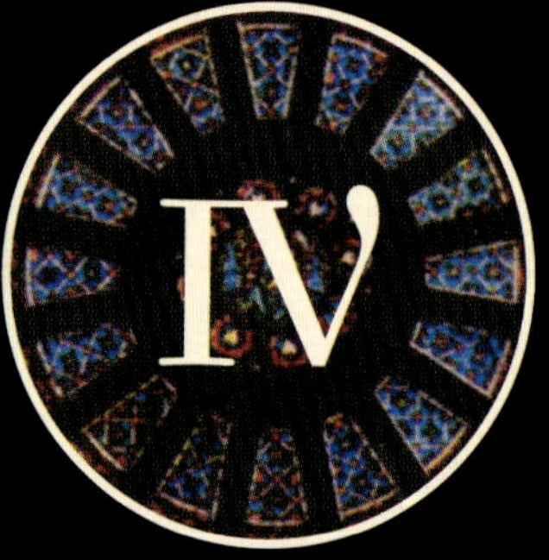

Wie die Helden zu Wormse Hochzeit hielten

In Worms war man über den Ausgang der Brautfahrt sehr in Sorge und bangte jeden Tag, eine schlimme Botschaft zu erhalten. Als dann plötzlich Siegfried mit einigen seiner Nibelungen in die Burg zu Worms geritten kam und vom Pferde sprang, stürzten ihm, neben vielem Volk, Gernot und Giselher entgegen, die für das Leben ihres Bruders fürchteten. ‚Der König ist wohlbehalten', rief Siegfried ihnen zu, ‚er hat mich vorausgeschickt und fährt schon auf dem Rhein mit Brunhild. Geht und rüstet alles zu seiner Ankunft!'

Sogleich ließ sich Siegfried zu Kriemhild führen; sie erwartete ihn bereits mit Hoffen und Bangen und war überglücklich, als er die Kunde vom Ruhm ihres Bruders brachte: ‚Wäret Ihr nicht selbst ein Königssohn, Siegfried, ich gäbe Euch alles zum Botenlohn, wonach Euer Herz begehrte.'

‚Aus Eurer Hand nähme selbst ein Kaiser noch Botenbrot', sagte Siegfried und schaute ihr in die Augen. Da griff Kriemhild in ihre Schatullen und Kästlein, nahm schnell vierundzwanzig kostbare goldene Fibeln und drückte sie ihm so heftig in die Hände, daß einige auf den Boden fielen. Siegfried lachte und hob die Spangen auf, faßte dabei Kriemhilds Hand und küßte sie. Dann lief er aus ihrer Kemenate und eilte die Stiegen hinunter, nahm drei Stufen auf einmal, schenkte die Spangen den Jungfern und Mägden, die er eben sah und dachte mit einem Jauchzer im Gemüt: Bald hole ich mir noch mehr Botenlohn! Inzwischen wurde alles fieberhaft für Gunthers Rückkehr geordnet. Aus der ganzen Stadt und den umliegenden Gegenden strömten die Menschen herbei und versammelten sich am Ufer des Rheins.

Endlich sah man die Segel der Schiffe; sie kamen näher heran, und bald stieg sie an Land – die neue Königin. Das also war die furchtbare Walkürenherrscherin, diese schöne, stolze Jungfrau mit dem tiefbraunen Haar?! Man war erfreut und auch etwas erleichtert. Neben ihr stand Gunther und wirkte trotz des frohen Augenblicks huldvoll-bescheiden; er winkte und lächelte ein wenig verlegen, als er das viele Volk gewahrte. Ute begrüßte die künftige Königin mit würdevoller Freundlichkeit, verzog ihr kluges schmales Gesicht mit den kleinen grauen Augen dabei in tausend Fältchen, und Kriemhild, die sich im engen Bezirk ihrer Gemächer trotz der vielen Mägde oft einsam fühlte, schloß die nur wenig ältere, fremdartige und hoheitsvolle junge Frau sogleich herzlich in die Arme. Wie so oft in der letzten Zeit rüstete man zu einem Fest in Worms; und da man den Eindruck gewonnen hatte, die Feste seien häufiger und prächtiger geworden, seit Siegfried in der Stadt weilte, jubelte man dem edlen Gast ebenso zu wie dem König. Gunthers Sinn war so sehr von der baldigen Hochzeit erfüllt, daß er gänzlich des Schwures vergaß, den er seinem Gast geleistet hatte. Siegfried mußte während der Abendmahlzeit an ihn herantreten und an den Lohn für seine Hilfe erinnern. ‚Ihr mahnt mich zu Recht', sagte Gunther eilig und konnte nur schwer seine peinliche Überraschung verhehlen, ‚wir wollen zwiefache Hochzeit zu Wormse halten, ganz wie ich Euch gelobte', und schnell gab er Auftrag, daß von allen Speisen und Tränken mindestens die doppelte Menge bereitet werden sollte. Am nächsten Morgen wurde Kriemhild zum König geführt. ‚Ich gab mein Wort, liebe

Schwester, daß ich dich dem edelsten Helden vermähle', eröffnete er ihr mit gewichtiger Miene. ‚Ich bitte dich darum, mich von meinem Eid zu lösen.'
‚Ihr seid der König, geliebter Bruder; was immer Ihr wünscht, möge geschehen', antwortete ihm Kriemhild, doch sie wußte schon, was nun kommen werde, errötete und lächelte. Eine helle Freude erfüllte ihr Herz und wogte heiß durch ihren jungen, schönen Leib.
‚So möge der Bräutigam eintreten', sprach Gunther, und Siegfried betrat den Saal, in dem schon die edelsten Recken versammelt waren. Es war, als wenn ein Strahlen den Raum erfüllte. Gunther erhob sich, faßte Kriemhild an beiden Händen und fragte die Schwester, ob sie den Sohn Siegmunds zum Manne nehmen wolle. Sie antwortete mit leise gehauchtem Ja. Dann nahm er Siegfrieds Hände, fragte ihn desgleichen, und ein jauchzendes Ja scholl von den schildbehangenen Wänden des Saales wider. Gunther legte ihrer beider Hände feierlich ineinander, schöpfte das schäumende Bier aus Rumolds großem Kessel, über dem er das Zeichen des Hammers schlug, und fröhlich wanderte das goldene Horn von Mund zu Mund. Das Brautpaar lag sich in den Armen, der Himmel hing voll Fideln, und im Burgundenreich wurden zwei königliche Hochzeiten gefeiert: Zunächst beging man das Fest in der Weise der Ahnen, nach welcher der gemeinschaftliche Trunk des Festbiers die künftigen Bande der Gesippen weiht, und sodann im Münster, wo der Kaplan die Hochzeitsmesse hielt, denn Kriemhild war ja ein Christenweib und im Gegensatz zu ihrem Gemahl eine fromme Frau. Brunhild, die bislang noch den Göttern ihres heimatlichen Nordens anhing, mußte sich nun aber, da Gunther sie heimgeführt hatte, der Taufe unterziehen. Sie tat es ohne Widerspruch, wenngleich mit wenig innerer Bereitschaft, und hatte freilich Glück, daß Gunther es mit diesen Dingen nicht sehr genau nahm und noch manche Sitte der Väter, die den Pfaffen, wie sie sagten, „ein Greuel" war, in seinem Reiche duldete. Nachdem die Weihebräuche vollzogen waren und sich die Feiernden an den Darbietungen von Fechtern, Musikanten, Tänzern und Gauklern genügend ergötzt hatten, kam man wieder in dem großen, jetzt noch reicher als sonst geschmückten Thronsaal zusammen, um zu Abend zu speisen. König Gunther hatte soeben zwischen seiner Gemahlin und Siegfried Platz genommen, als Kriemhild hereingeführt wurde und sich neben Siegfried setzte. In diesem Augenblick schluchzte Brunhild auf und verbarg das Gesicht in den Händen. Erstaunt fragte sie Gunther, was ihr fehle, und sie antwortete unter Tränen: ‚Um deiner Schwester willen muß ich weinen. Sie ist von königlichem Geschlecht und muß nun einen Eigenholden zum Manne nehmen.'
König Gunther wurde rot: ‚Siegfried ist ein König wie ich; er hat in seiner Heimat Burgen und weites Land, und meine Schwester wird glücklich mit ihm leben!'
‚Aber Siegfried ist dein Dienstmann, wie er mir selbst gesagt hat.'
Gunther warf einen schnellen Seitenblick auf Siegfried, der regungslos dasaß – Kriemhild hatte in dem Geräusch von Stimmengewirr, Lachen, Stühle- und Bänkerücken nichts gehört, sie hatte nur Augen für ihren Gemahl – dann befahl er seinem Weibe mit zischender Stimme: ‚Schweig' jetzt davon still, ein anderes Mal will ich dir mehr erzählen', und Brunhild schluckte ihr Schluchzen hinunter, saß gesenkten Hauptes auf ihrem Stuhl und schwieg.

Indessen war sie so traurig fast noch schöner als je, und Gunther sah sie bald wieder mit zärtlichen Blicken an. Nachdem alle gespeist hatten, beeilte er sich, die Tafel aufzuheben und seine Gäste für die Nacht zu verabschieden. Die Brautpaare begaben sich in ihre Gemächer. Gunther nahm seine Gemahlin bei der Hand und geleitete sie in ihr künftiges Schlafgemach. In dem breiten, mit schöner Schnitzerei geschmückten Bett lagen Decken aus feinstem Linnen und Kissen, die mit bunter Seite bezogen und mit zierlichsten Mustern bestickt waren. Brunhild entkleidete sich, behielt aber das Unterkleid an und legte sich auf die Seite, mit dem Rücken zu Gunther. Dieser wurde jetzt zornig, faßte sie an der Schulter und wollte sie zu sich drehen – da fuhr sie herum, packte ihn und hielt ihn mit eherner Faust so fest an beiden Handgelenken, daß ihm beinahe die Knochen brachen; dann griff sie nach ihrem Gürtel, den sie nicht abgelegt hatte, und fesselte Gunther, der sie ohne Gegenwehr mit aufgerissenen Augen anstarrte. Sie hob ihn wie ein Kind aus dem Bett, trug ihn gebunden zur Wand neben der Tür und hängte den König an einen Kleiderhaken. Als ob Gunther nicht mehr anwesend und überhaupt nichts geschehen wäre, legte sie sich wieder ins Bett und zog die Decke über ihr Haupt."

„Ich weiß wohl, warum ich lieber allein in meiner Hütte lebe", unterbrach der Einsiedler und nickte zur Bestätigung mit dem Kopf.

„Ich hätte die vielen Jahre in der Fremde doch lieber bei meiner Frau zugebracht", entgegnete Hildebrand und fuhr fort:

„Gunther konnte nun freilich nicht seine Kämmerlinge zur Hilfe herbeirufen, die ihn dann in so schmählicher Erniedrigung gesehen hätten; er befahl Brunhild daher mit wenig überzeugender Strenge, ihn abzunehmen, und ging, als dies nichts nutzte, bald zu einem Bitten und Flehen über – aber es half ihm alles nichts: Sie stellte sich schlafend und schlief auch tatsächlich bald ein. Erst am Morgen, als bereits die Bediensteten auf den Gängen zu hören waren, befreite sie Gunther von seinem Haken und löste seine Fessel. Er legte sich so weit von ihr entfernt wie möglich ins Bett und hatte kaum seine schmerzenden Glieder gestreckt, als der Kammerherr an die Tür klopfte und den Morgengruß entbot. Es war ein herrlicher Tag voll Sonnenschein; sechshundert Jünglinge hatten von Gunthers Hand die Schwertleite zu empfangen, und die Festlichkeiten des Vorabends wurden fröhlich fortgesetzt. Überall sah man lachende Gesichter, nur König Gunther hatte tiefe Ringe unter den Augen; seine Haut war fahl, und seine Mundwinkel hingen herab. Siegfried ahnte schon von ungefähr, was geschehen sein könnte, nahm Gunther beiseite und erkundigte sich mit höflicher Sorge nach seinem Wohlergehen. Der unglückliche König klagte ihm sein Leid, und Siegfried versprach Abhilfe. Er faßte ihn freundschaftlich am Arm und entwickelte ihm leise seinen Plan für die nächste Nacht: ‚Heute abend werde ich mit meiner Tarnkappe in Euer Gemach kommen und das Licht löschen. Daran sollt Ihr merken, daß ich da bin. Euer Weib will ich dann schon horchen lehren.'

‚Ihr mögt mit ihr machen, was Ihr wollt, nur müßt Ihr mir Euer Wort geben, daß Ihr sie nicht berührt. Lieber wollte ich sie des Todes sterben lassen, das Teufelsweib, als daß dies geschähe', bat Gunther fluchend.

‚Eher läge mein Balmung zwischen ihr und mir, als daß ich sie berührte, wenn ich bei ihr läge', versprach Siegfried, und Gunther erwartete die Nacht mit gemischten Gefühlen.

Bild 7 | Hochzeitsnacht

Es wurde Abend, und man begab sich in die Gemächer. Gunther war ängstlich bemüht, seinem Weibe in der Kemenate nur ja nicht in die Quere zu geraten; abwechselnd beobachtete er sie aus den Augenwinkeln und schielte nach der Fackel an der Wand.
Als sie sich soeben niedergelegt hatten, erlosch das Licht. Gunther erhob sich leise, tastete sich die Wand entlang auf die Türe zu und verschloß sie mit zwei starken Riegeln, dann kauerte er sich in einer Ecke des Zimmers auf den Boden. Siegfried, der unsichtbar in das Gemach gekommen war, beugte sich über das Bett zu Brunhild hinunter und suchte nach ihr im Dunkeln – da fuhr sie auch schon empor und stieß ihn mit solcher Wucht, daß er zwischen Stuhl und Nachttisch zu Boden stürzte und mit dem Hinterhaupt an einem Schemel aufschlug. Benommen blieb er einen Augenblick liegen, dann sprang er wieder auf, warf sich zu Brunhild ins Bett und rang mit ihr. Der im Drachenkampf erprobte Held versuchte lange vergeblich, dieses Weib zu bändigen und festzuhalten; ihre Kraft war einfach übermächtig. Sie packte Siegfried, hob ihn aus dem Bett, preßte ihn gegen einen Schrank, daß er nach Luft rang, und versuchte, ihn mit ihrem Gürtel zu fesseln. Gunther hockte auf dem Boden; er hatte den Mund zusammengepreßt, die Fäuste geballt und lauschte angsterfüllt, ob das Keuchen eine Wendung des Kampfes verriete.
Siegfried war in höchster Not, eine bislang ungekannte Angst stieg in ihm empor und drohte, seine Gedanken zu lähmen; fast schwanden ihm die Sinne – da nahm er noch einmal alle seine Kräfte zusammen, holte so tief wie möglich Luft, drückte erst die Hände und, als er sich etwas Raum verschafft hatte, die Knie gegen den Schrank und stieß sich ab. Die Kämpfenden fielen in das Bett zurück, Siegfried drehte sich blitzschnell um, packte jetzt die überraschte Brunhild, die angesichts der Wehrlosigkeit Gunthers in der letzten Nacht mit solcher Gegenwehr nicht gerechnet hatte, zwang sie auf den Bauch und bog ihr die Arme auf den Rücken. Sie wollte aufschreien, doch Siegfried drückte ihren Kopf in die Kissen, so daß nur ein dumpfes Stöhnen zu hören war. Während er sie festhielt, bemerkte er an ihrem Finger ein goldenes Ringlein – das zog er ab, ohne daß Brunhild es in ihrem Toben bemerkte.
Eine ganze Weile mußte er die Widerstrebende noch gebändigt halten, bis endlich ihr Trotz erlahmte und ihr Stöhnen in ein Schluchzen überging. Siegfried nahm ihren Gürtel an sich und legte eine Weile seine Hand auf ihre bebenden Schultern, dann ging er vorsichtig hinaus, nahm seine Tarnkappe vom Kopf und fuhr sich mit dem Handrücken über die Stirn. Ring und Gürtel steckte er in sein Gewand.
Als sich nun Gunther zu Brunhild legte und sachte mit den Fingerspitzen über ihr Haar strich, ließ sie es ruhig geschehen. Sie war nun, da Siegfried sie bezwungen hatte, nicht mehr stärker als andere Frauen und wehrte sich auch nicht mehr der Zärtlichkeiten ihres Gemahls.
Am nächsten Morgen sah Gunther erfrischt und fröhlich aus, während Siegfried müde dreinschaute.
‚Die Herrschaften haben jetzt wohl anstrengende Nächte', sagte eine ältere Zofe zum Kammerherrn und machte eine unschöne Geste mit der Hand."

„Hat sie etwa so gemacht?" fragte der Einsiedler und bog an seinen knotigen Fingern herum.
„Weiß ich nicht", entgegnete Hildebrand kurz und etwas ungehalten. Dann erzählte er weiter:

„Jedenfalls währten die Feierlichkeiten noch vierzehn Tage, und auch Brunhild zeigte sich zumindest etwas frohgemuter. Nun erst schien sie wirklich die Königin des Burgundenreiches geworden zu sein.
Nachdem die Hochzeit vorüber war, begann Siegfried, die Heimreise nach Xanten vorzubereiten. Lange war er nicht mehr im Lande seiner Eltern gewesen; Siegmund und Siegelind waren schon hoch an Jahren, und er wollte ihnen nun endlich seine Gemahlin, die künftige Königin, vorstellen. Kriemhild freute sich sehr auf ihr neues Zuhause und ihren künftigen Platz an seiner Seite, doch liebte sie ihre Brüder und am allermeisten Giselher, und der Abschied ward ihr schwer. Auch wollte sie ihre Verhältnisse im Lande Burgund geordnet wissen und besprach mit den Brüdern ihren Teil am gemeinsamen Erbe. Giselher war gern bereit, ihr mehr zu geben, als sie eigentlich verlangte, und bot ihr Ländereien und Burgen in Fülle, die sie mit Siegfried beherrschen möge, doch dieser wies das Anerbieten stolz zurück: ‚Mein Weib hat in unserem Lande viel mehr als sie je bedarf und wird die allerreichste Krone tragen.‘
Kriemhild war ob dieser Rede nicht recht glücklich und mahnte ihren Mann, doch wenigstens das burgundische Heergeleit nicht zu verschmähen, das sie mit sich zu führen das Recht habe. Siegfried stimmte dem zu, und Gunther bot ihr großzügig an: ‚Erwähle tausend der besten Recken aus meinem Volk und führe auch Hagen und Ortwin mit dir.‘
Damit waren die Genannten aber durchaus nicht einverstanden: ‚Meine Väter haben schon seit alten Tagen stets den Königen der Burgunden gedient – so will ich es auch künftig halten‘, empörte sich der Tronjer, und Gunther ließ diese stolzen, treuen Worte gern und ohne Rüge stehen. Kriemhild mußte schmerzlich spüren, wieviel mehr das Wort des mächtigen Vasallen als das einer in die Fremde verheirateten Königstochter galt. Schweigend fügte sie sich und wählte den getreuen Eckewart mit fünfhundert Mann sowie zweiunddreißig Jungfrauen als Gefolge; mit diesem Geleit und Siegfrieds Nibelungenrittern zog das jungvermählte Paar nach Xanten.
Dort hatte man bereits alle Vorkehrungen für ihre Ankunft getroffen. Jung und Alt, Freie und Knechte, das ganze Volk begrüßte Siegfried mit seiner holden Gemahlin; alle Wege, die ihr großer Troß befuhr, waren mit fröhlichen, neugierigen Menschen gesäumt, ein jeder suchte einen Blick auf die neue Herrin zu erhaschen, und der Jubel war groß, als sich das Paar von den Zinnen der Königsburg herab zeigte. Der alte Siegmund hielt nun, da sein Sohn heimgekehrt und mit einem so edlen Weibe vermählt war, die Zeit für gekommen, Siegfried die Herrschaft zu übertragen. Das junge Paar trug jetzt den Purpur, und Siegfried, der zu allem Gold seines väterlichen Erbes auch noch über den schier unerschöpflichen Hort der Nibelungen verfügte, war nun der reichste König weit und breit.
Nach einigen Jahren starb Frau Siegelind und wurde mit großen Ehren bestattet, doch die Trauer wich bald der Freude über einen Sohn, den Kriemhild ihrem Gemahl schenkte und der nach seinem Oheim Gunther geheißen wurde. Um dieselbe Zeit genas auch Brunhild eines Knaben, den das Königspaar nach dem Freunde vom Niederrhein Siegfried nannte.

Während Kriemhild zu Xanten in großem Glücke lebte, mußte Brunhild oft noch traurigen Mutes an Siegfried denken und vergaß auch niemals ihre noch immer unbeantwortete Frage vom Hochzeitstag, wie Gun-

her seine Schwester mit einem
nstmann vermählen konnte,
zudem noch keck das Leben
s unabhängigen Fürsten
ren durfte. Immer wenn sie
ren Gemahl jedoch an Siegfrieds Pflichten ihm gegenüber erinnerte und von Gunther verlangte, daß er den säumigen Vasall nach Worms bestellen und ihm einen Dienst auferlegen sollte, beschied er sie mit allgemeinen Bemerkungen zu der angeblich grossen Ent-

Wie die Königinnen miteinander stritten

Während Kriemhild zu Xanten in großem Glücke lebte, mußte Brunhild oft noch traurigen Mutes an Siegfried denken und vergaß auch niemals ihre noch immer unbeantwortete Frage vom Hochzeitstag, wie Gunther seine Schwester mit einem Dienstmann vermählen konnte, der zudem noch keck das Leben eines unabhängigen Fürsten führen durfte. Immer wenn sie ihren Gemahl jedoch an Siegfrieds Pflichten ihm gegenüber erinnerte und darum bat, daß er den säumigen Vasall nach Worms bestellen und ihm einen Dienst abverlangen sollte, vertröstete er sie auf einen späteren Zeitpunkt, wich ihr durch Reden von der zu großen Entfernung und der weiten Reise, die er dem Schwager nicht zumuten wolle, aus, behauptete zudem, daß dieser ihm gar nichts schulde, und erklärte zuletzt meist ärgerlich, daß er einer Leistung des Niederländers durchaus nicht bedürfe.

Brunhild aber gab sich damit nicht zufrieden. Eines Tages trat sie lächelnd vor ihren Gemahl, schlang mit zärtlichen Blicken die Arme um seinen Nacken und sprach in sanftem Ton: ‚So lange habe ich Eure liebe Schwester nicht gesehen; tut mir doch die Liebe und ladet sie einmal wieder nach Worms! Ich gedenke so gern unserer Hochzeitstage, da wir alle hier beisammen weilten.‘

Tatsächlich war Kriemhild lange schon nicht mehr in der Burgundenhauptstadt gewesen, und Gunther konnte die Bitte seiner Gattin nicht wohl zurückweisen; auch verspürte er nun selbst eine gewisse Sehnsucht nach seiner Schwester. Nach kurzem Nachdenken antwortete er: ‚Du hast recht, liebe Frau; wir wollen Kriemhild und ihren Gemahl zur nächsten Sonnenwende nach Worms laden.‘

Der Markgraf Ger wurde mit einem reichlich ausgestatteten Geleit nach Xanten entsandt, dort ehrenvoll empfangen und mit der Nachricht zurückbeschieden, daß man der Einladung von Herzen Folge leisten werde. Brunhild versäumte nicht, den Markgrafen zu fragen, ob Siegfried sich wohl der Ladung gefreut habe, und der Botschafter gab zur Antwort: ‚Er ist vor Freude errötet und hat alle burgundischen Gesandten reich entlohnt.‘

Als Hagen die Geschenke erblickte, die Siegfried der Gesandtschaft zum Botenbrot mitgegeben hatte, verfinsterte sich seine Miene, eine tiefe Falte furchte seine Stirn, und voller Mißmut sagte er zum König: ‚Solches Gold mag er in Fülle geben; er ist des Hortes Meister, und lebte er auch ewig, der Schatz wird ihm nimmer versiegen.‘

‚Freuen wir uns des Glücks unserer Anverwandten‘, mahnte Gunther den Tronjer und verwies ihm jede Äußerung von Neid.

Bald wurde das Nahen der Gäste gemeldet. Ihren kleinen Sohn hatten Siegfried und Kriemhild in Xanten zurückgelassen, wo die Mägde seiner warteten, aber zwölfhundert Recken führten sie in ihrem Gefolge, und selbst der greise Siegmund hatte die Beschwerden der Reise auf sich genommen, um endlich auch die Gesippen seiner lieben Schwiegertochter kennenzulernen.

‚Wie freue ich mich der Ehre‘, sagte er zu König Gunther, indem er dessen Rechte mit beiden Händen ergriff, ‚daß mein Sohn Euch zum Anverwandten gewinnen durfte‘,

und Gunther erwiderte bewegt den Gruß. Auch die Königinnen begrüßten einander mit Freuden und viel minniglichen Küssen, und am liebsten sah Giselher seinen Siegfried wieder, der ihm zum Musterbilde ritterlicher Zucht und Tapferkeit geworden war.
Als die Gäste in der Halle Platz genommen hatten und Siegfried im Kreise seiner Mannen saß, warf Brunhild unter ihren braunen Locken manche Blicke zu ihm hinüber und erwog im Stillen, warum Gunther nur so großzügig war: Nie hatte man einen so reichen und stolzen Vasallen gesehen, der nicht nur zu keinem Dienst herangezogen ward, sondern stets noch großherrlich einherschritt. Sah man die beiden nebeneinander, so schien es – wie Brunhild am allerwenigsten verborgen bleiben konnte – kaum glaublich, daß Gunther der Mächtigere sein sollte. Stets nagten in ihr leise Zweifel, ob wirklich alles bei rechten Dingen stünde, und es quälte sie, daß sie nicht einmal einen bestimmten Verdacht hatte, den sie weiterverfolgen konnte.
Nachdem elf Tage voller Lustbarkeit vergangen waren, wurde wieder einmal zu Kampfspiel und Wettstreit geblasen, und die burgundischen Recken maßen sich mit denen aus Niederland. Der blonde Giselher war, seit er seine Schwester zum letzten Male gesehen, noch tüchtig gewachsen und zu einem stattlichen jungen Manne herangereift; etwas kleiner, doch von breiter Brust und kühnen Blicken war Dankwart; wie ein Riese schritt der finstere Hagen einher, in dessen schwarzen Bart sich das erste Silber mischte, und stets an seiner Seite kämpfte, dem Tronjer gleich an Mut und Geschick, der Spielmann Volker, dem oft der Schalk im Nacken saß und der stets eine lustige Rede im Munde führte, und auch König Gunther, der ein ausgezeichneter Fechter war, hielt sich bei jedem Turnier wacker und zeigte in allem königliche Sitten.
Über alle burgundischen Recken aber ragte Siegfried empor. Er war noch flinker im Schwertkampf als Gunther, warf den Speer weiter als Volker, zielte mit dem Pfeil genauer als Giselher, und stieß mit seinen ungefügen Kräften die größten Feldsteine noch weiter als selbst der starke Hagen. Von einer Tribüne aus sahen die beiden Königinnen den Kämpfenden zu. Kriemhilds meerblaue Augen hingen stets an ihrem Siegfried, und Brunhilds dunkelverschattete Blicke schienen in eine unbestimmte Ferne zu schweifen.
Plötzlich aber, als Siegfried den dritten von Gunthers Mannen in Folge aus dem Sattel gestoßen hatte, um ihm sogleich hilfreich die Hand zu reichen, jauchzte Kriemhild etwas zu laut auf, als es einer Königin in einem solchen Augenblick gebührte, sah Brunhild freudig an, ohne sie doch recht zu bemerken, und sagte selbstvergessen: ‚Mein Gemahl ist doch allen Rittertumes Zier; ihm sollten alle Reiche weit und breit zu eigen sein.'
‚Das mag wohl nicht angehen', fuhr Brunhild aus ihrer träumerischen Versunkenheit auf. ‚Alle Lande hier am Rhein sind König Gunther untertan!'
Fast erschrocken blickte Kriemhild sie an und sah in ein schwarzes, funkelndes Augenpaar. So bestimmt hatte sie ihre Worte gar nicht gemeint. Einen Augenblick überlegte sie, ob sie etwas Begütigendes sagen sollte; da Brunhild sie aber so haßerfüllt anstarrte, verzog sie nur ihren schönen Mund und wandte sich wieder dem Geschehen auf dem Turnierplatze zu. Dort hatte Siegfried soeben einen weiteren Recken in den Staub gestochen, und während er hoch zu Ross in glänzender

Brünne, von seinem weißen Mantel umweht, zu den Königinnen hinaufwinkte, sagte sie so laut, daß es auch die hinter ihr sitzenden Frauen hören konnten: ‚Schau' nur, Siegfried leuchtet vor den anderen Helden wie der lichte Mond vor den Sternen.'
Brunhilds Augen verschossen jetzt Blitze. ‚Und sei er noch so schön und tapfer und stark und ritterlich', zischte sie, ‚Gunther ist doch sein Herr, und er ist bloß ein Dienstmann.'
‚Dienstmann?' wiederholte Kriemhild mit Entrüstung. ‚Von gleichen Ehren ist Siegfried mit Gunther. Beide sind sie doch Könige!'
‚Siegfried hat es mir selbst gesagt', triumphierte nun Brunhild und richtete sich hoch in dem hölzernen Gestühle auf: ‚Bevor mein Gemahl sich meine Minne verdient hat, nannte Siegfried selber sich Gunthers Mann. – König Gunther vergab dich an seinen Eigenholden!'
‚Diese Rede wirst du lassen', rief Kriemhild mit heller Stimme; ihre weißen Wangen zeigten rote Flecken, ihr Kinn zitterte in zorniger Erregung, und sie rang nach Worten – doch bevor sie noch etwas hinzufügen konnte, platzte Brunhild heraus: ‚Warum sollte ich? Wir haben des Dienstmannes hier zu Wormse lange genug entbehrt. Er soll uns künftig ein Gefolge stellen!'
Kriemhild sprang auf und raffte mit fahrigen Fingern ihr Kleid zusammen, um nicht darüber zu stürzen. Brunhild war nicht recht bei Trost! Wie kam die Fremde dazu, sich am burgundischen Königshofe – ihr gegenüber, der Schwester des Königs, die selbst eine Königin war – solcherart aufzuführen? Und wie konnte Gunther seinem Weibe diese Hoffart erlauben? Nachher beim Kirchgang würde sie die heidnische Hexe vor aller Welt belehren, wer hier von höherem Range sei: ‚Du wirst schon sehen, wie die Eigenholde vor dir und deinem Gesinde das Münster betritt!'
Mit diesen Worten lief sie fort, eilte in ihre Gemächer und rief schnell ihre Jungfrauen zusammen, dreiundvierzig wunderschöne Maiden, die sie von Xanten mitgeführt hatte: ‚Legt eure schönsten und reinsten Kleider an, die allerfeinsten Gewänder aus arabischer Seide, und wählt die größten und prunkvollsten Edelsteine aus; im Münster sollt ihr alle zeigen, daß ihr einer Königin Jungfrauen seid!'
Schon nach wenigen Stunden hatten sich sämtliche Edelfräulein für diesen Kirchgang hergerichtet. Vor dem Dom war bereits viel Volks versammelt. Da sah man zuerst Brunhild mit ihren Frauen in reichem Staate auf der rechten Seite des Platzes; alle Köpfe drehten sich ihr zu, ein lautes ‚Aahh!' schwoll über der Menge, denn auch Brunhild hatte ihre Mägde auf das Prunkvollste eingekleidet – aber wo war Kriemhild? Gewöhnlich gingen die Königinnen doch immer zusammen und Arm in Arm?! – – Da – alle Köpfe drehten sich nach links; noch lauteres ‚Aaahh!' ertönte: Kriemhild war im Kreise ihrer Jungfrauen erschienen! Was für ein Festzug! Wie eine königliche Braut war eine jede geschmückt, und geradewegs bewegte sich Kriemhild in ihrem Gefolge auf das nördliche Tor des Münsters zu. ‚Halt!' rief Brunhild zornig, und es fehlte nicht viel, und sie wäre losgestürmt und hätte sich durch Kriemhilds Geleit hindurch zum Portal gedrängt. ‚Erst tritt des Königs Gemahlin ein und dann die des Dienstmannes!'
Kriemhild vergaß jetzt jede höfische Zucht und fragte mit lauter, höhnischer Stimme: ‚Wie kann eines Dienstmanns Kebse denn Königin sein?'

Sofort herrschte Totenstille; Kriemhilds Worte zitterten in der Luft und standen einen unsäglich langen Augenblick über den Köpfen der Versammelten, dann zerriß Brunhilds schriller Schrei die Stille: ‚Kebse!' rief sie außer sich. ‚Wer verkebset mich?'
‚Jawohl, eine Kebse heiße ich dich', wiederholte Kriemhild noch einmal langsam und mit einer Deutlichkeit, die so gefährlich klang, daß den Umstehenden das Blut in den Adern gerann. Jeder wußte, daß nach diesen Worten nichts mehr so war wie vorher. Und leise, aber doch laut genug, daß es alle hören konnten, sagte sie der Königin des Burgundenreiches auf die Stirne zu: ‚Siegfried war es, mein Gemahl, der dich als erster minnte. – Nicht Gunther ist es gewesen, der dir dein Magdtum nahm! Wenn Siegfried ein Eigenholder ist, dann bist du eines Eigenholden Weib!' – –
Mit diesen Worten schürzte sie ihr Kleid mit der langen Schleppe und schritt, gefolgt von ihren Jungfrauen, hocherhobenen Hauptes an Brunhild vorbei durch das breite, gewölbte Portal, das nur für sie und nur für diesen einen Augenblick gemauert zu sein schien.
Brunhild stand wie vom Schlage getroffen. Dann schluchzte sie laut auf und mußte wohl oder übel hinter Kriemhild die Kirche betreten.
Nach dem Gottesdienst, den sie mit haßerfülltem Grübeln zugebracht hatte, trat sie Kriemhild noch einmal in den Weg. Sie war nun nun etwas gefaßter und wollte das lästerliche Weib zur Rede stellen. Solche unglaublichen Anschuldigungen hatte Kriemhild vorgetragen, aber keinen einzigen Beweis geliefert! Auf einen späteren, vielleicht günstigeren Zeitpunkt konnte Brunhild jetzt nicht mehr warten; schließlich war sie vor allem Volk gedemütigt worden und mußte daher auch vor aller Augen die Schande wieder tilgen. Wo blieb außerdem Gunther? Warum stand er nicht bereit, die Ehre seiner Gemahlin zu verteidigen? Brunhild fieberte danach, Genugtuung zu erlangen und Kriemhild der Lüge zu überführen. Alles in ihr schrie nach Rache. ‚Eine Kebse hast du mich geheißen, doch mit nichts hast du dein Wort bezeugt!'
‚Sieh nur, liebe Brunhild, ich weise dir dieses Ringlein. Kennst du es? Siegfried brachte es mir, nachdem er dir beigelegen.' Kriemhilds Lächeln war süß und kalt zugleich. Fassungslos starrte Brunhild auf den kleinen goldenen Ring an Kriemhilds Finger. Sicher, sie vermißte den Schmuck schon lange, doch wie kam er in Kriemhilds Besitz?
‚Das Ringlein wurde mir gestohlen', rief sie voller Zorn, aber in ihre Stimme mischten sich schon Zweifel und Angst. ‚Und jetzt komme ich dahinter, wer es gewesen sein könnte!'
Da riß Kriemhild ihren purpurnen Mantel auf – und um ihre Taille prangte golden der Gürtel, mit kostbaren Edelsteinen besetzt, den Siegfried der Schlachtenjungfer in jener Nacht zusammen mit dem Ring entwendet und in einer Kammer verborgen hatte. Kriemhild hatte diese beiden Geschmeide eines Tages entdeckt und von ihrem verlegenen Gatten daraufhin zum Geschenk erhalten.
‚Ich will deines Ringes Diebin nicht geheißen sein', entgegnete sie, ihre Überlegenheit schamlos auskostend, ‚aber vielleicht fehlt dir auch dieser Gürtel, und du erinnerst dich jetzt, wer ihn dir genommen hat?'
Brunhild sah den zauberischen Gürtel, der einst ihre Macht in sich geborgen hatte und nun entweiht war. Wie konnte er in Kriemhilds Hände gelangt sein, wenn nicht durch Siegfried? Da begann sie bitterlich zu

Bild 8 | Streit der Königinnen

weinen. Kriemhild warf ihr noch einen höhnischen Blick zu, wandte sich um und ließ sie stehen.
Inzwischen war eine von Brunhilds Dienerinnen aufgeregt in die Burg gelaufen, hatte sich beim König melden lassen und vom Streit der Königinnen berichtet. Gunther kam, wie immer in Begleitung einiger seiner Männer, und war äußerst überrascht, seine Frau in Wut und Verzweiflung anzutreffen, zumal auf ihren Wunsch doch das Xantener Königspaar im Lande weilte und überall fröhliche Feier herrschte.
‚Was ist dir, mein Liebes?' fragte er sanft und ein wenig vorsichtig, denn er wollte seine volle Anteilnahme noch so lange zurückhalten, bis er sicher sein konnte, nicht womöglich selbst die Ursache für Brunhilds Tränenausbruch zu sein.
‚Meiner Ehre als Weib und Königin hat mich deine Schwester beraubt', rief Brunhild dem erschrockenen Gunther ins Gesicht, ‚eine Kebse Siegfrieds hat sie mich genannt!'
‚Das ist unerhört', sagte er und blickte Zustimmung heischend in die Runde seiner Männer, die geflissentlich nickten, den König aber nicht anzusehen wagten.
‚Sie trägt meinen Ring und meinen Gürtel und sagt, beides habe ihr Siegfried gegeben', klagte Brunhild weiter und stieß gar, mit haßverzerrtem Gesicht, die Worte hervor: ‚Niemals mehr minne ich dich, wenn du mich von dieser Schande nicht befreist!'
Gunthers Gefolgsleute senkten, peinlich berührt, die Köpfe noch tiefer und starrten auf ihre Fußspitzen, um nur nicht durch einen unpassenden Gesichtsausdruck aufzufallen. Wie ein grollendes Unwetter hing das Verhängnis in der Luft, und doch wußte niemand, in welcher Weise es sich wohl entladen würde. Nur Hagen, der einige Schritte abseits stand, hob das Haupt höher.
Gunther jedoch beachtete seine Männer nicht und zeigte auch keine Anzeichen von Zorn, sondern von einer starken inneren Anspannung. Er hatte die Augen zusammengekniffen und schien angestrengt nachzudenken; dann befahl er mit ausladender Handbewegung einem jungen Burschen, Siegfried herbeizuholen.
‚Hat er sich meiner Gemahlin gerühmet, so bekenne er es frei heraus', tat der König mit erhobenem Zeigefinger kund, stockte dann aber und fügte leiser und mehr zu sich selbst hinzu: ‚Wenn er es nicht leugnen will', wobei er einige Male mit dem Kopfe nickte.
Siegfried war schnell hinzugekommen und ahnte schon etwas von dem, was geschehen sein könnte, als er Brunhild aufgelöst in Tränen – und dabei zornigschön wie ein Racheengel – neben ihrem zerknirscht wirkenden Gatten stehen sah. Er verlangsamte seinen Schritt, um Gleichmut vorzutäuschen, während sich Gunther krampfhaft zusammenriß und die Brust nach vorne schob. Mit emporgezogenen Brauen fragte Siegfried, was vorgefallen sei.
‚Meine Gemahlin zeiht dich, daß du dich ihres Besitzes gerühmt hättest; solches habe dein Weib Kriemhild berichtet', begann der König mit gestrenger Miene. ‚Hast du das getan, Siegfried?'
‚Niemals', antwortete Siegfried und fügte mit fester Stimme hinzu: ‚Ich kann es vor aller Augen durch einen Eid bezeugen.' Dabei sah er Gunther unverwandt ins Gesicht und hob die Rechte, doch dieser drückte sie abwehrend mit der flachen Hand hinunter: ‚Laß' den Schwur – dein Wort allein gilt mir genug', sagte er schnell und wandte sich, mit einem Seitenblick auf Brunhild, in

die Runde: ‚Gewiß hat Siegfried nicht gesprochen, wie meine Schwester behauptete.'

‚Man soll den Frauen törichte Reden verweisen; es erwächst nur Schaden daraus', bemerkte der Niederländer, worauf Gunther sein nickendes Haupt der Gattin zudrehte. ‚Der Weiber Reden gereicht den Recken mehr zur Schande als selbst die übelsten Taten', stellte Siegfried verdrießlich fest. ‚Ich will mein Weib für ihren Übermut bestrafen; halte du bei deinem Weibe auch auf Zucht', riet er Gunther, der dazu noch heftiger nickte.

‚Damit ist der Zank erledigt!' verkündete nun der König und trat mit einem großen Schritt beiseite, um der Versammlung von neugierig hergelaufenen Gaffern ihre Auflösung zu bedeuten. Eilig schritt er von dannen und befahl seinen Männern, ihm zu folgen. Die Gruppe zerstreute sich; auch Siegfried zog sich wieder zurück. Nur Brunhild allein blieb stehen. Ihr Gesicht war erstarrt und ausdruckslos.

Da näherte sich Hagen von Tronje, der das Gespräch mitangehört hatte. Er trat dicht an die Königin heran und flüsterte ihr von der Seite zu: ‚Das soll er büßen. Ich schwöre es.' Sie wandte den Kopf und sah in sein Auge, das wie in einer schwarzen Tiefe zu glimmen schien. Für den Bruchteil einer Sekunde leuchtete auch in ihren Augen ein schwarzes Feuer, dann gingen sie schweigend auseinander.

An diesem Abend hatte Gunther nur drei Männer, Hagen, Ortwin und Gernot, zu sich in den Saal gerufen. Es herrschte eine bedrückte Stimmung. Gunther hing schlaff und kraftlos zwischen den Pfeilern seines Hochsitzes, neben ihm …nd Hagen; er hatte sich zum … des Königs herabgebeugt … redete ihm leise und …dringlich zu: ‚Mein König, …re Gemahlin wurde von eurer Schwester öffentlich eine Kebse geschimpft; damit ist auch eure Ehre besudelt. Eine solche Schande kann nicht ungesühnt bleiben; der Schaden, den eure Herrschaft davon nehmen würde, wäre allzugroß – zumal, und hier

Wie Siegfried verraten und erschlagen ward

An diesem Abend hatte Gunther nur drei Männer, Hagen, Ortwin und Gernot, zu sich in den Saal gerufen. Es herrschte eine bedrückte Stimmung. Gunther hing schlaff und kraftlos zwischen den Pfeilern seines Hochsitzes, neben ihm stand Hagen; er hatte sich zum Ohr des Königs herabgebeugt und redete ihm leise und eindringlich zu: ‚Mein König, Eure Gemahlin wurde von Eurer Schwester öffentlich eine Kebse geschimpft; damit ist auch Eure Ehre besudelt. Eine solche Schande kann nicht ungesühnt bleiben; der Schaden, den Eure Herrschaft davon nehmen würde, wäre allzugroß, zumal‘ – und hier wurde Hagens Stimme noch leiser und drohender – ‚dieser Fremde aus Niederland sich alle Herzen im Volk erobert hat. Hinter vorgehaltener Hand geht schon die Rede, daß bald er der eigentliche Herr im Reiche sein wird, wenn wir uns seiner nicht entledigen.‘

‚Aber war das nicht alles nur Weibergezänk?‘ fragte Gunther mit verzagtem Blick zu Hagen hinauf. ‚Und Siegfried hat uns einen Eid geboten, daß er meine Gemahlin nie berührt hat.‘

‚Er wäre nicht der Erste, der um ein Weib gelogen hat. Und sollte er auch die Wahrheit sprechen – im Volk erhebt sich dennoch ein Raunen, daß der König den Buhlen seines Weibes am Tische duldet!‘

‚Wir haben doch von Siegfried nur Freundschaft erfahren; er stand uns gegen die Sachsen und Dänen bei – ohne ihn hätten wir den Krieg niemals gewonnen.‘

‚Ihr seht, welche Macht er über uns hat, wenn wir seines Schwertes so sehr bedürfen.‘

‚Hah‘, rief jetzt Ortwin von Metz, ‚da sei Ortwins Hand vor! Es war mir schon damals ein Greuel, wie er das erste Mal hier auftrat und sich blähte und spreizte. Herr Hagen hat ganz recht gesprochen; seit langem schon hat der eitle Gauch eine Züchtigung verdient.‘

‚Aber Siegfried ist von gewaltigen Körperkräften‘, gab Gunther zu bedenken, ‚seine Haut ist hörnern vom Drachenblut; daneben kennt er manch Zaubermittel und nennt den gewaltigen Nibelungenhort sein Eigen.‘

‚Auch er ist verwundbar‘, sagte Hagen mit einer Stimme, die jeden Zweifel ausräumte und keinen Widerspruch duldete. ‚Gerade seine Kraft macht ihn arglos und tumb. Er wähnt nicht, daß auch den Riesen die Natter stechen kann. Wir müssen klug und behutsam zu Werke gehen, bevor es zu spät ist.‘

Gunther machte ein kummervolles Gesicht, aber Gernot sah den Bruder an, kniff die Lippen zusammen und nickte zu Hagens Worten. Jetzt erst bemerkten sie, daß Giselher in der Türe stand; er hatte die letzten Sätze des Tronjers mit offnem Munde vernommen und rief durch den Saal: ‚Was fuhr in Euch? Warum redet Ihr solches? Der Held aus Niederland tat Euch nur Liebe und Güte –‘ In seiner Stimme rang der Vorwurf mit heller Verzweiflung.

‚Erlaubt, mein lieber Herr König‘, entgegnete Hagen, ‚Ihr seid noch jung; ich aber habe viele Länder bereist und manches Mal gesehen, daß der, welcher aus seines Gastfreundes Becher trinkt, dessen größerer Feind sein kann als ein anderer, der offen das Schwert wider ihn führt.‘

‚Hagen hat recht, Bruder‘, pflichtete ihm Gernot mit gedämpfter Stimme bei. Seine Wimpern beschatteten das gesenkte Antlitz. ‚Siegfried ist ein großer Held, aber hier geht es um anderes.‘

‚Ein Geck und Stutzer ist er, der mit der Buhlschaft unserer Königin prahlt!' rief Ortwin. ‚Sollen wir uns so etwas gefallen lassen?'
‚Es sind alles schwierige Dinge', stellte Gunther mit gerunzelter Stirne fest. ‚Wir wollen morgen mehr darüber nachdenken.'
König Gunther saß noch lange dumpf brütend in der dunklen Halle, das Haupt in die Hände gestützt.
Einige Tage später sprengte ein Trupp Reiter vor die Wormser Burg, die auf ihren Schilden das Zeichen der Irminsul führten. ‚Wir sind Gesandte der Könige Lüdeger und Lüdegast von Sachsen und Dänemark', gaben sie sich zu erkennen. ‚Unsere Herren gedenken noch immer der Toten, die einst von burgundischen Händen fielen. Sie haben daher eine noch größere Streitmacht als je zusammengezogen und stehen bereit, die Schmach zu rächen.'
Gunther war diesmal bei weitem nicht so verzagt wie nach jener ersten Kriegserklärung der Sachsen und Dänen; vielmehr gab er den Boten zornigen Bescheid, drohte ihnen heftig und entließ sie in ihre Herbergen. Sogleich wurde ein Kriegsrat einberufen und nach Siegfried geschickt.
‚Lüdeger und Lüdegast, die beiden Schurken, haben mir abermals den Krieg erklärt', eröffnete Gunther dem niederländischen Recken.
Dieser, der langen Untätigkeit überdrüssig, war sofort von einer grimmigen Lust entflammt: ‚Das ist ein Neidingswort, sie hatten geschworen, Frieden zu halten!' rief er in einer Mischung aus Entrüstung und Begeisterung. ‚Wir werden sie lehren, was es heißt, ihren Eid zu brechen. Diesmal werden wir ihnen nicht nur eine Schlacht auf freiem Felde liefern, sondern die Fackel in ihre heimatlichen Städte und Burgen werfen. Wir wollen sie strafen, das feige Gezücht. Rüstet alles zu raschem Heerzug!'
Schnell wurden Schlachtpläne entworfen, Rechnungen angestellt, wieviele Krieger wann, wo und mit welchen Waffen einzusetzen seien, Aufgaben zugewiesen und Befehle erteilt. Dann lief man eilig auseinander. Nur der Tronjer wartete noch eine Weile, bis sich alle entfernt hatten, stand dann langsam auf und wandte sich zur Tür. Über die Schulter warf er Gunther einen prüfenden Blick zu; der König war sitzengeblieben und sah ihn mit zerquälter Miene an.
‚Der erste Schritt ist getan, mein König – nun laßt mich auch den zweiten tun.'
‚So tut ihn denn in Gottes Namen', sagte Gunther leise.
‚Ihr wißt, daß ich es mehr mit den alten Göttern halte', gab Hagen zur Antwort. Gunther nickte mit sorgenvoll gerunzelter Stirn, erhob sich schwerfällig und zog sich für den Rest des Tages in seine Gemächer zurück.
Hagen indes ging fort und ließ sich bei Kriemhild melden.
Als die Königin ihn empfing, zog er seine Stirn in tiefe Falten und sah zu Boden. ‚Frau Königin', begann er, ‚Ihr wißt, welch schwere Stunde uns geschlagen hat. Die ungetreuen Könige von Sachsen- und Dänenland haben uns den Frieden aufgekündigt, den sie dank der Taten des Herrn Siegfried haben schließen müssen. Ehrloses Mordgesindel zwingt uns, zum Schwerte zu greifen. Schon morgen werden wir die Fahne auf die Walstatt tragen. Doch wiederum hat der edle Vogt von Niederland sich zur Waffenhilfe entschlossen. Nötiger als je ist uns heute sein Balmung, denn die Feinde haben den Frieden, den wir allzu großzügig gewährt, zur

Bild 9 | Die drei Könige

heimlichen Rüstung genutzt und nahen mit gewaltiger Streitmacht. Mein Herr freilich ist Eurem Gemahle umso mehr zur Dankbarkeit verpflichtet, als jüngst ein ärgerlicher Zwist ...'

‚Bitte nehmt mir das nicht mehr übel', rief Kriemhild, deren Augen sich bei Hagens Rede angstvoll geweitet hatten, ‚ich hoffe so sehr, daß Frau Brunhild mir meine Rede bald verzeihen möchte – auch habe ich Euch selber nie gekränkt, Herr Hagen!'

‚Aber nein, Frau Königin, Ihr werdet Euch gewiß bald wieder mit meiner Herrin versöhnen. Ich komme, um Euch und Euren Gemahl meines Dienstes zu versichern.'

‚Oh habt Dank, Herr Hagen! Mein Mann ist zwar stark wie kein zweiter, aber er trägt großen Übermut im Herzen. Seine Faust und sein Schwert dünken ihm unüberwindlich, und gewiß wird er immer dort sein, wo das Schlachtgetümmel am dichtesten wogt – gleichwohl habe ich solche Sorge – auch wenn keiner ihn mit dem Schwerte zu bezwingen vermag – daß etwa ein Pfeil oder Speer ihn treffen könnte.'

‚Aber seine Haut ist doch hörnern vom Bade im Drachenblut; keine Waffe kann ihn versehren?!'

‚Sicher, Herr Hagen, doch – Ihr seid ein Freund, Hagen, Ihr seid der erste Dienstmann an Gunthers Hof, der Waffenmeister des Königs, und Euer Geschlecht dient den Herren von Burgund seit alter Zeit', schluchzte Kriemhild, ‚Ihr dürft es niemandem verraten, das müßt Ihr mir versprechen, aber ...'

‚Ich verspreche Euch alles.'

‚Aber Siegfried ist nicht am ganzen Leibe unverwundbar; es gibt eine Stelle, die nicht vom Drachenblut benetzt wurde!'

Kriemhild hielt einen Augenblick inne und starrte Hagen furchtsam ins Gesicht. Sie war selbst erschrocken über das Gesagte, aber als sie Hagens Blick auf sich ruhen sah, faßte sie Mut. Wie groß und mächtig stand der Tronjer vor ihr, der Schutz und Schirm der Burgunden schon seit den Tagen ihres Vaters Dankrat – er würde auch ihren Gemahl beschirmen. Etwas erleichtert fuhr sie fort: ‚Als er im Blute des Lindwurms badete, fiel ihm ein Lindenblatt zwischen die Schultern; dort ist er verwundbar, und ich habe solche Angst, daß er im Getümmel von hinten niedergestochen werden könnte.'

Hagens Stimme klang tief und treu: ‚Seid ohne Sorge, Frau Königin – wenn Ihr mir diese Stelle durch ein kleines Zeichen kenntlich macht, so will ich in der Schlacht immer hinter ihm sein und über ihn wachen. Kein Ger oder Pfeil entgeht Hagens scharfem Auge, und stets ist sein Arm mit dem härtesten Schild bewehrt.'

Bei diesen Worten hellte sich Kriemhilds Blick auf, und ihre Tränen versiegten. ‚Ich nähe mit einem seidenen Faden ein Kreuzlein auf sein Gewand; das sollt nur Ihr erkennen, und Ihr mögt, wenn ihm von den Feinden eine Gefahr droht, Euren Schild über ihn halten.'

‚Das will ich gern tun, Frau Königin. Seid ohne Sorge. Hagen tut seinen getreuen Dienst.'

Damit verneigte sich der Tronjer und bat um Erlaubnis, sich entfernen zu dürfen. Rückwärts ging er zur Tür, senkte noch einmal sein Haupt vor der Königin und verschwand. Kriemhild schaute ihm lange nach. Hatte nicht eben ein heimtückisches Lächeln um seine bärtigen Lippen gespielt? Ach, was bin ich für eine Gans, dachte sie, jetzt habe ich schon bei Tage böse Träume. Schnell stand sie auf, ging zu der Eichentruhe, in der das derbe Obergewand lag, das Siegfried auf seinen

Waffengängen zu tragen pflegte, und nähte das Kreuz dorthin, wo sich an Siegfrieds Leib jenes unsichtbare Mal, vom Lindenblatt in der Form eines Herzens, befand.
Am nächsten Morgen hatten sich schon viele Recken im Burghof versammelt; ein Wald von Speeren ragte in die Luft, von den Helmen und Brünnen blitzte die Morgensonne. Hagen schritt in seiner dunklen Rüstung durch die Schlachtreihen und gab rauhe Befehle. Jeder der Männer erzitterte vor seinem Blick unter dem hohen Helm, auf dem die schwarzen Flügel eines Raben standen.
Auch Siegfried war schon da und erteilte den Kriegern Anweisungen. An seiner Hüfte hing der schreckliche Balmung. Hagen schaute auf das Schwert, und es schien ihm wie eine menschenfressende, bluttrinkende Schlange. Dann dachte er an das Drachenblut und trat hinter Siegfrieds Rücken. Wirklich – in der Mitte zwischen den gewaltigen Schulterblättern war, mit feiner Seide aufgestickt, ein kleines Kreuzlein. Hagen prägte sich die Stelle genauestens ein, dann gab er einem Knappen einen Wink, und dieser lief davon.
Gleich darauf stießen die Wachposten auf den Mauern ins Horn und meldeten fremde Reiter. Erneut Gesandte der Sachsen und Dänen, die zu König Gunther geführt wurden! – Wie? Was sagten sie? Gunther erhob sich und trat ihnen entgegen. Lüdeger und Lüdegast hätten zum Rückzug geblasen, nachdem ihnen bekannt geworden, daß Siegfried wiederum den Burgunden zu Hilfe geeilt? Sie bäten um Schonung und wollten künftig immer den Frieden wahren? Als Unterpfand seien sie bereit, Geiseln zu stellen; auch schickten sie Goldes in Fülle?
‚Wollt ihr uns zum Narren halten', herrschte Gunther die Boten an. Da erschienen auch burgundische Späher, die bestätigten, daß sich die feindlichen Heere zurückgezogen hätten. ‚So wollen wir euch für dieses eine Mal noch den Frieden schenken', rief Gunther mit erhobenem, leicht gekrümmtem Zeigefinger, entließ die Gesandtschaft und eilte nach draußen, zum Heere zu sprechen: ‚Eine frohe und glückliche Nachricht ist uns beschieden: Der Krieg findet nicht statt! Die meineidigen Könige Lüdeger und Lüdegast haben nun doch, von Feigheit übermannt, den Rückzug befohlen und ersuchen uns um Frieden, den ich ihnen in meiner Langmut noch einmal gewährte. Um diesen so leicht und glücklich errungenen Sieg zu feiern, wollen wir jetzt eine Jagd abhalten und abends reichlich vom Wildpret schmausen. Wohlauf zum Jagen!'
Siegfried hielt sich die Hand vor die Stirn, um nicht von der Sonne geblendet zu werden, und schaute ungläubig zu Gunther hinüber. Das konnte doch nicht ernstgemeint sein! Zwar galt Lüdegast als ein wenig wankelmütig, aber Lüdeger war ein wackerer Mann, der sein Sachsenland mit eiserner Faust regierte –
Allein, als auch der Tronjer, der mit allen Schlichen vertraut und wahrhaftig selten zum Scherzen aufgelegt war, die Nachricht bestätigte, ließ sich Siegfried überzeugen: Nun gut, dann eben eine Jagd! Die Pferde waren bereits gesattelt, Pfeil und Lanze taugten auch gegen Elch und Eber. Etwas Blut sollte heute schon noch fließen!
Zuvor mußte noch von Kriemhild Abschied genommen werden. Schnellen Schrittes sprang Siegfried die Treppe hinauf zur Kemenate seiner Frau und rief ihr schon vom Gang aus lachend entgegen, daß nun doch Frieden herrsche mit den Sachsen und Dänen und daß statt zu einem Kriege jetzt zur Jagd gerüstet werde. Wie

erstaunte er aber, als seine Gemahlin ihn entsetzten Auges anstarrte, laut aufschluchzte und ihm weinend um den Hals fiel. Verlegen strich er ihr über das Haar.
‚Warum weinst du, meine Traute?‘ fragte er zärtlich, ‚wir fahren zur Jagd in den Odenwald, nicht in den Krieg; du solltest lachen und fröhlich sein, ich bin ja bald wieder zurück.‘
‚Ach, Siegfried‘, antwortete sie unter Tränen, ‚heute nacht träumte mir von zwei wilden Ebern, die dich über eine grüne Heide jagten, und auf einmal‘ – hier schluchzte sie noch lauter und verbarg ihr Gesicht in den Händen – ‚waren alle Blumen rot!‘
‚Vor Schweinen muß ich mich nicht fürchten‘, lachte Siegfried und wies auf seinen Schild, in dessen Wappen auf goldenem Grund ein braunroter Lindwurm prangte: ‚Ich habe schon andere Tiere getötet. – Und ich gehe doch nicht das erste Mal zur Jagd.‘
‚Aber wenn jemand Verrat wider dich im Herzen trägt, vielleicht weil man ihn beleidigt hat – ‘
‚Wer sollte mir übelwollen? Ich habe nur Freunde hier am Königshof!‘
‚Mein Siegfried‘, begann Kriemhild noch einmal, ‚ich habe solche Angst; mir träumte auch von zwei Bergen, die über dir zusammenstürzten und dich begruben – – ‘
Siegfried nahm ihr Gesicht sanft in beide Hände, küßte sie erst auf die Stirn und dann auf den Mund und sagte: ‚Du schaffst dir unnütze Sorgen. Der Feind hat sich soeben zurückgezogen; wir sind hier bei deinen Brüdern in Worms und reiten ein wenig aus, um etwas Wild zu erlegen. Vielleicht sind auch ein paar Eber dabei, aber Berge werden ganz sicher nicht zusammenstürzen. Hör' nur, draußen blasen sie schon – ich muß los – bald bin ich wieder zurück!‘
Damit drückte er Kriemhild noch einmal fest an sich, gab ihr einen Kuß und weil sie ihn so kläglich ansah, noch einen zweiten, ging zur Tür, drehte sich um, winkte ihr aufmunternd zu, so daß sie doch ein wenig lächeln mußte, und eilte in den Hof hinunter.
‚Wo bleibt Ihr, Herr Siegfried?‘ rief ihm Hagen zu, ‚wir wollen doch, wenn wir schon nicht in die Schlacht reiten dürfen, wenigstens ein edles Stück Wild erlegen! Was meint Ihr, wer hat heute am meisten Heil beim Waidwerk, Ihr oder ich?‘
‚Das wollen wir wohl sehen‘, antwortete Siegfried, ‚schafft uns beiden Hunde und Waidgenossen herbei, und dann soll die Jagd nur beginnen! Ich messe mich gerne mit Euch im Waidwerk, Herr Hagen!‘
‚Es ist für alles gesorgt‘, sprach Hagen und zeigte auf Männer und Jünglinge in Lederwämsen, die nur mühsam eine Meute Hunde bändigten. Im Hofe standen bereits mehrere grobgezimmerte Wagen, die schon fast völlig mit Kesseln und Töpfen, Stoffen, Bänken und Zeltstangen beladen waren. Nur wenige Dinge fehlten noch, die von Knechten und Knappen unter Aufsicht des dicken Küchenmeisters herbeigeschafft wurden. Bald stieß man noch einmal laut ins Horn, die Hunde rissen an den Leinen, und der Troß rollte zum Tor hinaus. Viele burgundische Edelleute und manch gemeiner Mann waren dabei; Gernot und Giselher aber blieben in Worms zurück. Die Fahrt ging dem Odenwald entgegen, der sich zwei Stunden östlich von den Mauern der Stadt auf Hügeln, die allmählich zu breiten Bergrücken anwachsen, zu erstrecken beginnt. Die Jagdgesellschaft durchzog zunächst fruchtbare Wiesen und satte, grüne Täler, in die sich Dörfer und Gehöfte schmiegten, erreichte sodann ein weites Ödfeld, wo nur noch selten

in der Ferne Rauch aus einer kleinen Kate oder einem geringen Weiler aufstieg, und kam zuletzt an den Rand eines dichten Gehölzes, in das kaum Wege gebahnt schienen. Man ritt eine Zeit am Waldrand entlang, bis sich eine Lichtung auftat und Hagen, an einer mächtigen Linde vorbei, einen Weg in das Waldesinnere wies. Diesem folgte man weiter und immer weiter, bis man erneut auf eine Lichtung stieß, die, kleiner als die erste, von dichtem Baumwuchs umsäumt war. Hier hielt man inne, und Gunther hieß auf Hagens Rat die Wagen im Kreise aufstellen, die Zelte errichten und Feuerplätze anlegen. Die Waidgenossen versammelten sich im Rund, Gunther wünschte ein frohes Jagen und betonte noch einmal den friedvollen Anlaß; darauf wurden Jäger und Treibvolk eingeteilt und eine Zeit für die Rückkehr bestimmt. Dann erklangen die Hörner, und die Männer drangen nach allen Seiten mit den Hunden in das schwarze Tannicht. Siegfried, der einen verwegenen Hut aus Zobelfell, einen merkwürdigen, aus den verschiedensten Tierhäuten gefertigten Mantel und einen mit schierem Pantherfell bespannten Köcher trug, erwies sich schon bald als der tüchtigste Jäger von allen; fast konnte man meinen, er wolle jedes Tier erlegen, dessen Art ein Stückchen Pelz zu seinem Mantel beigesteuert hatte: Ur und Elch, Wisent und Wildschwein, Hirsch und Hindin wurden von ihm geschossen, und zuletzt fing er gar einen Bären mit bloßen Händen, den er mit Stricken gefesselt ins Lager führte. Einen derben Scherz erlaubte er sich, als er dem Bären im Lager seine Bande löste und das verängstigte Tier, von Hunden gehetzt, in das Küchenzelt floh, dort alles durcheinanderwarf und allerlei Unruhe stiftete. In dem wirren Gemeng von Menschen und Hunden wagte man nicht, mit Pfeilen auf den Bären zu schießen, doch Siegfried fing das flüchtige Ungetüm wieder ein und tötete es mit einem Schwertstreich.

‚Nun, Herr Hagen', lachte er, ‚die erste Jagdrunde geht wohl an mich!'

‚Gewiß, Herr Siegfried', antwortete der Tronjer, ‚aber noch ist die Jagd nicht zu Ende.'

Der Kampf mit dem Bären indes hatte Siegfried durstig gemacht; plötzlich spürte er, daß seine Kehle rauh und trocken war und er nach Flüssigkeit lechzte. ‚Schafft Wein und Met herbei', forderte er die Küchenjungen auf, doch diese zuckten nur mit den Schultern und blickten zu Boden oder sahen sich gegenseitig an, bis endlich einer vortrat und dem staunenden Siegfried stockend erklärte, daß leider gar kein Trunk vorrätig sei.

‚Wie kein Trunk?' rief der Recke erbost und wandte sich an Hagen: ‚Wollt Ihr uns verdursten lassen, Herr Hagen? Ihr habt doch sonst alles wohlbestellt – was laßt Ihr uns des Trankes entraten?'

‚Verzeiht, Herr Siegfried', sprach Hagen mit einer Verbeugung, ‚soeben mußte ich erfahren, daß der Wagen mit den Fässern irrtümlich in den Spechtshart, ein leider weit entferntes Waldstück, gesandt wurde; wir werden uns wohl oder übel mit Gänsewein begnügen müssen.'

Siegfried schaute verdrießlich drein, doch Hagen beeilte sich hinzuzufügen: ‚Aber ich weiß in der Nähe einen lauteren Quell, einen rechten Labebrunnen, an jener uralten Linde, an der wir heute morgen vorbeigezogen. Erinnert Ihr Euch an sie?'

‚Ich weiß gewiß, welche Ihr meint, aber sollen wir nun dorthin laufen – ?'

‚Für einen Recken wie Euch ist das keine Entfernung',

versicherte Hagen. ‚Laßt uns einen kleinen Wettlauf veranstalten: wir beide und mein Herr König Gunther laufen zum Quell! Ich hörte, Ihr seid womöglich ebenso schnell wie Euer Hengst, der flinke Grani?‘

‚Nun gut‘, sagte Siegfried lachend und hatte den fehlenden Trunk schon beinahe vergessen, ‚ich will Euch einen Vorsprung geben, indem ich mich auf den Boden lege und auch meine Waffen – Schwert und Schild, Ger, Pfeile und Köcher – beim Laufen mit mir trage.‘

‚Wollt Ihr wirklich Eure Waffen mit Euch schleppen?‘ fragte Hagen unwillig, fügte aber sogleich, indem er den Mund zu einem Lächeln verzog, hinzu: ‚Ihr werdet sie zum Trinken nicht benötigen.‘

‚Gönnt Euch den Vorteil! Ich laufe mit Waffen in vollem Gewande bis auf meinen Mantel, und Ihr tragt nur Eure leinenen Hemden‘, rief der Held, warf den Mantel von sich und legte sich ins Gras. Hagen blickte auf ihn hinunter, nickte Gunther zu und sprach: ‚Es geschehe, wie Ihr wünscht.‘

Dann zogen er und Gunther ihre Jagdgewänder aus, stellten sich nebeneinander und rannten hurtig los. Siegfried blinzelte ihnen noch ein Weilchen hinterdrein, bis sie zwischen den Bäumen verschwunden waren, erhob sich gemächlich und begann ebenfalls zu laufen – erst noch langsam, dann aber plötzlich mit einem Jauchzen voranstürmend. So sehr sich die beiden Burgunden auch sputeten, hatte er sie bald eingeholt und war wie der Sturmwind, freilich mit einem munteren Zuruf, an ihnen vorbeigesaust. Lange vor seinen Gefährten kam Siegfried auf der Lichtung an, lief zu dem Baum und bemerkte die Quelle, die in dessen Schatten dem Boden zwischen großen, flachen Steinen entquoll und sich zu einem kleinen Bächlein verbreitete. Sie sprudelte recht lustig und voller Verlockung für den Darbenden, doch Siegfried bezwang seinen Durst, da es ihm gehörig schien, den gastgebenden König den ersten Schluck tun zu lassen. So legte er nur den Köcher ab, lehnte seine Waffen an den Lindenbaum und wartete. Endlich kam zuerst Hagen und wenig später auch Gunther. ‚Beim Donar, das war kein schlechter Lauf, Siegfried‘, sagte der König, und sein Brustkorb hob und senkte sich keuchend. ‚Sicher hast du deinen Durst schon gestillt.‘

‚Du bist der Herr des Landes, dir geziemt der erste Trunk‘, antwortete ihm Siegfried höflich, und Gunther kniete nieder und trank mit durstigen Zügen aus der Quelle.

‚Jetzt seid Ihr an der Reihe‘, sprach Hagen und machte eine ladende Geste.

‚Dank Euch, Herr Hagen‘, erwiderte der Held, kniete ebenfalls nieder und beugte sich über den Bronnen. Während er sich am rauschenden Quell erlabte, bemerkte er nicht, daß Hagen die an den Baum gelehnten Waffen an sich nahm, mit ihnen hinter einem Gebüsch verschwand, sie dort lautlos ablegte und nur Siegfrieds Wurfspeer in den Händen behielt. Dann trat der Tronjer wieder aus dem Gezweig hervor und näherte sich dem noch immer über die Quelle gebeugten Recken von hinten bis auf drei Schritte. Er hob den Speer, sein Blick war auf das Kreuz gerichtet, das sich in feinen, hellen Fäden von Siegfrieds Gewand abhob – jetzt erst schien dieser zu bemerken, daß seine Begleiter nicht mehr neben ihm standen, denn auch Gunther war einige Schritte beiseite getreten, und Siegfried drehte langsam das Haupt. Der Held wollte etwas zu Gunther sagen und sah noch aus den Augenwinkeln, wie dieser die Hände vors Gesicht schlug und durch die Finger auf

Bild 10 | Siegfrieds Tod

ihn starrte – dann schien die Zeit für einen Augenblick stillezusehen, etwas zischte durch die Luft, und ein ungläubiger Schrei ertönte über dem Quell, wurde lauter und lauter, erfüllte klagend die Lichtung und verhallte zuletzt in der grünen Einsamkeit.
Siegfried hatte sich, als der Speer ihn von hinten traf, aufgebäumt, war durch die Wucht des Stoßes nach vorn ins Wasser gekippt, hatte an Zweigen und Blättern mit suchenden, ins Leere greifenden, nach jedem Halm fassenden Händen Halt gefunden und sich mühsam wieder aufgerichtet. Das Eisen stak tief in seinem Rücken, hatte die Lunge zerrissen, das Herz durchbohrt, und der Held kniete wie ein waidwundes Wild vor seinen Jägern. In seinem Gesicht war weder Furcht noch Schmerz noch Entsetzen zu lesen, nicht einmal ein Vorwurf, sondern nur ein großes Nichtverstehen, die stumme Frage des prangenden, noch in Fülle stehenden Lebens vor dem ungeahnten, so völlig fremden Ende. Siegfrieds Augen rollten langsam zwischen seinen Mördern hin und her. Gunther hielt sich kerzengerade, und sein Gesicht war von Schmerz verzerrt, als wäre er selbst zu Tode getroffen; Hagen war in der Haltung des Werfenden wie versteinert, er stand vornübergebeugt, sein rechter Arm war ausgestreckt und sein Mund zu einem lautlosen Schrei geöffnet.
Schließlich blieb Siegfrieds Blick an Hagen haften; mühsam erhob sich der Recke noch einmal zu voller Größe, wankte, tappte einen, zwei Schritte auf Hagen zu; dieser blieb stehen, der Todwunde konnte ihm wohl kaum noch etwas anhaben. Doch plötzlich schien das schwindende Leben sich noch einmal in eine einzige letzte Tat zusammenfassen und verströmen zu wollen: Siegfried bückte sich nach seinem Schilde, der als einzige seiner Waffen noch an dem Baume lehnte, brach dabei in die Knie, faßte den Schildrand, stürzte, ohne sich noch einmal ganz aufrichten zu können, auf Hagen zu und riß ihn zu Boden. Mit beiden Händen ergriff er den Schild, hob ihn über Hagens Haupt, um es zu zerschmettern, doch gerade noch konnte sich der Tronjer zur Seite drehen und wurde nur an der Schulter gestreift. Er wälzte sich unter dem schweren keuchenden Leib hervor und kroch zurück. Siegfrieds Kräfte erstarben; auf dem Bauch blieb er im Grase liegen, und eine Lache roten Blutes fraß sich nach allen Seiten in das Grün. Mit einem schmerzhaften Ruck wandte er das Gesicht König Gunther zu, sah ihn mit verglasenden Augen an, und erst jetzt verzerrten sich seine Züge langsam zu bitterer Anklage: ‚Warum vergiltst du mir so meine Freundschaft?' fragte er mit röchelndem, gurgelnden Ton, aber der König schwieg.
‚Diese Tat – wird auf dem Geschlechte Dankrats lasten – bis – sein letzter Sproß – verschieden ist', stieß Siegfried hervor, während ihm blutiger Schaum auf die Lippen trat. ‚Gesippen – sind wir gewesen, König Gunther – deine Schwester – meine Frau – und deshalb überantworte ich – Kriemhild – wenn noch Ehre in dir ist – deiner Hut.'
Nach diesen Worten kippte Siegfrieds Kopf zur Seite, seine Augen brachen, und er verschied. Die Blumen um ihn herum auf der Waldwiese hatten sich dunkelrot gefärbt. Gunther sah mit einem Blick, in dem sich Ekel, Scham, Verzweiflung und Trauer mischten, auf den Toten herab, Hagen aber sagte schwer atmend, doch mit fester Stimme: ‚Laßt es Euch nicht gereuen, mein Herr; seine Herrschaft ist beendet, Ihr seid wieder der einzige König zu Worms.'

Plötzlich bemerkte man einige von Gunthers Mannen über die Lichtung näher kommen, die den drei um die Wette Laufenden gefolgt waren und den Schrei gehört hatten. Mancher mochte einen Überfall befürchtet haben, denn im Odenwald hausten nicht wenige Räuber; andere hatten wohl schon etwas von der Tat geahnt, und ihre Blicke senkten sich ohne Erstaunen auf den Leichnam.

Als einige ein Wehklagen anstimmen wollten, gebot Hagen mit scharfer Stimme zu schweigen, und der Spielmann Volker redete ihm das Wort: ‚Ihr Memmen', rief er, ‚was flennt ihr um den Niederländer? Hagen hat recht getan – seid froh, daß ihr den Fremden los seid!' Und etwas leiser fügte er hinzu: ‚Freilich muß nicht jeder wissen, was geschehen ist, vor allem Frau Kriemhild nicht; man sollte sagen, Räuber hätten ihn im Wald überfallen und meuchlings gemordet, als er allein auf Pirsch war.'

‚Meinetwegen mag man so sprechen', sagte Hagen achselzuckend, ‚wenn sie es aber doch erfährt, soll es mich nicht bekümmern.'

Volkers Rat wurde erst zögerlich, dann mit wachsender Zustimmung von anderen einflußreichen Hofmännern begrüßt, denn in den Augen vieler hatte Siegfried allzu lange in Worms geweilt und durch seine Taten, ja durch seine bloße Anwesenheit, die burgundischen Edelinge in den Schatten gedrängt. Zuletzt entschied sich auch Gunther, den Vorschlag anzunehmen, und Siegfrieds schwerer Leichnam wurde an Armen und Beinen ergriffen, zurück zum Lager getragen, auf einen Wagen gepackt und zugedeckt. Schweigend kehrte man nach Worms zurück. Die Jagd war vorbei."

VII

Hildebrand machte eine Pause und atmete tief und schwer. „Das war der Anfang vom Untergang der Burgunder“, sagte er, „dabei haben alle gehandelt, wie sie mußten und wie es ihnen richtig schien. Auch war Hagen trotz …ines Mordes insgesamt ein …ger Ratgeber seines Königs. … Treue gegen seinen Herrn … dessen Gemahlin wurde er … Verräter.“

„…ahrlich war er klug“, stimmte ihm der Einsiedler zu, „doch wie es um seine Treue bestellt war, wird erst das Ende gänzlich weisen.“

Hildebrand achtete hierauf nicht und sprach weiter: „Und Siegfried war auch mitschuldig an seinem Tode. Er hat Brunhild

Wie Kriemhild um ihren Gemahl trauerte

Hildebrand machte eine Pause und atmete tief und schwer. „Das war der Anfang vom Untergang der Burgunden“, sagte er, „dabei haben alle gehandelt, wie sie mußten und wie es ihnen richtig schien. Auch war Hagen trotz seines Mordes stets ein kluger Ratgeber seines Königs. Aus Treue gegen seinen Herrn und dessen Gemahlin wurde er zum Verräter.“
„Wahrlich war er klug“, stimmte ihm der Einsiedler zu, „aber wie es um seine Treue bestellt war, wird erst das Ende gänzlich weisen.“
Hildebrand achtete hierauf nicht und sprach weiter: „Und Siegfried war auch mitschuldig an seinem Tode. Er hat Brunhild bei Gunthers Brautwerbung getäuscht und sich damit den Zorn der Götter zugezogen. Die Tarnkappe nutzte er zu trügerischem Zweck.“
„Ob man hier aber von Schuld sprechen kann?“ fragte der Einsiedler. „Siegfried war ein grüner Jüngling, der aus den Wäldern kam. Er vertraute auf seine Kraft wie auf eine Naturgewalt und konnte nicht begreifen, daß es noch andere Mächte gibt.“
„Wo Ihr das sagt“, erinnerte sich Hildebrand, „fällt mir ein, daß ich einmal von Siegfried munkeln hörte, er sei nach seiner Geburt im Walde ausgesetzt und von einer Hindin gesäugt worden. Siegmund und Siegelind seien nur seine Zieheltern gewesen – aber ich hielt das immer für ein Ammenmärchen und habe auch nie weiter nachgefragt.“
Der Alte zog die Schultern etwas hoch und erhob seine Hände ein wenig. „Womöglich verbirgt sich etwas anderes hinter dieser Geschichte: Manche Menschen tragen einen Hirsch in sich, andere einen Bären oder Wolf, und zuweilen können sie sich in ihr jeweiliges Tier auch verwandeln. Je jünger man ist, desto stärker ist dieses innere Tier, doch an der Schwelle zum Mannesalter unterzieht man sich nach der Sitte der Ahnen einer Prüfung, um die Bestie zu bändigen und sein Leben der Menschengemeinschaft zu weihen. Danach bricht das Tier nur noch selten, etwa in der Schlacht, hervor.“
So wie bei meinem Neffen, der nicht umsonst Wolfhart genannt wurde, und den anderen Wölflingen in Dietrichs Heer: Wolfbrand und Wolfwein, dachte Hildebrand.
„Oft ziehen sich die Jünglinge“, fuhr der Einsiedler fort, „vor einer solchen Weihe in die Wälder zurück; sie tragen schwarze Gewänder und pflegen Umgang mit den Toten, die auch bei der Wilden Jagd in sie fahren; oder sie müssen eine bestimmte Zeit in einer Höhle zubringen, ganz ähnlich wie Siegfried in seinem Drachenpfuhl, um an Leib und Seele erneuert daraus hervorzusteigen. Zuweilen aber sind es gerade die besten Helden, bei denen etwas vom alten, ungeweihten Zustande zurückbleibt – vielleicht, weil dem einen ein Lindenblatt zwischen die Schultern fiel oder weil einem anderen die Hand der Mutter die Ferse umfaßte, welche sie nicht loszulassen wagte, als sie ihr Söhnlein im Wasser des Totenflusses badete; solches geschah nach einer Sage aus dem fernen Griechenland einem Recken namens Achill, der gleich Siegfried ein besonders starker und zornwütiger Heldenjüngling war und ebenfalls eines frühen Todes sterben mußte. Während der Weihe wandeln sich die Jünglinge in die Toten, und wenn das Ritual nicht vollständig vollzogen wird, bleibt ein

Hauch vom Totenreich an ihnen haften: Sie behalten dann manches von der segenspendenden Kraft der Abgeschiedenen, müssen aber bald wieder ganz zu den Toten zurückkehren."

„Und Brunhild, die – wie Ihr sagtet – so lange in einem zauberischen Schlafe versunken lag, ist auch so eine lebende Tote und daher eigentlich Siegfried zugedacht gewesen?" spann Hildebrand die Worte des Einsiedlers weiter.

„Ihr bemerktet selbst schon, daß Gunther jedenfalls nicht um dieses Weib hätte werben dürfen, und wenn, dann hätte er es allein tun müssen und die Folgen tragen."

„Und doch", entgegnete Hildebrand, „kämpfte er an seinem Ende wie es nur einem König geziemen kann. Er und Hagen, die beiden Verräter, waren zuletzt die kühnsten Streiter an Etzels Hof – und natürlich unser Herr Dietrich!"

Hildebrand aß wieder einige Löffel aus der hölzernen Schale, die vor ihm auf dem Tische stand, griff zum Methorn und nahm einen tiefen Zug, dann wischte er sich über den Mund und fuhr fort:

„Es herrschte tiefe Dunkelheit, als die Burgunden zurückkehrten; wortlos zerstreuten sie sich, gingen nach Hause und legten sich zu Bett. Manch einer freilich vermochte in dieser Nacht die Augen nicht mehr zu schließen. Auch Kriemhild war spät zur Ruhe gegangen, hatte noch lange wachgelegen und wurde von schwerem Alpdrücken heimgesucht. Plötzlich durchschnitt die zähe, langsam dahintröpfelnde Stille ein jäher Aufschrei, sie fuhr empor und mußte erst nachdenken, ob sie auch diesen nur geträumt habe. Da hörte sie ein ungestümes Klopfen an der Tür. Mit wehem Schlaf im Gesicht öffnete sie und sah in das entsetzte Augenpaar ihres alten Kämmerers. Sofort wußte sie, was geschehen war: Siegfried! Ein schriller Schrei entrang sich ihrer Brust.

‚Da', sagte der Kämmerer zitternd, zeigte auf den Boden und brachte stockend die Worte hervor: ‚Eine Leiche liegt vor der Tür.'

‚Siegfried', schrie Kriemhild außer sich, ihre Hände fuhren zu ihrem Haupt und zerrauften ihr Haar.

‚Siegfried – Siegfried – Siegfried!'

Ihre Schreie gellten über die Flure, hallten durch alle Gänge, zerrissen die Dunkelheit und peitschten die Nacht aus der Burg. Türen öffneten sich, Diener eilten heran, Gepolter, Lampen wurden entzündet, Stimmengewirr.

‚Es kann ein anderer sein!' rief jemand, ‚lüftet das Leichentuch!' ein zweiter, ‚seht nach!' ein dritter.

‚Es ist Siegfried', brach Kriemhild hervor, die Tränen sprangen ihr aus den Augen, und das Weinen schüttelte krampfhaft ihren Leib. Sie warf sich über den leblosen Körper, zog und riß das blutige Tuch herunter, und dann sah sie ihn, das geliebte Haupt, die gebrochenen Augen: Siegfried. Immer mehr Lichter wurden entzündet, bald war der ganze Pallas hellwach. Auch König Siegmund erwachte in seinem Trakt. Was war das für ein Lärm? Da klopfte schon ein Diener an seine Tür. ‚Was ist? Wer stört um diese Zeit?'

‚Herr König, Euer Sohn liegt tot vor Kriemhilds Kemenate!'

‚Was redest du? Bist du des Wahnsinns? – Mein Schwert soll dich für diese Worte richten!'

‚Ich bitte um Gnade, Herr König, doch ich spreche die Wahrheit! Euer Sohn liegt erschlagen!'

König Siegmund warf die Decke beiseite, sprang aus dem Bett, griff zu seinem Schwert und lief im Nachtgewand auf den Flur, die gezückte Klinge vor sich haltend. Seine Mannen waren ebenfalls geweckt worden und schlossen sich ihm an. Überall war Rufen: ‚Was ist geschehen?' ‚Siegfried ist tot!' ‚Der König von Niederland?'

Schon war Siegmund heran und sah Kriemhild bei dem Toten liegen, umringt von händeringenden Bedienten, weinenden Zofen und wehklagenden Kammerherren, Wachleuten mit lodernden Fackeln in den Händen. Wahrhaftig, er war es! Siegmunds Gesicht furchte sich in Zorn und Trauer, eine ungeheure, ohnmächtige Wut stieg in ihm empor, seine Faust krampfte sich um den goldenen Schwertgriff: ‚Wer ist das gewesen? Wer ist der Mörder?'

Da wies einer der um die Leiche knieenden Wachmänner auf Siegfrieds Schild, der dem Held zu Häupten lag: ‚Dort liegt sein Schild – er ist unzerhauen', und Kriemhild wandte das tränennasse Antlitz ihrem Schwiegervater zu und schluchzte: ‚Seine Wunde ist im Rücken; ich weiß, wer ihn mordete.'

‚So war es Meuchelmord!' rief König Siegmund.

‚Hagen ist der Mörder! Brunhild hat es geraten, und Hagen hat es getan!' schrie Kriemhild, ihre Stimme brach und überschlug sich; dann verbarg sie ihr Gesicht in den Händen.

‚Hagen?' wiederholte Siegmund ungläubig, ‚der Waffenmeister, der oberste Gefolgsmann des Königs?'

Die Umstehenden schwiegen plötzlich, machten ratlose, betroffene Gesichter.

‚Wenn es Hagen war, so ist auch er des Todes!' sprach Siegfrieds Vater, doch niemand antwortete ihm; jeder sah den anderen an, und nur das Schluchzen Kriemhilds schütterte durch das Schweigen. Nach einer Weile sah die Königin wieder zu Siegmund auf und sagte verzweifelt: ‚Gunther und Hagen haben mehr als dreißigmal soviel Recken wie Ihr in der Burg, und überall in der Stadt warten weitere, die zum Kampf gerüstet sind. – Wie wollt Ihr gegen die alle bestehen? Wollt Ihr auch Euch noch verderben?'

‚Soll der Mord ungesühnt bleiben, der Mord an meinem einzigen Sohn?'

‚Gottes allein ist das Gericht', sprach Kriemhild leise und schien sich bei diesen Worten zu beruhigen. Sie schaute auf das Angesicht des Toten und fügte hinzu: ‚Aber ich will dem Herrn dabei helfen, und bin ich auch nur ein schwaches Weib. Helft Ihr mir nun, lieber Vater, Siegfried zu bestatten und zu beweinen.'

Hilflos sah der alte Mann im Nachthemd in die Runde, und seine Männer hatten schamhaft die Blicke gesenkt. Sollte er mit dieser Handvoll Leute wirklich gegen die Burgunden losschlagen? Sicher wußte Gunther überhaupt nichts von dem Mord – er war ja ein König und aller Ehren Maß; er würde den Mörder, wenn man ihn faßte, zur Rechenschaft ziehen. Wer wußte auch, ob es wirklich Hagen war? Und selbst wenn, konnte Gunther seinen Lehnsmann jederzeit strafen. Wenn es aber doch ein anderer war? Bevor man etwas unternehmen konnte, mußte erst der Schuldige festgestellt werden, wenn nicht noch mehr Unheil geschehen sollte, und das ging nur mit Gunthers Hilfe. Hatte überhaupt schon jemand nach ihm geschickt? Warum dauerte es so lange, bis der König und seine Brüder kamen?

Voller Zweifel ließ der greise König das Schwert sinken. Er, der immer gewohnt war, Befehle auszuteilen, spürte auf einmal ein Gefühl von Verlassenheit und Machtlosigkeit in sich aufsteigen. In seinen Augen perlten zwei dicke Tränen, lösten sich langsam, rollten die zerfurchten Wangen hinunter und verschwanden in dem weißen Bart. Jetzt erschien der Markgraf Ger mit seinem Gefolge. Er hatte bereits gehört, was geschehen war, und kam, um den Toten zu beklagen. Siegfrieds jammervoll am Boden knieende Gemahlin und seinen ratlosen alten Vater versicherte er aufrichtigster und innigster Teilnahme; er versprach, an der Suche nach dem feigen Mörder mitzuwirken, und bat die beiden um Erlaubnis, Siegfrieds Leichnam waschen zu lassen und im Münster aufbahren zu dürfen, damit alles Volk von dem verehrten Helden Abschied nehmen könne. Dann ließ man einen riesigen Sarkophag aus Marmelstein fertigen, in den man das Zeichen des Kreuzes und – auf König Siegmunds ausdrücklichen Wunsch – ein Abbild der Weltesche eingrub. Die Nachricht von Siegfrieds Tod verbreitete sich wie ein Lauffeuer in Stadt und Land, und schon bald waren große Mengen Volks vor den Toren des Domes versammelt. Viele Stimmen redeten durcheinander; man sprach von dem Streit, der neulich an diesem Ort zwischen den Königinnen stattgefunden hatte, und stellte sogar schon Mutmaßungen darüber an, ob Siegfrieds Tod etwas mit diesem Vorfall zu tun haben könne. Auch stritt man heftig über dessen Rang und Stellung in Worms: ‚Der Niederländer hat sich zu viel herausgenommen', behaupteten die einen. ‚Er hat dem Volk der Burgunden wohlgetan', meinten die anderen. Endlich wurde das Tor zum Westportal geöffnet, der König erschien, und mit ihm Hagen, Gernot und Giselher. Mit ausgebreiteten Armen lief Gunther seiner Schwester entgegen, umarmte sie, legte die Hände auf ihre Schultern, wobei er die Arme ausstreckte und den Kopf etwas schräg hielt, und sprach mit zusammengekniffenen Augen und jammervoll verzogenem Mund: ‚Wehe, mein liebes Schwesterlein, welch furchtbares Leid ist uns geschehen; von Schächern scheußlich gemeuchelt liegt dein lieber Mann, mein geliebter Schwager! Daß uns ein solches Unheil ereilen mußte! Niemals werden wir aufhören, den edlen Recken zu beweinen!'

Kriemhild stand wie erstarrt und sah ihrem Bruder ins Gesicht: ‚Ich weiß wohl, wer die Schächer gewesen sind. Wenn Euch sein Tod betrübte, läge er jetzt nicht hier.'

‚Wie?' rief Gunther empört, und seine hohe Stimme überschlug sich beinahe, ‚zeihst du den Bruder des Mordes? Räuber haben ihn erschlagen, als er allein im Walde ritt! Wir alle haben zur Vorsicht gemahnt, aber er verweigerte jeden Begleiter, als er auf Pirsch ging.'

Ohne eine Miene zu verziehen, stand Hagen neben den Königsbrüdern. Kriemhild musterte ihn voll bitterster Verachtung; ihr schönes Gesicht war zu einer Fratze des Hasses entstellt: ‚Da ist er, der meinen lieben Gemahl erschlagen hat! Die Bahrprobe wird es erweisen! Tretet nur hin, Herr Hagen, sein Blut wird den Mörder künden!'

Ein erschrockenes Raunen ging nach diesen Worten durch die Menge. ‚Schweig' still, Schwester! Ich sagte doch –', aber noch ehe Gunther zu Ende gesprochen hatte, war Hagen mit einem langen Schritt an die Bahre getreten, stand hochaufgerichtet neben dem Toten – und wirklich: ein Strom Blutes quoll unter dessen Rücken hervor, kroch langsam über das Laken und färbte das weiße Tuch dunkelrot. Gunther starrte entsetzt auf den Blutfleck, Hagen aber rührte sich nicht, sondern schaute erhobenen Hauptes in die Runde. Mit einer plötzlichen Bewegung faßte er an den Schwertknauf; jetzt erst bemerkte man, welches Schwert er trug: Siegfrieds Schwert, den

Bild 11 | Totenklage

Balmung, und es war, als blutete die Wunde nun noch heftiger. Das Raunen verstärkte sich, Bewegung kam in die Menge, die einen wollten vordrängen, mit eigenen Augen das Zeichen zu sehen, andere wichen bang zurück. Gunthers Leibwache umringte schützend den König. ‚Ich befehle Ruhe', schrie dieser außer sich, und sein Kopf schwoll dunkelrot an. ‚Ich sagte, Räuber haben ihn getötet! Und jetzt hat die Schau ein Ende – die Messe soll nun gelesen werden!'
Der Priester ergriff das Wort und mahnte die Menschen, sich nicht von einem trügerischen Gaukelspiel narren zu lassen. Nur ausnahmsweise begnade der Herr seine Erwählten mit einem Blutwunder, meist aber handle es sich um Blendwerk des Bösen, gegen das nur die Kraft des Gebetes, der Glaube an den Herrn Jesum Christum und der Gehorsam gegen die von Gott eingesetzte Obrigkeit hülfen. Und dann hob er mit lauter Stimme zu beten an, und das Volk stimmte murmelnd mit ein. Nach der Messe wusch man den Leichnam noch einmal, hüllte ihn in feinste Kleider und bahrte ihn im königlichen Saale auf. Kriemhild hatte ein schwarzes Trauergewand angelegt und bestand darauf, ihrem lieben Gemahl selbst die Totenwache zu halten. Drei Tage und Nächte saß sie bei ihm, ohne zu essen und zu schlafen, und wich nicht von seiner Seite. Jeder ging still im Pallas umher, und nur ihr einförmiges Klagen erfüllte die düstere Halle. Indes kamen viele Menschen, um ebenfalls von dem Toten Abschied zu nehmen, und wurden von Kriemhild für diesen Treuedienst großzügig entlohnt. Sie gab Goldes in Fülle, und manch einer wurde durch einen gesenkten Blick und ein paar gestammelte Worte ein vermögender Mann. Am Morgen des vierten Tages wurde der steinerne Sarg verschlossen; acht starke Männer waren nötig, um ihn hinauszutragen. Ein großer Zug von Menschen war noch einmal herbeigeströmt, um dem vornehmen Toten das letzte Geleit zu geben; Edle und Gemeine aus allen Teilen des Reiches schritten gesenkten Hauptes hinterher. Kriemhild aber war von den Nachtwachen so erschöpft, daß sie nur mühsam einen Fuß vor den anderen zu setzen vermochte. Ihr Antlitz war bleich und fast durchsichtig; die Augen waren tief in dunkle Höhlen eingesunken, und ihr Haar schien in der Morgensonne auf einmal so fahl, daß jeden, der sie noch vor wenigen Tagen als strahlende junge Königin gesehen hatte, ein Grauen beschlich. Als der Sarkophag in der Grube versenkt werden sollte, wurde sie wieder vom Schmerz überwältigt, stimmte ein lautes Wehklagen an, warf sich über den Sarg und wehrte jeden Versuch, sie behutsam aufzuheben, so verzweifelt ab, daß der Sarg noch einmal geöffnet werden mußte. Ein letztes Mal nahm sie das Haupt ihres Trauten in die Hände, liebkoste seine Wangen, küßte ihn und vergoß bittere Tränen. Dann wurde der Sarg wieder verschlossen und in die Erde gesenkt. Zuletzt wälzte man nach Ahnensitte noch einen großen Stein über das Grab. Kriemhild weinte fort und fort und ließ sich auch durch den tröstenden Zuspruch Giselhers nicht beruhigen. Die Trauergesellschaft aber zerstreute sich schließlich, und man ging gebrochenen Mutes auseinander.
König Siegmund hatte wenig Verlangen mehr, in Worms zu verweilen und ordnete unverzügliche Rückreise an. Eindringlich bat er Kriemhild, mit ihm nach Xanten zu ziehen, und versicherte ihr, daß sie als Königin an Siegfrieds statt regieren und aller Ehren genießen solle, die ihr durch die Heirat zukämen. Nach einigem Zögern war sie dazu bereit und begann, Vorbereitungen für die

Reise zu treffen, doch als Hagen von ihrem Entschlusse hörte, ergriff ihn großer Unmut, und er ging eilends zum König. ‚Soll sie über Siegfrieds Mannen gebieten und wider uns zur Rache rüsten?' fragte er Gunther erregt und drang darauf, sie von der Fahrt abzuhalten. Gunther, der seine Schwester zunächst gern hätte ziehen lassen, sandte nach einigem Überlegen nach seiner Mutter Ute und den beiden Brüdern, bekundete seine Trauer, daß Kriemhild alle Gesippen nun verlassen wolle und bat jeden, sie zu bitten, daß sie bleiben möge.
‚Mein armes liebes Kind', sagte die Mutter zu Kriemhild, ‚was willst du allein in der Fremde? Hier sind deine Freunde und Magen, die dir Trost spenden und immer bei dir sind. Denke auch deiner lieben Brüder, die dich immer beschützen möchten, und deiner alten Mutter!'
‚Wie soll ich nur hierbleiben, wo ich den alle Tage sehen muß, der meinen lieben Trauten erschlagen hat?' schluchzte Kriemhild verzweifelt.
‚Du bist dort im Elend bei Fremden', stimmte Gernot der Mutter zu. ‚Wer weiß, wie man deiner pflegt in Xanten, da Siegfried dort nicht mehr regiert und andere Herren nun nach ihrem Willen zu schalten gesonnen sind?'
Und Giselher faßte ihre Hände und sprach: ‚Liebe Schwester, bleibe hier bei uns! Wir wollen dich immer trösten, und du magst von meinem Gute zehren; es ist für uns beide groß genug!'
Da hellte sich Kriemhilds Antlitz ein wenig auf, sie lächelte unter Tränen und antwortete: ‚Habt Dank, ihr Lieben! So will ich bei euch bleiben. Was soll ich auch in Xanten ohne meinen Siegfried?'
Und sie wies ihre Bedienten an, die bereits für die Fahrt verstauten Truhen und Kisten wieder abzuladen und auszupacken.

König Siegmund war über ihren Sinneswandel traurig und erbost; er bat sie, er beschwor sie, doch nach Xanten zu kommen, um mit ihm gemeinsam zu regieren, auch und vor allem, um ihren kleinen Sohn nicht verwaisen zu lassen, aber vergeblich: Kriemhild hatte sich entschieden, bei ihren Blutsfreunden zu bleiben, und nichts vermochte mehr, ihren Sinn zu ändern. Zuletzt stellte ihr Siegmund die Gefahren vor Augen, die es für ihn und seine Mannen bedeuten würde, allein durch ein Land zu reisen, in dem überall Feinde lauern könnten, doch Kriemhild versprach ihm, sich um seine Sicherheit zu kümmern, und bat Giselher, den König zu geleiten.
Siegmund entbot Gernot – nicht freilich Gunther – einen knappen Gruß, und Giselher führte ihn mit einem Troß burgundischer Edler bis zu den Grenzen des Reiches und nahm von ihm Abschied. ‚Lebt wohl, Herr Siegmund', sagte er. ‚Es wird mir immer leid sein, daß Eure Zeit zu Wormse so zu Ende ging.'
Der greise König sah ihn stumm und wehevoll an, murmelte etwas in seinen Bart, wandte sich dann um und gab seinen Mannen mit müde erhobenem Arm den Befehl zur Weiterreise. Kriemhild aber hat Siegfrieds Heimat und ihren Sohn nie mehr wiedergesehen. Sie mied auch den großen Pallas, wo ihre Brüder den Rittern vorsaßen, und bezog ein bescheidenes Häuschen unmittelbar neben dem Münster, das sich ganz in dessen Schatten duckte; dort lebte sie allein mit wenigen Mägden, zeigte sich nicht mehr bei Hofe und verließ ihr Gezimmer nur noch, um das Grab ihres Gatten und die Frühmesse zu besuchen, die sie niemals versäumte.

So lebte Kriemhild einige Jahre,
und fast hätte man sie und ihr
Schicksal vergessen, denn sie
vermied nach Möglichkeit,
mit Gunther zu sprechen, und
hütete sich vor allem davor, dem
grimmen Hagen zu begegnen,
der Siegfrieds Schwert nun
Tage am Gürtel trug. Der
nier aber warf wohl des
ren einen Blick aus den
malen Fenstern der Burg zu
n den Hof hinunter, wenn
sie, von ihren Dienerinnen
begleitet, das Münster betrat.
Er war stets genauso schwarz
angetan wie sie, und obgleich
er keine Trauer trug, waren
seine Gedanken fast ebenso
häufig bei dem Toten wie die
ihren. Auch sah er äußerst

Wie Hagen den Hort raubte

So lebte Kriemhild einige Jahre, und fast hätte man sie und ihr Schicksal vergessen, denn sie vermied nach Möglichkeit, mit Gunther zu sprechen und hütete sich vor allem davor, dem grimmen Hagen zu begegnen, der Siegfrieds Schwert nun alle Tage am Gürtel trug. Der Tronjer aber warf wohl des öfteren einen Blick aus den schmalen Fenstern der Burg zu ihr in den Hof hinunter, wenn sie, von ihren Dienerinnen begleitet, das Münster betrat. Er war stets genauso schwarz angetan wie sie, und obgleich er keine Trauer trug, waren seine Gedanken fast ebenso häufig bei dem Toten wie die ihren. Auch sah er äußerst ungern, daß Kriemhild über große Reichtümer aus dem Erbe ihres Mannes verfügte und jeden beschenkte, der ihr nur seine Aufwartung machte und ein gutes Wort von dem toten Helden sprach.

Mit der Zeit keimte daher ein neuer Plan hinter seinen dunklen Brauen, und eines Tages trat er vor den König hin und begann also zu sprechen: ‚Mein lieber Herr, bald schon ist das fünfte Jahr vergangen, in dem Eure Schwester ihren Gemahl beweint – sollte nicht ihre Trauer allmählich ein Ende haben? Siegfried kehrt nimmer wieder, sie ist noch immer jung, könnte hier zu Hofe in Ehren leben, und auch uns wäre wohler, wenn sie nicht mehr so an dem Toten hinge. Des unerachtet ist sie die Erbin des Nibelungenhortes, und ihre Schätze könnten Eure Reichtümer gewaltig vermehren, wenn Ihr Euch wieder mit ihr versöhnen würdet.‘

‚Ich will sehen, was sich erreichen läßt‘, sagte Gunther. ‚Meine Brüder, Ortwin und der Markgraf Ger sollen zu ihr gehen und sie bitten, mir wieder hold zu sein.‘

Kriemhild schenkte ihnen Gehör, und Gernot begann, in sanften Worten mit ihr zu sprechen: ‚Liebe Schwester, es grämt mich sehr, daß du nun schon so lange Siegfrieds Tod beklagst und dabei unserem Bruders zürnst. Wie gerne möchte dir der König bezeigen, daß er Siegfried nicht erschlagen hat und nur Liebe und Güte für dich im Herzen hegt!‘

‚Dessen zeiht ihn niemand. Ich weiß doch, wer meinen Gemahl erschlug: Hagen ist es gewesen, und ich selbst habe ihm noch die Stelle bezeichnet, wo mein Siegfried verwundbar war!‘

Sie begann zu schluchzen, schüttelte heftig den Kopf, ballte ihre Fäuste so fest, daß die Knöchel weiß hervortraten, und rief: ‚Niemals werde ich den Mördern meines Mannes verzeihen!‘

Da nahm Giselher ihre Hände und sprach leise mit ihr, bis sie sich wieder beruhigte. Die anderen aber standen hilflos um die beiden herum. Am nächsten Tag suchte Giselher seine Schwester abermals auf und redete ihr zu, und tatsächlich erreichte er, daß bald darauf der König mit seinen nächsten Vertrauten in ihrem Gemach erscheinen und mit ihr sprechen durfte. Er versicherte ihr immer wieder, wie unbeteiligt er an Siegfrieds Ermordung gewesen sei – auch wenn er geflissentlich nicht von Unschuld zu reden wagte –, er bekundete ihr sein Mitgefühl, seine innig empfundene Trauer und Anteilnahme und sprach zuletzt von Leben und Tod im allgemeinen, von der Zeit, die unaufhörlich voranschreite, von der Vergangenheit, die nicht wiederkehre, der Zukunft, der man sich zuwenden müsse, und da er wußte, daß Kriemhild fromm und seit Siegfrieds Tod noch viel frommer geworden war, auch von der Barmherzigkeit des Herrn, der Demut, mit der man sich in dessen unerforschliche Ratschlüsse schicken müsse, und der Vergebung, in der sich christliche Nächstenliebe am Sünder erweise – und tatsächlich: mochte sie nun ihren Sinn gewendet haben oder auch nur seiner Rede überdrüssig geworden sein, jedenfalls bot sie ihm zuletzt doch die Wange zum Versöhnungskuß.

Hagen freilich war dabei nicht zugegen, und ihm hätte sie um keinen Preis der Welt verziehen.

Nachdem sich Kriemhild mit ihrem Bruder öffentlich ausgesöhnt hatte, stellten ihr Gernot und Giselher vor, wie herrlich sie doch mit Siegfrieds Schätzen schalten, wie edelmütig sie mit seinem Golde die Armen des Landes beschenken könne, und nach einer kurzen Frist beauftragte sie die beiden, den Nibelungenhort nach Worms zu überführen.

Die Brüder versammelten ihre Getreuen, schifften sich ein und machten sich auf den Weg in das Nibelungenland. Zuerst fuhren sie nordwärts auf dem Rhein, bis sie das Meer erreichten, dann steuerten sie gen Osten und gelangten an eine zerklüftete Küste. Dort ließen sie einen Teil der Mannschaft bei den Schiffen zurück und zogen durch öde Fluren, an schilfigen Mooren und weglosen Wäldern vorbei, kamen schließlich auf die Heide, wo die Gebeine des von Siegfried getöteten Drachen moderten, und erreichten zuletzt den Berg, in dem der Zwerg Alberich hauste und in Siegfrieds Namen über den Hort und das Nibelungenvolk gebot. Alberichs Späher hatten ihr Kommen längst bemerkt und dem Albenfürsten in seinem von Silber, Gold und Edelsteinen an der Decke und an allen Wänden wie von Sternen schimmernden Saal im Innern des Berges gemeldet. Traurig sagte er zu seinen Untertanen: ‚Da Kriemhild die Brüder schickt, dürfen wir ihnen den Hort nicht verwehren; er ist von Rechts wegen ihr Eigen, doch würde ich ihn nimmer herausgeben, hätte ich die gute Tarnkappe noch. Wehe, daß Siegfried sie mir einst nahm und den Hort und das Land gewann; es ist dem Helden nicht wohl bekommen!‘

Damit verließ er den Saal und empfing die Königsbrüder vor dem hohlen Berge, der von außen beinahe wie ein gewöhnlicher Berg aussah. Diese staunten nicht schlecht, als sie den prunkvoll gekleideten Alben mit seinem langen schlohweißen Bart sahen, der schweigend ihr Begehr vernahm, gramvoll aus seinem runzeligen Gesicht zu ihnen aufblickte, sodann mit hängendem Haupt und schleppenden Schritten durch eine kleine Pforte in den tiefen unterirdischen Gängen und Schächten verschwand und nach einiger Zeit mit einem goldenen Schlüsselein in der Hand wiederkehrte.

‚Der Hort ist Kriemhilds, Ihr sollt ihn haben und mit Euch führen. Ihr seid jetzt seine Hüter, und ich heiße Euch nun die Nibelungen, da von altersher seine Walter so benamt sind. Möge er Euch allen zum Heile und nicht zum Schaden gereichen!‘

Bei den letzten Worten blickte Alberich zu Boden, und die Brüder sahen sich verwundert an. Dann erklärte der Zwerg, daß es einige Zeit dauern werde, bis der gesamte Hort aus dem Berge getragen sei, und hieß sie als seine Gäste willkommen. Er wollte ihnen feine Gemächer anweisen, doch die Brüder zogen es vor, statt in dem geheimnisvollen Berge lieber in ihren mitgebrachten Zelten zu übernachten. Vier Tage und Nächte waren ganze Heerscharen von Zwergen eifrig damit beschäftigt, die Schätze aus den verborgenen Höhlen und Schächten zu tragen und auf zwölf große, von Schimmeln gezogene Wagen zu verladen. Neunmal des Tages mußten die Wagen in den Berg hineinfahren, um voll Gold und Edelsteinen, Waffen und Werkzeugen, Geschmeide und wundersamen Gerätschaften wieder herauszurollen. Die Brüder und ihr Gefolge standen umher und kamen aus dem Staunen nicht mehr heraus.

,Wahrhaftig, dieser Schatz ist kein schlechter Trost für den, welchen unsere arme Schwester verlor; vielleicht wird sich nun ihre Trauer mit der Zeit etwas legen', sagte Giselher, doch Gernot zog nur die Brauen zusammen und zuckte mit den Schultern: ,Unsere Schwester vergißt nicht leicht, und hier geht es nicht mit rechten Dingen zu. Mir ist das alles nicht geheuer; ich bin froh, wenn wir wieder daheim am Rheine sind.'

Als endlich alle Schätze verladen waren, beeilten sich die Könige, die Heimreise anzutreten und nach Worms zurückzukehren. Unterwegs fragte Giselher den Bruder, was es eigentlich bedeuten solle, daß Alberich gesagt habe, nun seien sie die Nibelungen.

,Ich weiß es nicht', gab Gernot mürrisch zur Antwort, ,ich jedenfalls bleibe ein Burgunde.'

Nach etlichen zähen und mühseligen Tagesreisen erreichten sie ihre Heimatstadt und ließen den Hort in die weiten Gewölbe tragen, in denen sich tief unterhalb der Königsburg die Schatzkammern befanden. Kriemhild wurde von Gunther feierlich der Schlüssel zu ihrer gewaltigen Erbschaft übergeben, und es schien, als hätten die beiden Geschwister sich nun wirklich wieder versöhnt. Kriemhild war nun die reichste Frau, von der man je gehört, und doch hätte sie all ihre Schätze – und wären es auch noch tausendmal mehr gewesen – gerne dafür gegeben, daß ihr geliebter Mann in ihre Arme zurückgekehrt wäre. ,Was nutzt mir all mein Gold ohne meinen lieben Friedel?' dachte sie voll Kummer und schenkte Armen wie Reichen von ihrem Golde und Silber in Fülle. Durch ihre Freigebigkeit mehrte sich der Wohlstand im ganzen Burgundenland, ein jeder pries die Tugend der verwitweten Königin, und durch alle Teile des Reiches hallte ihr Lob.

Nur einer war mit ihrer Milde nicht zufrieden: ,Sie verschleudert das ganze Gut', sagte Hagen zum König, ,und macht sich jedermann zum Vasall. Wenn wir noch lange warten, wird sie bald soviele Recken in ihr Lehen gebracht haben, daß es den Söhnen Dankrats schlecht ergeht.'

,Der Schatz ist ihrer, Hagen', antwortete Gunter mit Nachdruck. ,Du weißt, wie lange es gedauert hat, bis sie mir wieder hold war. Ich schwur ihr einen Eid, sie niemals mehr zu verletzen, und so will ich es halten. Schließlich ist sie meine Schwester.'

,Ihr sollt Euren Eid nicht brechen', sprach Hagen. ,Laßt mich den Schuldigen sein.'

Gunther sah ihn streng und strafend an, doch als Hagen den Saal verlassen hatte, löste sich seine herrscherliche Miene und er fing an zu grübeln. Sollte der Tronjer wieder recht haben? Gewiß stand der burgundische Thron nach Siegfrieds Tod fester als je zuvor und Gunthers Herrschaft war unangefochten, doch mußte man stets auf der Hut sein. Ähnlich wie ein vorausschauender König Kriege gegen andere Fürsten führt, um den Frieden zu sichern, mußte man auch Obacht geben, daß die Freunde im Land nicht zu mächtig wurden, damit man ihrer noch gewachsen war, wenn man sie morgen

Bild 12 | Der Nibelungenhort

vielleicht zu Feinden hätte. Stimmte es etwa tatsächlich, was zuweilen gesagt wurde, daß manche Ritter Kriemhilden treuer ergeben wären als ihm selbst?
Ich habe ihr einen Eid geschworen, dachte Gunther, doch hält sie es genauso treu mit mir? Ich will in Kürze meine Brüder fragen, wie sie über diese Angelegenheit denken, und dann eine Entscheidung fällen.
Diese wurde ihm jedoch abgenommen, und schon bald hatte Siegfrieds Witwe einen neuen Anlaß zur Klage: Der Schlüssel zum Hort war nicht mehr zu finden, die Kämmerer verschwunden, niemand wußte Genaueres, und wenn Kriemhild weiterfragte, erhielt sie zwar manche Verbeugung, aber letztlich doch immer nur ein achselzuckendes ‚Befehl der Herren Könige' zur Antwort.
Gernot war erbost, als er davon hörte, suchte den älteren Bruder zur Rede zu stellen, und der jüngste wollte Hagen – denn niemand sonst hatte den Schlüssel an sich genommen – gar nach dem Leben trachten, wäre er nicht sein Blutsfreund. Gunther machte abwechselnd ein mißmutiges, ein besorgtes und zuletzt ein herrisch überlegenes Gesicht und rechtfertigte das Tun seines obersten Dienstmannes: ‚Kriemhild muß die Gewalt über den Hort entzogen werden; die Gefahr ist zu groß, daß sonst Unheil entsteht, sie ist eine wankelmütige Frau.'
Giselher forderte wutentbrannt, daß ihr der Schlüssel wieder zurückgegeben werde, und lange ging der Streit hin und her. Da faßte sich Gernot plötzlich an die Schläfen, schüttelte das Haupt hin und her und sagte voll Abscheu: ‚Dieser Hort ist verflucht, wenn er solchen Hader stiftet, kaum daß wir ihn besitzen. Wir haben seiner früher nicht bedurft und werden ihn auch fürder nicht benötigen. Man sollte ihn in den Rhein versenken, da mag er ruhen bis zum Jüngsten Tag!'
‚Ihr habt weise gesprochen, mein König', stimmte ihm Hagen zu. ‚Laßt mich nur die Dinge erledigen. Ihr solltet auf Reisen gehen, und wenn Ihr wiederkommt, ist alles getan und Euch trifft keine Schuld.'
Giselher begehrte heftig gegen diesen Ratschluß auf, aber Gunther und Gernot schlossen sich dem Vorschlag des Tronjers an und mahnten ihren jüngsten Bruder zum Gehorsam: ‚Hagen ist ein erfahrener Staatsmann, und du bist noch beinahe ein Kind. Wir wollen tun, wie Hagen geraten hat.'
Die Burgundenkönige bestellten ihre wichtigsten Getreuen ein und fuhren schon am nächsten Tag den Rhein hinauf, angeblich um in einem Gau nächst der alemannischen Grenze gemeinsam mit tributpflichtigen Fürsten die Bestrafung eines unbotmäßigen Vasallen zu überwachen. Wohin sie reisten, blieb geheim, nur daß es sich um eine dringliche Reise handelte, die keinen Aufschub duldete, wurde bekanntgegeben. Hagen wurde indessen von Gunther zum Vogt ernannt, so daß jeder im Reich dem Tronjer während der Abwesenheit der Könige Gehorsam schuldig war.
Allerdings blieben die Brüder wider Erwarten doch nur wenige Tage fort, da sich die Sache, wie man sagte, noch einmal gütlich richten ließ. Als sie zurückkehrten, wurden sie vom Markgrafen Eckewart bereits in großer Sorge erwartet. Hagen – so berichtete er – war mit seinen Mannen in die Schatzkammern gedrungen, hatte den Hort verladen und nach Lochheim am Rheine schaffen lassen, wo der Fluß eine scharfe Kehre macht. Dort, wo es von altersher nicht geheuer ist, weil der sonst ruhig dahinfließende Strom plötzliche Wirbel und Strudel

Bild 13 | Kriemhilds Trauer

bildet, die schon manches Schiff scheitern ließen, habe Hagen den Hort in einer finsteren Nacht in den Fluten versenkt. Eckewart habe es ihm wehren wollen, doch seine Männer hätten nicht gewagt, sich dem Tronjer zu widersetzen. Nun sei Hagen verschwunden, niemand wisse, wohin er gegangen sei, und Kriemhild sitze in ihrer Kemenate, weine bitterlich und sei für niemanden zu sprechen.
Giselher erzürnte sehr und wollte schon seine Männer die Pferde schirren lassen, um Hagen zu suchen und zu ergreifen, doch fügte er sich Gunthers Mahnung, nichts zu überstürzen. ‚Das hat Hagen wahrlich übel getan', sagte Gunther zu dem Markgrafen. ‚Es wird, wenn er wieder hier ist, streng über ihn gerichtet werden.'
Hagen war jedoch verschollen, und der König schien seine Absicht, ihn zu bestrafen, bald wieder vergessen zu haben, denn als der Tronjer nach einiger Zeit wieder auftauchte, war weder vom Raub des Hortes noch von einem Strafgericht mehr die Rede.

Wieder war Kriemhild ein großes Unrecht geschehen, und abermals mußte sie mitansehen, wie der Schuldige nicht nur ungestraft, sondern in höchsten Ehren neben den Königen einherschritt. Sie mochte nun endgültig nicht mehr bei ihren Brüdern bleiben, und da es sich gerade fügte, daß ihre Mutter eine Fürstenabtei zu Lorsch gestiftet hatte, wo sie ihr Alter zu fristen gedachte, wollte auch Kriemhild in der Nähe des Klosters einen Sedelhof beziehen. Siegfrieds Sarg mußte dazu ausgegraben, nach Lorsch überführt und dort zum zweiten Male beigesetzt werden, da die unglückliche Witwe sich nicht von den sterblichen Überresten ihres Mannes zu trennen vermochte.

Eben als Kriemhild sich mit wenigen Mägden bei ihrer alten Mutter einrichten wollte, um den Rest ihrer Tage am Grab des trauten Toten zu weilen, gelangte neue Mär zum Rheine, gesandt von König Etzel aus dem fernen Hunnenland."

Hildebrand hatte lange und zuletzt mit gesenktem Haupt mehr für sich selbst als für den alten Einsiedler gesprochen; jetzt blickte er zu ihm hinüber und gewahrte mit leisem Erschrecken, wie Nacht und Alter in den tiefen Furchen ... dem Antlitz des Greises ...eten. Gleichwohl hatte ... seltsames Auge in steter ...hheit auf dem Munde des ...zählers geruht.

Merkwürdig, woher mir die Worte so gleichförmig zugeströmt sind, dachte er fast als hätten sie ein eigenes Leben. Wie ein Strom, der sich sein Bett erst schafft, indem er vorwärtsdringt. Es ist, als wenn ich alles selbst erlebt hätte, dabei

Wie König Etzel um Kriemhilds Hand anhielt

Hildebrand hatte lange und zuletzt mit gesenktem Haupt mehr für sich selbst als für den alten Einsiedler gesprochen; jetzt blickte er zu ihm hinüber und gewahrte mit leisem Erschrecken, wie Nacht und Alter in den tiefen Furchen auf dem Antlitz des Greises nisteten. Gleichwohl hatte dessen seltsames Auge in steter Wachheit auf dem Munde des Erzählers geruht.

Merkwürdig, woher mir die Worte so gleichförmig zugeströmt sind, dachte er – fast als hätten sie ein eigenes Leben. Wie ein Strom, der sich sein Bett erst schafft, indem er vorwärtsdringt. Es ist, als wenn ich alles selbst erlebt hätte, dabei habe ich vieles doch nur erzählt bekommen; auch bin ich niemals ein Märenerzähler gewesen wie etwa Volker, dessen Kunst ich in jenen fernen friedlichen Tagen zu Worms erleben durfte, als er zu Siegfrieds Ehren von dessen Taten sang. Wer hätte damals denken mögen, daß der Spielmann später von meiner eigenen Hand – –?
Als Hildebrand unwillkürlich von einem Grauen gerührt auf seine Rechte starrte, bemerkte er, daß ihm klebriger Met von den Fingern rann. „Ich habe gar nicht gemerkt, daß ich etwas verschüttete“, sagte er zu dem Einsiedler. „Das macht gar nichts, antwortete dieser lächelnd, „was danebengeht, ist nur für die minderen Barden. Das muß Euch oder den, welcher dereinst diese Mären in kunstreiche Verse faßt, nicht bekümmern. Über den Met aber will ich Euch eine kleine Geschichte erzählen, wenn Ihr es mir verstattet:

Vor unvordenklichen Zeiten führten zwei Göttergeschlechter, die Asen und Wanen, miteinander Krieg. Als sie endlich Frieden schlossen, versammelten sich alle feierlich um einen großen Kessel, und jeder spuckte hinein. Diesen Kessel nahmen die Asen mit sich in ihre Burg. Aus dem Speichel aller Götter schufen sie sodann einen Mann, den sie Kwasir nannten und der so klug war, daß er auf jede Frage eine Antwort wußte. Er zog in der Welt umher, lehrte überall sein Wissen und kam zuletzt zu zwei Zwergen, die Brüder waren und Fjalarr und Galarr hießen. Zum Dank für seine weise Rede erschlugen ihn die garstigen Zwerge und fingen sein Blut in einem Kessel namens Odrörir sowie in zwei weiteren Gefäßen, Son und Bodn, auf. In das Blut mischten sie Honig und schufen daraus den Met, der jeden, der von ihm trinkt, zu einem Dichter oder Weisen macht.
Später töteten die Zwerge durch eine List auch einen Riesen, der Gilling hieß: Sie saßen nämlich mit ihm in einem Boot, das sie auf eine Klippe steuerten und zum Kentern brachten, so daß Gilling, der nicht schwimmen konnte, ertrank. Dessen Sohn Suttung aber ergriff die Zwerge, nachdem er vom Tod seines Vaters gehört und zur Rache herbeigeeilt war, ruderte ebenfalls mit ihnen aufs Meer und setzte sie auf einer Schäre aus, die vom steigenden Wasser langsam überflutet wurde. Jämmerlich baten die Zwerge um ihr Leben und versprachen dem Riesen als Vaterbuße den kostbaren Dichtermet. Suttung willigte ein, nahm den Met mit sich und verbarg ihn in einer Höhle. Als Wächterin setzte er seine Tochter Gunnlöd ein.
Nun wollten die Asen aber den Met, der aus Kwasirs Blut gemacht war, wiedererlangen, und Odin wanderte

dorthin, wo Suttungs Bruder Baugi wohnte. Auf einer Wiese traf er neun Knechte, die Gras mähten, was ihnen sehr beschwerlich von der Hand ging. Odin sagte, er wolle ihnen helfen, nahm seinen Wetzstein und schliff die Sensen. Als die Knechte sahen, daß diese nun viel besser gingen, wollten sie den Stein kaufen, doch konnten sie sich nicht einigen, wer ihn bekommen solle. Da warf ihn der Göttervater in die Luft, und als sie alle mit ihren Sensen hinzusprangen, um ihn aufzufangen, gerieten sie in ein solches Gemetzel, daß zuletzt alle tot zur Erde fielen.
Odin ging bald darauf zu Baugi und bat ihn um ein Nachtlager. Er gab ihm aber nicht seinen richtigen Namen an, sondern nannte sich Bölwerk. Baugi klagte ihm sein Leid, denn seine neun Knechte hätten sich gegenseitig erschlagen und er wisse nicht, wer nun ihre Arbeit tun solle. Bölwerk bot ihm an, daß er allein die Arbeit von neun Männern verrichten wolle, forderte aber als Lohn einen Schluck von dem Dichtermet. Baugi sagte, daß der Met seinem Bruder gehöre und er nicht darüber verfügen könne, doch erklärte er sich damit einverstanden, mit Bölwerk zu Suttung zu gehen und zu versuchen, etwas von dem Met zu erlangen.
Den ganzen Sommer über leistete Bölwerk für Baugi die Arbeit der toten Knechte, und als der Winter nahte, bat er um seinen Lohn. Sie gingen nun beide zu Suttung, und Baugi erzählte ihm von seiner Vereinbarung mit Bölwerk, aber Suttung wollte davon nichts wissen und verweigerte jeden Tropfen des Trankes.
Da schlug Bölwerk vor, durch eine List in die Höhle, darin der Met verwahrt wurde, einzudringen, und Baugi stimmte zu. Bölwerk ließ ihn ein Loch in den Felsen bohren, wandelte sich in Schlangengestalt und kroch hinein. Im Innern nahm er wieder seine gewöhnliche Gestalt an, ging zu Gunnlöd und schlief bei ihr drei Nächte. Danach durfte er für jede Nacht einen Schluck aus dem Met tun: mit dem ersten Schluck leerte er den Kessel Odrörir, mit den beiden anderen die Gefäße Bodn und Son, so daß er den ganzen Met bei sich hatte. Dann verließ er die Höhle, verwandelte sich in einen Adler und flog mit der Beute heimwärts. Bald aber kam Suttung hinzu, sah, was geschehen war, verwandelte sich ebenfalls in einen Adler und flog Bölwerk hinterher. Als die anderen Götter Odin kommen sahen, liefen sie schnell mit großen Kesseln und Töpfen in den Hof, und der Göttervater spieh noch aus der Luft den Met hinein, der seit dieser Zeit den Asen und denjenigen Dichtern gehört, die von den Taten der Götter und Menschen künden. Ein kleinerer Teil aber ging daneben, weil Suttung den göttlichen Adler so nah bedrängte, und dieser Teil ist für alle, die nur abgeschmackte Geschichten erzählen und holprige Verse schmieden."
„Aha", sagte Hildebrand erstaunt und zugleich erstmals seit langer Zeit ein wenig erheitert. „Wunderliche Dinge sind Euch kund. Sicher gehört Ihr zu denen, die einen reichlichen Schluck von dem Met abbekamen. Aber ich will nun fortfahren, zumal ich vom folgenden das meiste ja erlebt habe und daher des Trankes weniger bedarf:

Ich lebte nämlich schon manches Jahr an Etzels Hof, als seine Gemahlin, die edle Frau Helche, starb. Sie war eine sehr milde und wohltätige Königin, und in allen zwölf Königreichen, die Etzel untertan waren, trauerten die Menschen um sie. Auch Etzel trauerte lang, doch dann gedachte er, um ein neues Weib zu werben. Er befragte die Großen des Reiches, ob ihnen irgendwo eine Frau

Bild 14 | Hildebrand

Bild 15 | Der Einsiedler

bekannt wäre, deren Schönheit und edle Abkunft sie über die anderen Frauen erhebe, und ein jeder sagte sogleich: ‚Kriemhild aus Burgundenland, die Witwe des starken Siegfried, ist die edelste und schönste Herrin weit und breit – sie könnte in höchsten Ehren die Krone des Hunnenreiches tragen.'
Etzel zögerte zunächst noch, da er zweifelte, ob Kriemhild sich einem Heiden vermählen würde; auch gedachte er der Sitten seines Landes, in dem nicht lange geworben wird, wenn man eine Frau zum Weibe nimmt, und wo man auch so viele Frauen besitzen darf, wie man zu ernähren vermag. Kriemhild jedoch stand unter der Hut ihrer ritterlichen Brüder, die vielleicht nicht dulden würden, daß ihre Schwester in die Fremde zöge. Sogleich aber stieg ein leiser Zorn in ihm auf, als er dies erwog, denn alles hatte der Sohn der Wüste durch sein Schwert gewonnen, die Könige der westlichen und östlichen Reiche zitterten vor ihm, waren ihm untertan oder zahlten, wie selbst der große Kaiser zu Konstantinopel, Tribut – und dennoch sprachen sie voll Dünkel über ihn, wenn sie ihn fern und sich sicher wähnten. Noch immer glaubten sie, ihn nicht als einen der Ihren ansehen zu müssen, weil er ihre heiligen Bücher nicht lesen konnte, weil er die Sprachen der Römer und Griechen nicht beherrschte, weil er aus den Steppen Asiens kam. Eine solche Heirat aber würde ihm Wege ebnen, die selbst sein Schwert noch nicht gebahnt hatte.
Er berief daher den edlen Rüdiger zu sich, den Markgrafen zu Bechlarn, der mit den Königen von Burgund von Väterzeiten her in Freundschaft stand, und fragte nach seinem Rat. Rüdiger bestärkte den König lebhaft in seinem Sinn, lobte Kriemhilds Schönheit und hob seine günstige, von wechselseitiger Hochschätzung geprägte Beziehung zu den Wormser Herren hervor. Etzel war von Rüdigers Worten begeistert: ‚So gehet hin und werbet mir die Minnigliche, Herr Rüdiger! Ihr sollt mit Euren Gefährten reich gewandet und gerüstet ziehen, auf daß ein jeder sehe: Hier sendet König Etzel. Und habt Ihr Erfolg und führt mir Kriemhild in mein Reich, so will ich es Euch mit Landen und Burgen entlohnen!'
Dankbar erbot sich Rüdiger, Etzels Antrag Kriemhild und ihren Brüdern auf eigene Kosten zu überbringen: ‚Ich habe Geld und Gut von Euch genügend erhalten, mein König; gerne will ich von dem, was ich schon empfing, nach dem Rheine reisen und meine Mannen mit mir führen. Sogleich bestelle ich meiner Gemahlin, daß sie um Gewänder schicken soll. In vierundzwanzig Tagen soll Aufbruch sein!'
Rüdiger sandte Boten nach Bechlarn, teilte seiner Gattin Gotelind mit, daß er in Etzels Auftrag zu den Burgunden reiten werde und bat sie, mit der Ausstattung seiner Dienstleute zu beginnen. Dann ritt er selbst in die heimatliche Mark, traf schnell noch mancherlei Vorbereitung und setzte sich an die Spitze eines Zuges von fünfhundert Mann, die, da sie Etzels Fahne trugen, ohne Unbill reisen konnten und unangefochten sogar durch das von Räubern heimgesuchte Bayernland gelangten.
Am Rhein wurden der Markgraf und seine Gefährten herzlich und mit hohen Ehren von den Königsbrüdern, die ihnen ein Stück des Weges entgegengeritten waren, empfangen – wenngleich die hunnischen Krieger, die Rüdiger begleitet hatten, neugierig auf dem Markt begafft und von zahlreichen Kindern aus sicherer Entfernung bestaunt wurden. So fremdartige, in graue Felle gekleidete Gesellen mit merkwürdig flachen Nasen,

breiten, bartlosen Gesichtern und rabenschwarzem Haar, das oft fast völlig abgeschoren und nur am Hinterkopf zu einem dünnen Zopf zusammengebunden war, gab es in Worms nur selten zu sehen! Meist waren ihre Wangen narbig und zerfurcht, da man in ihrem Lande schon den Knaben die Gesichtshaut mit Messern zerschneidet, um den Bartwuchs zurückzuhalten, der ihnen für unschön gilt; auch hatten die meisten übernatürlich lange und spitze Schädel, denn die Hunnen pflegen – wie zuweilen auch manche Goten und Burgunden, die bei ihnen im Lehen stehen und diesen Brauch übernommen haben – den Neugeborenen ihre noch weichen Köpfe mit Tüchern fest einzuschnüren und dadurch so umzuformen, wie es ihrer Vorstellung von einem wohlgebildeten Haupte entspricht. Am seltsamsten aber waren die Augen: daß man durch derart schmale Schlitze überhaupt etwas sehen konnte! – Und das sogar nicht schlecht, denn die Hunnen waren überall als ausgezeichnete Bogenschützen bekannt und zeigten schließlich den vorwitzigsten Knaben bereitwillig und mit breitem Lächeln ihre mit Federn geschmückten Pfeile und Wurfspeere. Rüdiger wurde in den großen Saal gebeten und von allen Edlen begrüßt; dann trug er seines Königs Botschaft vor:
‚Mein Herr König Etzel‘, so begann er, ‚der Herrscher des Hunnenlandes, entbietet Euch, König Gunther, in Freundschaft seinen Gruß! Er läßt Euch ausrichten, daß er den edlen Herren vom Rheine stets zu treulichem Dienst gesonnen ist und gern eine nähere Verbindung beider Reiche wünscht.‘
‚Es ist uns eine Ehre, was Herr Etzel uns durch Euren Mund verkünden läßt, Herr Rüdiger‘, sagte Gunther höflich. ‚Gerne mag auch das Haus Burgund dem König des Hunnenlandes getreu zur Seite stehen. Etzels Krone strahlt wie die helle Sonne über seine Länder, zwölf gewaltige Reiche sind ihm untertan, und Frau Helches Tugend ist aller Herrschaft schönste Zier.‘
Da senkte Rüdiger das Haupt und sprach: ‚Um Helche ist König Etzel tief betrübt, Herr Gunther; die edle Frau ist verschieden und der Thron an Etzels Seite verwaist. Überall herrscht Trauer im Land ...‘
‚Das kann ich gewißlich verstehen‘, entgegnete Gunther und senkte ebenfalls das Haupt.
‚Doch‘, fuhr der Markgraf fort, ‚hat mein Herr beschlossen, seinem Reich eine neue Königin zu schenken, die an Tugend der schönen Helche gleichkommt.‘
Hagen legte den Kopf leicht in den Nacken und zog die Stirn zweifelnd zusammen, während Gunther aufmerksam die Brauen hob. Mit teilnehmender Miene fragte er: ‚Aber welche Frau vermag wohl, die edle Helche auf dem Throne zu ersetzen?‘
‚Herr König‘, sagte nun Rüdiger und sah Gunther fest in die Augen, ‚es gibt nur eine, die würdig ist, den Thron des Hunnenlandes zu besteigen: Eure Schwester Kriemhild, des verstorbenen Königs von Niederland Gemahlin. Nur diese ist es, nach der meines Herrn Sinn sich richtet, und um ihre Hand befahl er mir, in seinem Namen vorzusprechen. Wolle sie und wollt Ihr es vergönnen, so mag sie Frau Helches Krone tragen!‘
Gunther stutzte einen Augenblick und dachte daran, wie abgeschieden Kriemhild, noch immer in das schmucklose Schwarz der trauernden Witwe gekleidet, in ihrer Klause beim Dome lebe, doch dann sprach er zu Rüdiger: ‚Welch große Ehre ist uns durch Herrn Etzels Werbung beschieden! Ich will die Botschaft sogleich meiner Schwester überbringen lassen und ihre Neigung

erkunden. In drei Tagen werde ich berichten, ob sie Euch Gehör schenken mag. Ihr mögt nun aber als meine lieben Gäste hier verweilen!'
Nachdem Rüdiger und seinen Gefährten prunkvolle Gemächer bereitet waren, ließ Gunther seine vornehmsten Getreuen zu sich rufen und befragte sie um ihre Meinung. Er schwankte noch darin, ob es für die Schwester besser sei, in dem Lande zu bleiben, wo sie zuhause war, aber stets an den toten Gemahl erinnert wurde, oder zu dem großen König in die Fremde zu ziehen. Gunther wünschte durchaus, daß sie noch einmal ihr Glück fände, doch mehr noch wollte er die mahnende Erinnerung, mit der Kriemhilds kummervolles Antlitz, ihre gedrückte, düstere Gestalt für ihn behaftet waren, aus seinem Gesichtskreis verbannen.
‚Es wäre mir lieb', sagte er schließlich, ‚wenn meiner Schwester neues Heil an Etzels Hof beschieden wäre. Will sie den Hunnenkönig zum Manne nehmen, so möge es um meinetwillen gerne geschehen.'
Gernot und Giselher, Ortwin und die anderen Edelinge am Hofe waren alle gleichen Sinnes wie der König, nur Hagen war es nicht: ‚Wahrlich deucht es mir nicht gut, wenn sich Kriemhild dem mächtigen Manne verbindet. Sie trägt immer noch Leid und Haß im Herzen.'
‚Was soll schon geschehen?' fragte Gunther achselzuckend. ‚Etzels Burg ist weit, und die Mauern von Worms sind wohlbewehrt. Außerdem ist Kriemhild meine Schwester und hat sich wieder mit mir versöhnt, obgleich wir ihr den Gatten nahmen. Und überhaupt denke ich nicht, daß sie sich noch einmal minnen läßt, und sei es auch von dem mächtigsten König.'
‚Bedenkt', rief der Tronjer warnend aus, ‚wieviele Recken sie in Etzels Reich gewönne! Seid auf der Hut, mein König! Besser ist es, sie verbleibt hier bei uns in Worms.'
Jetzt aber fiel ihm Giselher ins Wort: ‚Ihr habt Kriemhild genug des Leides zugefügt, Herr Hagen! Ihr solltet Euch der Treue erinnern, die Ihr meiner Schwester schuldet! Wenn sie noch einmal Minne finden kann, mögt Ihr es ohne Neid geschehen lassen!'
‚Kriemhild wird uns große Sorgen schaffen, wenn sie erst Helches Krone trägt', wandte Hagen noch einmal ein, doch Gernot sagte mit Entschiedenheit: ‚Sie mag Etzel minnen, wenn sie es wünscht – und wir werden davon abstehen, jemals nach dem Hunnenland zu fahren, solange beide leben.'
Da nickte Gunther, und als Hagen ein weiteres Mal widersprechen wollte, schlug Giselher mit der flachen Hand auf den Tisch und schrie: ‚Genug, Hagen! Wir schulden ihr getreuen Dienst, und niemand stehe ihrem Glück entgegen!'
Hagen mußte sich fügen, und die Könige waren einig, daß Kriemhild sich mit Etzel vermählen dürfe, wenn sie es wünsche.
Der Markgraf Ger wurde zu ihr geschickt, um ihr von Rüdigers Besuch und Werbung zu berichten: ‚Freut Euch, Frau Königin, der Botschaft, um die König Etzel zu Euch gesandt! – Er will Euch Helches Krone tragen lassen!'
‚Treibt nicht Spott mit mir armem Weibe', sprach Kriemhild und begann zu schluchzen. ‚Wen sollte ich noch freien, der man den Liebsten nahm.'
Gernot und Giselher kamen ebenfalls in ihre Kammer gelaufen, rühmten Etzels große Macht und sprachen ihr zu, über die Werbung wenigstens nachzudenken – doch vergeblich: Kriemhild weinte umso heftiger, je mehr man mit Reden in sie drang. Da baten die Brüder, Herrn Rüdiger zumindest aus höfischer Sitte zu

empfangen, schließlich sei der Markgraf um ihret- und um Etzels willen weit gereist und dem Königshause freundschaftlich verbunden. Darauf willigte Kriemhild ein: Herrn Rüdiger wolle sie empfangen, einen anderen Boten niemals.

Am nächsten Morgen stand Rüdiger mit seinen hunnischen Begleitern vor ihr. Sie trug wie gewöhnlich ihr schwarzes Trauerkleid; er aber hatte sein prunkvollstes Gewand angelegt, verneigte sich tief und begann, in gewandten und wohlgesetzten Worten davon zu sprechen, was für ein liebenswerter und großherziger Mann sein Herr sei, nannte sodann die Länder, über die König Etzel gebiete, malte die Reichtümer aus, über die er verfüge, und trug ihr zuletzt vor, daß dieser edle und mächtige Herrscher nun um ihre Hand anhalten wolle.
Kriemhild hörte ihn stumm und traurigen Mutes an, schüttelte dann leise den Kopf und antwortete, während ihr zwei Tränen in die Augen traten: ‚Eures Königs Werbung ehrt mich sehr, und darum sagt ihm meinen Dank. Doch trage ich noch immer Herzeleid um den, den ich verlor.'
‚Was hilft besser gegen Herzeleid als neue Liebe?' fuhr Rüdiger fort. ‚Sie spendet Trost, schenkt neues Glück und schafft zuletzt oft wieder Liebe.'
‚Was soll ich noch mit Mannes Minne? Mir geziemt zu weinen und zu klagen.'
Ein wenig ratlos sah sich Rüdiger nach seinen Gefährten um, von denen daraufhin einer vortrat, den Mund zu einem breiten Grinsen verzog, so daß sein einziger Zahn sichtbar wurde, und das Leben im Hunnenlande pries: ‚Wie ist es doch schön im Reiche König Etzels! Kein Land ist weiter als das seine; von der Ostsee bis zum Schwarzen Meere, von der Donau bis in die Wüsten Asiens sind ihm alle Völker untertan; schnell wie der Steppenwind brausen seine Reiterscharen dahin, und ein tapferer Mann besitzt an Frauen und an Gütern soviel – '
‚An Etzels Seite saß nur Helche', unterbrach ihn Rüdiger schroff, ‚doch viele Jungfrauen und Mägde werden Euch zu Diensten stehen', sagte er, zu Kriemhild gewandt.
‚Habt Dank, Herr Rüdiger, nun habe ich Eure Rede wohl vernommen; ich will Euch morgen wieder empfangen, und dann sollt Ihr meine Antwort hören.'
Mit diesen Worten entließ Kriemhild die Boten, blieb noch lange voll Gram auf ihrem schlichten Stuhle sitzen und schickte sodann nach Giselher und Frau Ute, daß sie keinesfalls gesonnen sei, der Werbung Folge zu leisten.
Der Bruder und die Mutter wollten sich damit aber noch immer nicht zufrieden geben und suchten Kriemhild ein weiteres Mal in ihrem Gemache auf. Abermals stellte ihr Giselher in flammenden Worten vor, wieviel edle Recken in Etzels Lehen stünden, welcher hohen Ehren sie genießen würde, und seine Augen leuchteten dabei, doch sie schaute ihn nur wehmütig an und sagte: ‚Ich bin eine alte Frau; wie sollte ich noch bei Hofe vor solchen Helden gehen?'
Da schüttelte Frau Ute den Kopf und sagte: ‚Ich bin eine alte Frau, und Helche war es, als sie starb, du aber bist noch jung genug für Mannes Minne. Solange schon habe ich gehofft, daß noch einmal ein edler Fürst kommt, um dich zu freien, und nun ist es gar ein großer König, neben dessen Jahren deine Schönheit umso heller strahlen wird, wenn du dich nur des Trauerkleids entledigst. Etzels Völker werden dich lieben, Kriemhild! Nun tu', was deine Brüder und ich dir raten!'

Kriemhild lag die Nacht über in schwerem Brüten; hinter ihrer Stirn kreisten und vermischten sich Gedanken und Träume: Sie dachte an Siegfried, König Etzel und dessen Kriegerscharen, an Pferde und Reiter, die über die Steppe stoben, danach an Vögel und Vogelschwärme, auch an den Falken und die beiden Adler, von denen sie in ihrer Jugend geträumt; zuletzt hing der ganze Himmel voller Vögel, wurde schwarz von Raben und Krähen; da fielen die Adler zur Erde, dumpf schlugen sie auf, und dann war nur noch Leere und Weite und Finsternis, und sie sank gegen Morgen in einen kurzen, schwarzen, zähleibigen Schlummer.

Als Rüdiger am Vormittage – und diesmal allein – zu ihr kam, traf er sie bleich und hohlwangig an; sie wirkte versehrt und zerbrechlich, und der Ritter nahte ihr vorsichtig, um nicht die letzte Gelegenheit zu verscherzen, falls sie doch noch umzustimmen wäre. Auch Rüdiger hatte eine sorgenvolle Nacht hinter sich; nicht wenig stand für ihn auf dem Spiel. Er war einst als Landflüchtiger ins Hunnenland gekommen, hatte bei Etzel Aufnahme gefunden und war schließlich in ein großes Lehen eingesetzt worden, doch alles besaß er nur von Etzels Gnaden, und der König war maßlos in seiner Güte wie in seinem Zorn.
Mit Erstaunen bemerkte er, daß Kriemhild auf seine Worte erstmals aufmerksam zu hören schien, und als sie ihn fragte, wie Etzel es mit Glaubensdingen halte – würde es ihn nicht stören, daß sie eine Christin sei? – konnte er seine Freude nur mit Mühe zügeln. Sollte sie die Heirat also doch erwogen haben?
‚In seinem Reich leben viele christliche Völker', beeilte sich Rüdiger zu sagen, ‚und er ist gegen Christen und Heiden gleicherweise ein gütiger Herrscher. Ich selbst bin ja Christ und diene ihm in Treue, und Etzel lohnt es mir mit hohen Ehren. Auch könntet Ihr der Kirche einen großen Dienst erweisen, wenn er sich um Euretwillen taufen ließe. – Seid Ihr erst Etzels Gemahlin, so werde ich Euch mit meinen Mannen als meiner Herrin dienen bis zum Tod, und sollte jemand Euch ein Leides tun, so werde ich's ihm schwer entgelten!'
‚Könnt Ihr mir schwören, Herr Rüdiger, daß Ihr mir immer werdet dienen im fernen Hunnenland und rächen mein Leid?' fragte Kriemhild weiter und schaute wie durch Rüdiger hindurch.
‚Ich will es schwören, edle Frau', antwortete der Held.
Er rief seine vornehmsten Gefolgsleute herbei, sie stellten sich um ihren Herrn im Rund, erhoben die Rechte zum feierlichen Schwur, und Rüdiger gelobte, Kriemhild immer treu zu dienen, ihr ein Schutz und Schirm zu sein sowie ihre Ehre zu verteidigen gegen jedermann.
Sodann wurde nach den Brüdern geschickt, und Kriemhild teilte ihnen mit, daß sie sich König Etzel vermählen wolle. Gunter und Gernot machten freudig überraschte Gesichter, Giselher strahlte, und Rüdiger war froh und erleichtert über den Ausgang seiner Werbungsfahrt. Wie eine glückliche Braut sieht die Königin zwar noch nicht aus, dachte er bei sich, aber das mag sich ändern, wenn sie erst an Etzels Tafel sitzt.
Sofort wurde mit den Vorbereitungen für die Abreise begonnen; der Markgraf Eckewart erklärte, der Königin mit seinen fünfhundert Mann auch in das Reich der Hunnen zu folgen, ebenfalls fünfhundert Ritter hatte Rüdiger mit sich geführt, hinzu kamen Kriemhilds Mägde und Jungfrauen und noch mancher Knappe und Bedienstete.

Nun wollte Kriemhild Rüdiger und seinen Mannen ihren Botenlohn spenden, denn noch immer besaß sie, obgleich ihr der Nibelungenhort geraubt war, manches an Gold und Edelsteinen; doch wieder war der Schlüssel zur Schatzkammer verschwunden, und Hagen erklärte ohne Umschweife, daß er seiner Feindin keine Mittel lassen wolle, Männer gegen ihn und die Burgunden zu werben. Da wurde Gernot zornig; er verbot Hagen den Mund, ließ die Kammer erbrechen und Kriemhilds Schätze zu ihrer freien Verfügung heraustragen. Rüdiger freilich wollte nichts von ihrem Gelde annehmen, und sei es gar der verschollene Hort; sein König habe ihm genug gegeben, und Kriemhild möge ihr Gold nur für sich selbst und ihr Geleit verwenden, obgleich sie als Etzels Gemahlin über unendliche Schätze gebieten werde. Dennoch ließ Kriemhild ihr Gold verladen; und als alles verstaut, alle Pferde gesattelt und auch sonst alles bereitet war, setzte sich ein großer Zug unter Begleitung von Gernot, Giselher, Ortwin, Ger, Rumolt und vielen anderen hochgeborenen Burgunden in Bewegung. Boten wurden vorausgeschickt, um die Nachricht zu melden, und Etzel war so erfreut, daß er die Überbringer der Botschaft reich und üppig entlohnte, damit sie alle Tage in Freuden leben könnten."

Ich war sehr überrascht, dass Kriemhild sich so entschieden hatte, denn kaum jemand hätte dies für möglich gehalten – vielleicht bis auf Herrn Dietrich, der sich als einziger Edler an Etzels Hof nicht so recht freuen wollte. Zwar beglückwünschte er Etzel zum Erfolg sei

Werbung, doch trug er sc

damals eine sorgenv

Miene.

Kriemhild begab sich nun a

die weite Reise nach Pannonien, wo sich bei der Stadt Gran Etzels Burg befindet. Bis an die Donau begleiteten sie burgundische Ritter mit Giselher und Gernot an der Spitze; dort nahmen ihre Brüder Abschied, und Giselher sagte zu seiner Schwester:

Wie Kriemhild sich dem König Etzel vermählte

Hier hielt Hildebrand einen Augenblick inne, dachte kurz nach und fuhr fort:

„Ich war sehr überrascht, daß Kriemhild sich so entschieden hatte, denn kaum jemand hätte dies für möglich gehalten – vielleicht bis auf Herrn Dietrich, der sich als einziger Edler an Etzels Hof nicht so recht freuen wollte. Zwar beglückwünschte er Etzel zum Erfolg seiner Werbung, doch trug er schon damals eine sorgenvolle Miene.

Kriemhild begab sich nun auf die weite Reise nach Pannonien, wo sich bei der Stadt Gran Etzels Burg befindet. Bis an die Donau begleiteten sie burgundische Ritter mit Giselher und Gernot an der Spitze; dort nahmen ihre Brüder Abschied, und Giselher sagte zu seiner Schwester: ‚Wann immer du in Etzels Land meiner Hilfe bedarfst, laß' es mich wissen, und ich komme, dir beizustehen.'

‚Hab' Dank, mein liebster Giselher', erwiderte Kriemhild traurig lächelnd und küßte ihren Bruder noch einmal, bevor sie weiterreiste und der Troß bei Vergen die Donau überschritt. Als sie auf der Fähre saß und über die Wellen des Stromes hinsah, dachte sie: Meine Brüder kennen jeden Ort am Rhein, und König Etzels Reich ist so groß. Weiß er überhaupt, wo all die Flüsse, die es durchziehen, beginnen und enden?

Kurz vor Passau wurde Kriemhild von ihrem Oheim Bischof Pilgrim, Königin Utes Bruder, mit Freuden empfangen und in das Kloster geleitet, wo sie übernachtete. Die Fahrt ging am nächsten Tage den Fluß entlang über Ens und Everding weiter bis nach Bechlarn, wo Gotelind die hohe Reisegesellschaft bereits erwartete und Kriemhild als künftige Königin begrüßte. Reiche Gastgeschenke wurden ausgetauscht, doch an ein längeres Verweilen in der Markgrafenburg, die hoch über der sich durch liebliche Täler windenden Donau liegt, war nicht zu denken, denn aus Pannonien eilte Etzel in freudiger Ungeduld der Braut mit seinen Reiterscharen entgegen.

Je weiter Kriemhild nach Osten kam, desto herzlicher und begeisterter wurde sie in Stadt und Land willkommen geheißen: Tausende säumten in Melk, wo die Reisegesellschaft in der Burg des Herrn Astold beherbergt wurde, und bald darauf in Mautern, bis wohin der Bischof mitgezogen war, die Straßen, reichten den Rittern Speisen und Wein auf ihre Rosse herauf und suchten einen Blick auf die berühmte Königin zu erhaschen.

Besonders groß war der Jubel in Traisen, denn in der Feste Traisenmauer hatte Helche lange Zeit hoher Zucht gepflegt, und die Menschen waren beglückt, wieder eine Königin zu gewinnen, die der verstorbenen an Edelmut und Milde glich. Drei Tage verweilte Kriemhild zu Traisen, doch am Morgen des vierten Tages gewahrte sie ein seltsames Schauspiel: Eine ungeheure Staubwolke erhob sich am östlichen Horizont, wurde langsam größer, dunkler und schien zuletzt den Himmel überziehen zu wollen. König Etzel nahte mit seinen Scharen, und der Staub, der von den Hufen der vielen tausend Pferde aufgewirbelt wurde, verdunkelte die Sonne. Die ersten Boten des Königs hatten Traisen bald erreicht, und allmählich füllte sich die alte Römerstadt

mit Menschen, die fremdartige Gewänder trugen und unbekannte Sprachen redeten. Rüdiger rief zum Aufbruch, der Troß rollte durch das turmbewehrte Tor, und von allen Seiten schlossen sich hunnische Reiter an, um Kriemhild ihr Geleit zu geben.
‚Wir sind nicht mehr weit von Eurem künftigen Gemahl, Herrin', sagte der Markgraf und wies mit dem Finger gegen Osten: ‚Dort draußen, auf einer großen Ebene vor der Stadt Tulln, hat Etzel sein Lager errichtet.'
Sein Lager? wiederholte Kriemhild im Stillen und spürte, wie trotz der ungezählten Menschen ein jähes Gefühl von Einsamkeit ihre Brust wie mit eisernen Ringen umschloß. Obwohl sie bald wieder Königin sein und an der Seite Etzels über ungemessene Völkerscharen gebieten sollte, fühlte sie sich auf einmal wie eine geraubte und verschacherte Sklavin. Was, wenn ihre Rechnung nicht aufginge? Wenn sich Etzels Heere nicht gegen den Mörder ihres Gatten einsetzen ließen? Soll ich wie eine alternde Dirne im Heerlager unter rohen Kriegern hausen? dachte sie verzweifelt und unterdrückte mühsam ein bitteres Aufschluchzen.
Rüdiger hatte sie von der Seite angeschaut und suchte sie zu beruhigen: ‚Sorget Euch nicht um große Burgen und schöne Gemächer, meine Herrin! König Etzel gebietet über viele Burgen und herrliche mauerbewehrte, von tausend Zinnen und Türmen geschmückte Städte mit Häusern aus Marmelstein, die einst die römischen Augusti erbauen ließen; und Ihr werdet in Palästen leben, die Schatzhäusern gleichen, und in einem Saale Hof halten, ebensoschön und viel größer noch als Ihr ihn in Eurer Heimat hattet! – Nur Etzels Volk meidet steinerne Häuser noch immer, als ob es sich darin gefangen fühlt, und baut auch nur selten solche aus Holz; stattdessen wohnen die Hunnen in Zelten, die schnell auf- und wiederabgebaut sind, liegen auf der Erde, die sie mit Fellen und Teppichen bedecken, oder schlafen zuweilen auch einfach sitzend auf den Rücken ihrer Pferde, denn sie sind großartige Reiter und lieben ihre Pferde wie ...' – Rüdiger biß sich auf die Lippen, denn fast hätte er gesagt: wie ihre Frauen – ‚wie ihr Leben.'
Kriemhild sann einen Augenblick: ‚Lieben sie auch den Tod – den Tod in der Schlacht?' fragte sie dann plötzlich zurück. Rüdiger sah sie erstaunt an – sie waren doch auf einer Brautfahrt und nicht auf einem Heerzug: ‚Gewiß, Frau Königin, Etzels Volk fürchtet den Tod nicht; es glaubt sogar, nach dem Tode wiedergeboren zu werden, entweder in menschlicher Gestalt oder in der eines Tieres. Manchmal', fügte Rüdiger mit einem Anflug von Belustigung hinzu, ‚springen hunnische Hexenmeister auch wie Tiere herum, bellen wie Hunde, heulen wie Wölfe in der Steppe oder wiehern wie die Pferde; die Hunnen meinen dann, die Geisterkräfte dieser Tiere seien in die Zauberer gefahren, und wünschen sich, daß solches möglichst oft geschehe. Etzels Tier, von dem er glaubt, daß dessen Kühnheit in ihm wohne, ist der Adler, darum führt er dessen Bildnis auf jeder Standarte. Ihr müßt Euch jedoch um solche Dinge nicht weiter bekümmern; ich sagte schon, daß unter Etzels Völkern viele Christen sind, denen er ein ebenso gütiger Herrscher ist wie den Heiden.'
Kriemhild verzog bei diesen Ausführungen den Mund zu einem schmerzlichen Lächeln, antwortete nichts und betrachtete die zahllosen Menschen, die auf ihren kleinen, zottigen Pferden vor ihr, hinter ihr und um sie her ritten und denen sich immer neue zugesellten. Von überall, aus den Ländern der Reußen und Wilzen, aus

Polen und der Walachei, selbst aus Griechenland und dem Reich der wilden Petschenegen waren Scharen von Reitern herbeigeeilt, um Kriemhild auf ihrer Reise zu begleiten. Sie nickte einem Reiter zu, der ihr gewunken und in seiner Sprache etwas gerufen hatte, und dachte: Über so viele fremde Völker gebietet König Etzel, und die Grenzen seines Reiches sind immer dort, wo gerade die Schwerter seiner Krieger blitzen. Werden ihm seine Völker aber auch dann noch beistehen, wenn er einmal nicht der Sieger ist?
Rüdiger suchte mit zusammengekniffenen Augen ihre Gedanken zu erraten: ‚Etzel liebt Euch, meine Herrin, Ihr braucht nichts zu fürchten. Und Ihr wißt, daß ich Euch einen Eid geleistet habe!'
‚Das sei Euch gedankt, Herr Rüdiger.'

Sie ritten weiter, und die fremden Reiter wurden immer mehr, je näher sie dem Orte kamen, wo Etzels Lager errichtet war. Endlich, als es zu dunkeln begann, gelangten sie auf eine Anhöhe, und Rüdiger gebot Halt. Dann wies er in die Ebene hinunter, die vor ihnen im Abend lag, und Kriemhild konnte undeutlich etwas wie eine Stadt erkennen – ein gewaltiges Lager von Zelten und Wagen, das von zahllosen Feuern erleuchtet war.
Noch einmal wurden den erschöpften Pferden die Sporen gegeben, pfeilschnell flogen sie dem Heerlager entgegen, und Kriemhild bemerkte bald, daß die Wagen wie eine hölzerne Mauer aufgestellt waren, die ringförmig die Zeltstadt umgab.
Jetzt ließ der Markgraf die Pferde langsamer traben, denn nun galt es, die Vornehmsten der Recken zu begrüßen, die Kriemhild mit ihren Mannen entgegenkamen. Es waren vierundzwanzig mächtige Fürsten. Leise flüsternd bedeutete ihr Rüdiger deren Namen und Rang. Ramung war darunter, der Herzog von Walachenland mit siebenhundert Mann Gefolge, die Herren Gibeke und Hornbog, der tausend Ritter mit sich führte, Hawart und Iring von Dänemark, die beiden erlesenen Degen, dann mit der größten Gefolgschaft, dreitausend der gefürchteten hunnischen Bogenschützen, Etzels jüngerer Bruder Blödel und zuletzt – Sinnbild edelsten Rittertumes – unser Herr Dietrich, an dessen Seite ich ritt.
Kriemhild wurde vom Pferd gehoben und ehrte die zwölf Edelsten in vollendeter Gesittung durch ihren Kuß, und als sie meinem Herrn die Wange bot, konnte ich sie, zum ersten Mal seit der Zeit jenes Turniers im Wormser Rosengarten, wiedersehen. Sie erkannte mich sofort, begrüßte mich, und ich küßte ihre Hand. Wie hätte ich damals ahnen können, welche Rachsucht selbst gegen ihre nächsten Gesippen sie hinter ihrer schönen Stirn verbarg und wieviel Not uns allen daraus erwachsen sollte? Ich hatte sie als junge Maid in Erinnerung und sah mit Erstaunen, wie groß ihre Schönheit noch immer war, trotz ihres Leides und der Jahre, die inzwischen verflossen waren. Der Kummer hatte ihre Stirne nicht gefurcht, sondern sich gleichsam nach innen gewandt und ihr Antlitz mit einer feinen Blässe überzogen. Trotz der für sie ungewohnten und fremdartigen Umgebung schien sie sehr gelassen, zeigte keinerlei Verwunderung und gehabte sich schon ganz als künftige Königin der Völker. Die Großen des Reiches neigten vor ihr das Haupt; Dietrich nahm nun den Platz zu ihrer Rechten ein, während Rüdiger an ihre linke Seite trat, und unter dem Jubel von tausend und abertausend Kehlen hielt sie in Etzels Lager ihren Einzug.

Bild 16 | Etzel und Kriemhild

Den König selbst sollte sie an diesem Abend nicht mehr zu Gesicht bekommen, denn die Begegnung der beiden Brautleute war erst für den folgenden Tag beraumt. Stattdessen wurde Kriemhild zu einem besonders großen und prächtigen Zelt geführt, in dem sie ihre künftigen Dienerinnen zum Nachtmahl erwarteten.

Als Rüdiger seine Aufgabe erfüllt hatte und Kriemhild nicht mehr zu geleiten brauchte, beglückwünschte ich ihn zum großen Erfolg seiner Reise ins Burgundenland, deren Ausgang zunächst so zweifelhaft schien: ‚Wenn das Hunnenreich nun eine neue Königin – und noch dazu diese – erhält, so hat Etzel das ganz allein Euch zu verdanken, Herr Rüdiger.‘

‚Wahrlich, Herr Hildebrand‘, sagte er zu mir, ‚ich weiß nicht, ob es leichter ist, Kriemhild zu erringen oder ihre Brüder in der Schlacht zu besiegen.‘

‚Vielleicht noch eher letzteres‘, entgegnete ich lachend und nichtsahnend in meiner Tumbheit.

‚Zum Glück wird es dazu nun niemals kommen.‘

‚Nein, Herr Rüdiger, die Burgunden sind dank Eures Geschicks nun die engsten Freunde Etzels geworden. Wie gerne würde ich mehr von Eurer Reise hören! So lange schon bin ich nun hier im Ostland –‘

‚Ihr sollt gerne mehr erfahren‘, versicherte mir Rüdiger. ‚Ich will Euch alles berichten, was ich erlebt habe, doch laßt uns zuerst zum Mahle schreiten; die Reise war weit und beschwerlich.‘

Mit diesen Worten begaben wir uns zu einem Platz, wo an einem großen offenen Feuer das Abendessen bereitet wurde, und ich erfuhr, während ich hungrig in meine Hammelkeule biß, mancherlei, was Rüdiger mir von Worms und den Burgunden erzählte.

Am nächsten Morgen war Kriemhild von ihren Mägden reich geschmückt worden; ihr Haar wurde von goldenen Spangen gehalten, und die Schleppe ihres weißen Kleides trugen zwei Jungfrauen, die hinter ihr einhergingen. So wurde sie zu König Etzel geführt, der sie in seinem Zelt, dessen dämmrige Luft von schweren, sinnbetörenden Düften erfüllt war, erwartete. Als sie ihn sah, schaute sie nur mit hoheitsvollem Ernst in sein breites, flaches, von vielen Narben durchzogenes Gesicht und zeigte keine Regung; Etzel aber stieg von seinem Thron, ging ihr über Teppiche, Felle und seidene Kissen entgegen, faßte zärtlich ihre Hände und blickte aus seinen schrägen Augen zu ihr auf, denn er war etwas kleiner als sie und von stämmiger, gedrungener Gestalt. Dann führte er sie hinaus und zeigte sie freudestrahlend dem Volk, das erneut in einen vielstimmigen und noch lauteren Jubel als am Abend zuvor ausbrach.

Der König ließ mit großzügiger Hand mancherlei Gaben an seine Untertanen verteilen, und der goldene Wein, den er vom Rhein in vielen Fässern hatte kommen lassen, floß in Strömen.

Dieser und noch die folgenden Tage wurden mit Spielen und Gelagen zugebracht, ganz ähnlich denen, die Kriemhild in glücklichen Zeiten so oft zu Wormse erlebt hatte, nur daß auf einen Mann an Gunthers Hof Hunderte und mehr bei König Etzel kamen. Manche der Spiele und Wettkämpfe kannte Kriemhild gewiß schon aus ihrer Heimat, etwa die Fechtkämpfe und Schwerttänze oder die Sprünge über die Rücken mehrerer Pferde, worin die Hunnen Meister sind und es auf fünf oder gar sechs Pferderücken bringen; anderes erschien ihr noch fremd und geheimnisvoll wie die Kunststücke fahrender Zauberer, die zum Flötenspiele

Schlangen sich im Tanze wiegen lassen und unverletzt durch Feuer und über glühende Kohlen schreiten. Auch sah sie kunstfertige Ringer und berühmte Faustkämpfer, die aus Reichen noch weit östlich des Hunnenlandes stammten und mit bloßen Händen Scheite und Stämme von Holz zu zerschlagen vermögen.
All das währte mehrere Tage; dann gab Etzel das Zeichen zum Aufbruch, und ein noch vielfach vergrößerter Zug setzte sich nun in Richtung Wien, der großen Stadt des Augustus in jenem Lande, das die Römer Noricum, die Völker nördlich der Alpen Ostarrichi nennen, in Bewegung. Dort wurde im größten und schönsten Pallas, dessen Wände mit den Bildern der alten welschen Götter bemalt und dessen Böden mit Mosaiken so prächtig wie die zu Raben geschmückt waren, Hochzeit zwischen Etzel und Kriemhild gehalten.
Die Hochzeit währte siebzehn Tage, dann nahm Rüdiger Urlaub, um heim nach Bechlarn zu reisen, und das Königspaar zog weiter über Hainburg und Misenburg nach Gran, wo sich auf einem Berg über der Donau Etzels gewaltige Burg mit ihren mächtigen Türmen und ungefügen Mauern erhebt.
Überall hatten sich Etzels Völker versammelt, und wohin Kriemhild auch kam, wurde ihr ein festlicher Empfang bereitet.

Wie einst in Burgund
beschenkte Kriemhild nun
auch als Hunnenkönigin Edle
und Gemeine mit größter
Milde und gewann durch ihre
Freigebigkeit, aber auch durch
die Leichtigkeit, mit der sie die
fremden Sitten annahm und
selbstverständlich pflegte,
nell die Liebe des Volkes und
st die Achtung derjenigen
er, den Vornehmen, die
r Vermählung ihres Herrn
mit der fremden Frau vom
Rheine zunächst noch wenig
wohlwollend entgegengesehen
hatten. Zwar verwunderte man
sich anfangs, daß sie noch
immer solche Gaben zu spenden
vermochte, wo ihr doch der
Hort benommen war, aber bald

Wie Kriemhild die Burgunden an Etzels Hof lud

Wie einst in Burgund beschenkte Kriemhild nun auch als Hunnenkönigin Edle und Gemeine mit größter Milde und gewann durch ihre Freigebigkeit, aber auch durch die Leichtigkeit, mit der sie die fremden Sitten annahm und wie selbstverständlich pflegte, schnell die Liebe des Volkes und selbst die Achtung der wenigen unter den Vornehmen, die der Vermählung ihres Herrn mit der fremden Frau vom Rheine zunächst noch nicht so wohlwollend entgegengesehen hatten. Zwar verwunderte man sich anfangs, daß sie noch immer solche Gaben zu spenden vermochte, wo ihr doch der Hort benommen war, aber bald merkte man, daß ihr aus Etzels Schatzhäusern immer neue Reichtümer zuflossen, über die sie nach ihrem Gutdünken verfügte, und freute sich, daß der König es ihr nicht wehrte. Überhaupt ließ Etzel seiner Gemahlin viel freie Hand, da er sich glücklich schätzte, in seinen vorgerückten Jahren noch einmal eine Frau errungen zu haben, die ihm nicht bloß um seiner Macht zu willen war; auch mußte er schon kurz nach der Hochzeit auf neue Kriegsfahrten gehen. In seinem lederbespannten Zelt inmitten des Heerlagers trug er das Bild der Gemahlin im Herzen und vergaß während der langen Monde in der Steppe, daß dieses nicht in allen Zügen zu der Frau in seinem großen Pallas passen wollte.

Wenn er aber am Hofe weilte, behandelte er Kriemhild auf eine selbst gegen Helche kaum gepflegte minnigliche Milde und ließ sie auch dann oft gewähren, wenn ihr Sinn dem seinen entgegenstand. Was ihn zuweilen an ihr verwunderte, schrieb er der fremden Herkunft zu; die Unnahbarkeit, die in merkwürdigem Gegensatz zu Kriemhilds Mildtätigkeit stand, konnte er für eingeborene Hoheit halten, und die gelegentlichen Verstimmungen über ihr Wesen, die ihn im ersten Jahr nach der Hochzeit noch beschlichen haben mochten, zerstreuten sich mit der Zeit und wichen schließlich heller Freude, als Kriemhild ihm im siebenten Jahr der Ehe – worauf niemand mehr zu hoffen gewagt – einen Sohn schenkte, den sie Ortlieb nannten und der auf dringenden Wunsch der Mutter die Taufe empfing.

Allein, auch der kleine Sohn vermochte Kriemhilds Gemüt nicht dauerhaft aufzuhellen; zwar verriet ihre königliche Erscheinung, wenn sie des Tags mit dem Volk und den Edlen verkehrte, kein Zeichen von Betrübnis, doch weinte sie nachts heimliche Tränen in ihre Kissen, und die Kammerfrauen erzählten hinter vorgehaltener Hand, daß sie abends oft Stunden am Fenster sitze und in die Dämmerung schaue, dorthin, wo sich der silberne Lauf der Donau in die Ferne verlor. Immer waren ihre Gedanken bei dem toten Siegfried; manchmal träumte ihr auch, daß sie wieder ein Mädchen sei und Hand in Hand mit Giselher am Rhein über eine Blumenwiese liefe, dann aber löste sie sich plötzlich aus seiner Hand, stürzte in die eisigen Fluten, sah darin das Gold des Hortes blinken und erwachte schaudernd und mit einem Schrei auf den Lippen. An solchen Tagen dachte sie nur an den einen Mann, der ihr den Gatten und das Gold geraubt, und der Name Hagens wurde von den Mägden flüsternd wie der eines bösen Teufels genannt.

Zwar wußte jeder am Hofe bis auf den König, daß Kriemhild noch immer um ihren ersten Gemahl trauerte, doch kaum einer ahnte, wie sie im Geheimen dreizehn lange Jahre auf Rache sann und im Stillen die Netze knüpfte, die sie auswerfen wollte, sobald die rechte Stunde gekommen sei: Als sie nämlich eines Nachts bei dem König lag und dieser sie mit seinen Armen umfing, begann sie plötzlich zu weinen, und Etzel, der soeben ihres Leibes genossen hatte, fragte zärtlich, was ihr denn fehle.

‚Ach', schluchzte sie, ‚ich habe solche Sehnsucht nach meinen Gesippen am Rhein; so lange habe ich meine lieben Brüder nicht mehr gesehen.'

‚Darum sollst du nicht weinen', tröstete sie Etzel. ‚Ich selber wünsche sehr, die Könige von Burgund einmal wiederzusehen, denn niemals habe ich durch Minne bessere Freunde gewonnen. Längst schon hätte ich sie zu mir geladen, wäre nicht der Weg so weit.'

‚Mein lieber Herr Gemahl, wenn Ihr mir wirklich hold seid, so bitte ich Euch, ladet sie her in Eure Burg!'

‚Ich will sie laden, liebste Frau – gleich morgen bestelle ich meine Fiedler ein und trage ihnen die Botschaft auf!'

Kriemhild umarmte und küßte ihren Mann, Etzel lehnte sich mit einem zufriedenen Lächeln in die Kissen zurück und strich sich, wie es seine Gewohnheit war, die Spitze seines langen grauen Kinnbartes glatt. Am nächsten Tag rief der König seine Boten, die Fiedelspieler Werbel und Schwemmel, zu sich in die Halle und sagte ihnen, daß er sie nach Worms zu König Gunther schicken wolle. Sie sollten ihm und den Herren Gernot und Giselher seinen freundlichsten Gruß entbieten und die drei Könige ersuchen, mit ihren Getreuen zu ihm ins Hunnenland zu reisen. König Etzel hätte kaum je so liebe Gäste beherbergt und wolle ein großes Fest zu ihren Ehren halten, sollten sie verkündigen.

Nachdem er die beiden mit der Weisung, sich zur Fahrt bereitzumachen, entlassen hatte, wurde jedoch noch ein weiteres Mal nach ihnen verlangt: Diesmal war es Kriemhild, die sie zu sich in ihre Kemenate rufen ließ.

Etwas befangen traten sie ein. Ihre Gesichter hellten sich jedoch sogleich auf, als sie das Gold bemerkten, das ihnen Kriemhild entgegenstreckte. ‚Nehmt das zum Lohn von mir, damit ihr seht, wie ernst es mir um die Einladung ist! Ihr sollt aber noch viel mehr bekommen, wenn ihr genau nach meinem Willen tut und zu Wormse sprecht, was ich euch auftrage.'

‚Euer Wunsch ist uns Befehl', sagten die Spielleute wie aus einem Mund und verneigten sich.

‚Dann sollt ihr meine Brüder von mir grüßen und ihnen sagen, wie sehr ich mich nach ihnen sehne! Sprecht, daß ich glücklich sei als Etzels Weib, doch daß ich immer an sie denken müsse und sie auch selber gern besuchen würde, könnte ich nur allein zu ihnen reiten. Bestellt dem edlen Gernot, daß er mir in Etzels Land die Freunde führen möge, und richtet Giselher aus, daß ich mir von Herzen wünsche, ihn nach so langen Jahren wiederzusehen. Grüßt auch meine Mutter und rühmt, welch hohe Ehre ich hier am Hunnenhof genieße. Und sprechet auch, daß der Weg weit und voller Räuber sei und daß niemand so gut die Straßen kenne wie allein der Herr von Tronje, der seine Jugendzeit im Hunnenland verbracht. Dringt darauf, daß Hagen die Könige geleitet und ladet alle her an Etzels Hof. Bringt ihr mir den Tronjer, so will ich's euch mit Gold entlohnen – mit hundertmal mehr Gold als ihr eben schon empfangen habt!'

Die Spielleute waren erstaunt, daß Kriemhild gerade Hagen von Tronje unbedingt wiedersehen wollte, von dem doch sonst geredet wurde, daß er ihr nur Übles getan – aber angesichts der Schätze, die ihnen die Königin versprochen hatte, wunderten sie sich nicht allzu lange und beflissen sich, ihren Auftrag getreulich auszuführen. Was sollte es sie auch kümmern, wen die Königin zu sehen verlangte, wenn sie ihre Dienste so reich entlohnte!

Werbel und Schwemmel rüsteten also zur Reise, bestimmten vierundzwanzig Ritter und noch manchen Knappen zum Geleit und nahmen bald beim Königspaare Urlaub. Sie zogen die Donau aufwärts, hielten Rast bei Rüdiger und Bischof Pilgrim, die ihnen beide Geschenke für die Wormser Freunde mitgaben und ihnen bestellen ließen, daß sie sich freuen würden, die Könige unterwegs beherbergen zu dürfen, sollten sich die Herren zur Reise entschließen; dann ritten die Spielmänner weiter durch Bayerland und waren am zwölften Tage in Worms.

Dort wurde König Gunther sogleich gemeldet, daß fremde Boten erschienen seien, und er schickte Hagen, sie zu empfangen. Kurze Zeit später kam dieser zum König zurück: ‚Sie heißen Werbel und Schwemmel und sind Gesandte von König Etzel.‘

‚Von König Etzel? – Ah! Lass' sie vor der Abendmahlzeit hereinführen! Wir wollen hören, was der Hunnenfürst uns entbietet.‘

Die Spielleute legten ihre feinsten Gewänder an – ihre Reisekleider hatten sie großzügig verschenkt –, nahmen die sehr üppigen Gastgeschenke Etzels und traten vor König Gunther, der sich nach dem Wohlergehen des Hunnenkönigs erkundigte und sie bat, ihre Botschaft vorzutragen. Da er zuletzt Schwemmel angesehen hatte, holte dieser Luft und wollte beginnen, doch Werbel kam ihm zuvor: ‚Glücklich ist unser Herr‘, sprach er voll Salbung, ‚und ganz in Blüte steht sein Land. Süßester Frieden ist überall, wo sein weises Wort gebietet, und an seiner Seite schaltet die gütige Königin, Eure Schwester Kriemhild. Von allen Völkern wird ihr Name hoch gerühmt.‘

‚Das freut mich zu hören‘, antwortete Gunther, und Giselher rief: ‚Seid uns willkommen, ihr Boten des edlen Herrn Etzel! Wäret Ihr nur öfter hier am Rhein und brächtet frohe Kunde – Ihr solltet wahrlich gute Freunde hier finden!‘

‚Schwerlich weiß ich Worte‘, sagte nun Schwemmel in die Runde, ‚für meines Herrn minnigliches Grüßen und für die viele Liebe‘ – bei diesen Worten sah er Giselher ins Gesicht – ‚die seine Gattin Euch entbietet! Doch in allem Glück, so gebot meine Königin mir zu sagen, gedenkt sie nun seit vielen Jahren mit Sehnsucht ihrer lieben Gesippen. Darum hofft sie so sehr, daß Ihr sie eines Tags im Hunnenland besuchen möchtet –‘

‚Sie sagte gar, sie wollte selber zu Euch reiten, wäre nicht der Weg so weit‘, unterbrach ihn Werbel aufgeregt, damit auch nichts vergessen werde. ‚Und‘, fuhr jetzt wieder Schwemmel mit einem ärgerlichen Seitenblick auf den Gefährten fort, ‚mein Herr trug uns nun die Botschaft auf, daß wir Euch bitten sollen, zu geruhen, in sein Land zu reiten! Um seiner lieben Gemahlin willen und auch zu seiner eigenen Ehre wünscht er, sich die Gunst Eures Besuches zu verdienen.‘

‚Ihr möget sieben Nächte hier verweilen‘, antwortete Gunther, ‚dann will ich Euch bescheiden, wessen ich mich im Rate meiner Freunde bedacht.‘

‚Ob es wohl geschehen möchte‘, begann Werbel noch einmal, ‚daß wir Frau Ute grüßen dürfen?‘

‚Das soll Euch gern verstattet sein‘, ergriff Giselher

wieder das Wort und erntete dafür einen unwilligen Blick seines ältesten Bruders, ‚unsere Mutter ist froh, Euch zu empfangen und zu vernehmen, was Ihr von Kriemhild sagt.'

Er führte die Spielleute zur Königin Ute, die sie in der Tat freudig empfing: ‚Endlich kommt jemand, mir von meiner lieben Tochter zu künden!'

‚Frau Königin', sprachen die Boten und beugten die Knie, ‚unsere Herrin läßt Euch Liebe und Treue entbieten. Sie genießet aller Ehren im hunnischen Land – so trug sie uns die Märe auf – und wüßte doch keine größere Freude, als ihre liebe Mutter öfter zu sehen.'

‚Das kann wohl schwerlich geschehen', sagte Ute traurig, ‚ich bin alt und bringe alle Tage in meiner Kemenate zu. Wie sollte ich noch in ferne Länder reisen? – Aber meine Söhne werden die Fahrt sicher gerne tun!'

Werbel und Schwemmel frohlockten, als sie dies hörten, erzählten noch mancherlei von der großen Verehrung, die Kriemhild von Etzels Völkern entgegengebracht werde, sowie von den mannigfachen Unterschieden der Sitten, welche an den verschiedenen Höfen herrschten, und baten um Urlaub, als sie den geeigneten Augenblick für gekommen hielten. Kaum waren sie in ihre Herberge geführt und hatten die Tür zu ihren Gemächern hinter sich verschlossen, begannen sie einen Zank, wer angemessener und geschickter gesprochen habe und mit welcher Wahrscheinlichkeit sich die Burgunden zur Reise entschließen würden.

Die Könige saßen noch lange mit den vornehmsten Herren beisammen und berieten über die Ladung. Fast alle waren dafür, sie anzunehmen, nur freilich der Tronjer nicht: ‚Wißt Ihr nicht mehr, was wir Kriemhild angetan? – Ich habe ihr mit meinen eigenen Händen den Mann erschlagen! Wie sollten wir da wohlgemut in Etzels Reiche reiten?'

Gunther wog bedächtig das Haupt hin und her und sagte erst langsam, dann mit wachsender Entschiedenheit: ‚Meine Schwester hat uns verziehen. Die Tat ist lang vergangen, und zum Abschied küßten wir uns zur Versöhnung, eh' sie aus unseren Landen schied. Es sei, daß Ihr selbst noch Hader hegt –'

‚Das ist es', erregte sich Giselher, wie so oft, wenn Hagen im Rate sprach. ‚Ihr mögt aus guten Gründen Strafe fürchten! Bleibt doch hier, wenn Ihr die Fahrt ins Hunnenland nicht wagt! Wir haben von unserer Schwester nichts zu besorgen und werden gerne fahren, wenn sie uns darum ersucht! Kriemhilds und Etzels Ladung nicht zu folgen, würde uns wenig Ehre schaffen.'

Da wurde der Tronjer zornig und rief: ‚Das sei von Hagen künftig nicht gesagt, daß er aus Angst die Reise mied! Wenn Ihr von der Fahrt nicht lassen könnt, so folgt Euch Hagen sicherlich!'

Zuspruch erhielt Hagen lediglich vom Küchenmeister: Rumold stand behäbig auf, zog sich die Hosen hoch und faltete bedächtig die Hände vor dem Bauch, bevor er zu sprechen begann: ‚Niemals hat Euch Hagen schlecht beraten, und auch der treue Rumold rät Euch dies: Bleibt daheim zu Wormse; hier habt Ihr alles, dessen Ihr bedürft – was wollt Ihr bei Etzel und Kriemhild erlangen? Ihr könnt Euch hier mit feinen Kleidern zieren, des Rheinlands beste Weine trinken und schöner Frauen Minne pflegen! Auch kocht Euch Rumold gute Speisen, die auf keines Königs Tafel besser munden, und wäre das nicht Grund genug: Um Eurer Frauen willen bleibet hier!'

‚Habt Dank für Eure Rede, Rumold', rief Gernot mit ärgerlichem Spott. ‚Sollen wir Herrn Etzel melden, wir kämen nicht zu ihm, weil wir an Rumolds Töpfen weilen wollten? Dürfen wir die Schwester bescheiden, wir würden sie zwar gerne sehen, aber noch lieber säßen wir bei unseren Weibern, tafelten in der Halle und tränken unseren Wein? So mag nun ein Küchenmeister sprechen, aber noch immer führen Könige das erste Wort!'

Hagen hatte sich bereits darein gefügt, daß es unmöglich wäre, die Könige noch von ihrem Vorhaben abzubringen; ihr Entschluß stand offenkundig fest. Nun galt es, dem Schlimmsten vorzubeugen: ‚Laßt Euch meines Rates nicht verdrießen, werte Herren; doch beschwör' ich Euch: Wollt Ihr die Reise nicht lassen, so fahrt gerüstet! Ich wähle tausend gute Ritter aus – mit denen werdet Ihr Kriemhilds Zorn bestehen.'

‚Das wird das Richtige sein', stimmte Gunther zu. ‚Wir fahren, aber wir beugen allen Unbilden vor. Ich will morgen nach meinen besten Rittern senden!'

Mit diesem Entschluß trennte man sich, und nur noch Rumold schüttelte ärgerlich den Kopf.

Am nächsten Tage schon erschollen Hörner im ganzen Land, und die tapferen Recken wurden zu den Waffen gerufen. Volker von Alzey erschien mit dreißig seiner Mannen, Dankwart mit achtzig; mehr als dreitausend Ritter König Gunthers meldeten sich, und aus diesen und vielen anderen wurden von Hagen die erfahrensten, in zahlreichen Schlachten erprobten Krieger, rund tausend an der Zahl, ausgewählt, die den burgundischen Herren folgen sollten. Auf Hagens Rat wurde den Spielleuten noch nicht gleich verkündet, daß sich die Könige zur Reise entschlossen hätten; erst sollten alle Zurüstungen beendet und die Ritter mit neuen Waffen ausgestattet sein, dann wollte Hagen die Boten entlassen und ihnen binnen einer Woche ins Hunnenland nachreiten, um dadurch die Zeit, die Kriemhild bis zur Ankunft der Burgunden für ihre Vorbereitungen noch verbliebe, möglichst zu verkürzen.

Werbel und Schwemmel befanden sich schon seit Tagen in ängstlicher Ungeduld und machten den Königen allmorgendlich ihre Aufwartung, denn sie fürchteten, wegen allzu langen Säumens und eines dann womöglich noch abschlägigen Bescheides Etzels Zorn auf sich zu ziehen. Wie erleichtert waren sie daher, als Gunther sie endlich fragte, wann Etzel der Besuch denn am gelegensten käme, und sie die Zeit der nächsten Sonnenwende nennen durften!

Die Burgundenkönige sagten ihr Kommen zu, gaben den Spielleuten manches Geschenk für sie selber sowie für das Königspaar mit auf den Weg, erlaubten ihnen jedoch nicht einmal mehr, Frau Brunhild zu sehen, worum sie zuletzt noch gebeten hatten – denn der Königin sei nicht wohl, bemerkte Volker kurz – und verabschiedeten sie unverzüglich. Tatsächlich hatte Brunhild nach Siegfrieds Tod ihre Gemächer kaum noch verlassen und nur noch selten ihr bleich gewordenes, verhärmtes Antlitz in der Königshalle gezeigt.

Die Spielmänner waren mit ihren Reisegenossen bald wieder auf der alten Römerstraße und zogen vergnügt wegen des reichen Botenlohnes ihres Weges dahin. Die Botschaft, daß die Könige bald folgen wollten, eilte ihnen schon voraus und wurde von den Gastgebern in Passau und Bechlarn mit Freuden vernommen.

Auch König Etzel war die Kunde längst bekannt geworden, als die Spielleute zurückkehrten, und reichlich entgalt er ihnen ihre guten Dienste. Kaum aber

waren sie gespeist und umgekleidet, ließ sie Kriemhild in ihr Gemach rufen und beschenkte sie mit Gold, daß ihnen von dessen Glanze schier die Augen übergingen.
‚Nun sagt mir', begann sie voll Ungeduld, ‚wer von meinen lieben Freunden, von den Vornehmsten, die wir luden, kommt in unser Land? Und was hat von Tronje der edle Hagen gesprochen?'
Die Spielleute zögerten etwas und tauschten verlegene Blicke, dann antwortete Werbel stockend: ‚Wenig Gutes sprach der Herr von Tronje; dringend riet er, die Fahrt ins Hunnenland zu lassen.'
‚Die Todesreise nannte er sie gar', flüsterte Schwemmel und machte ein Gesicht, als wollte er sich für Hagens Worte entschuldigen.
‚Doch zieht er mit und weist den Königen den Weg', beeilte sich Werbel hinzuzufügen, in der Hoffnung, daß sich der bohrende Blick der Königin lösen möge. Und tatsächlich – über Kriemhilds Antlitz huschte für Augenblicke etwas wie ein Leuchten, dann schien sie wieder ernst und sagte leise: ‚Der grimme Tronjer – seine Reise stimmt mich wahrlich froh.' Doch da dies gar nicht zu ihrem Gesichtsausdruck passen wollte, bemühte sich Schwemmel, sie von Hagen abzulenken: ‚Der kühne Volker von Alzey hat auch sein Kommen angekündigt.'
‚Der Spielmann mag kommen oder gehen, wie es ihm beliebt', sagte Kriemhild achtlos und entließ die Boten, die draußen vor der Tür noch einen Augenblick stehenblieben und tief durchatmeten. In den Händen hielten sie dicke Säcke voll Gold. Sie waren auf einmal reich wie hohe Edelinge.

Zu Worms hatte man jetzt alle Hände voll zu tun und rüstete wie zu einer Heerfahrt. Pferde wurden neu beschlagen und gesattelt, Rüstungen ausgebessert, Schwerter geschärft; man trug viel Gerät über den Burghof, und übera… ertönte Hagens Stimme, wen… die Männer unterwies. Obgl… er eben noch so dringend vor… Fahrt abgeraten hatte, stan… jetzt alle Vorbereitungen unt… seiner Obacht; ja fast schien es, als würde er nun geradewegs zur Reise drängen, und da Gernot ihm ausdrücklich noch einmal freistellte, mitzukommen oder daheimzubleiben, wies er diesen Vorschlag entrüstet zurück und bekräftigte seine Bereitschaft.

Wie die Burgunden nach dem Hunnenlande zogen

Zu Worms hatte man jetzt alle Hände voll zu tun und rüstete wie zu einer Heerfahrt. Pferde wurden neu beschlagen und gesattelt, Rüstungen ausgebessert, Schwerter geschärft; man trug viel Gerät über den Burghof, und überall ertönte Hagens Stimme, wenn er die Männer unterwies. Obgleich er eben noch so dringend von der Fahrt abgeraten hatte, standen jetzt alle Vorbereitungen unter seiner Obacht; ja fast schien es, als würde er nun geradewegs zur Reise drängen, und da Gernot ihm ausdrücklich noch einmal freistellte, mitzukommen oder daheimzubleiben, wies er diesen Vorschlag entrüstet zurück und bekräftigte seine Bereitschaft, den Königen an jeden Ort und auch in Etzels Lande zu folgen.

Es herrschte eine geschäftige und doch drückende Stimmung in der Wormser Königsburg, beinahe etwas wie eine über allen Dingen lastende Schwüle. Die Abreise der Burgunden rückte schnell heran und schien für unaufschiebbar zu gelten, obgleich niemand genau wußte, wieso. Manch einen der Reisefertigen beschlichen heimliche Zweifel am Sinn der Fahrt, doch kaum jemand wagte, sie auszusprechen, nur Ute erzählte eines Morgens ihren Söhnen von einem schweren Alp, der sie bedrücke: Ihr hätte geträumt, daß alle Vögel des Landes tot vom Himmel gefallen seien. Die Könige schwiegen betroffen, doch Hagen wischte das Traumgesicht beiseite: ‚Wenig Ehre brächte es uns, auf böse Träume zu achten! Unsere Herren mögen nur immer reisen.‘ Vor einem Knappen soll er später gar gespottet haben, bald träumten alle Weiber nur noch von Federvieh.

Rumold machte zu solchen Reden eine trübsinnige Miene und fragte Gunther schließlich, wer in seiner Abwesenheit das Land verwesen solle. Der König sah ihm ernst in die Augen und antwortete: ‚Das Land sei dir befohlen und auch mein kleines Söhnlein. Walte du des Reiches und diene wohl den Frauen. Wen du weinen siehst, dem tröste Herz und Sinn, und denke immer: Es wird uns durch Kriemhild kein Leid geschehen.‘

Der Küchenmeister dankte Gunther und versicherte ihn seiner Treue.

Der letzte Abend kam. Wer eine Liebste besaß, schloß sie noch einmal in die Arme und ruhte bei ihr zur Nacht; wer keine hatte, lag in seiner Kammer und erwartete den Morgen. Der graute früh, und das Horn erscholl. – Die Marschälle riefen zur Reise. Da und dort wurde in der Tür ein letzter Kuß auf ein Lippenpaar gedrückt, eine Gemahlin, Schwester oder Mutter zum letzten Mal in die Arme geschlossen. Dann setzte sich der große Zug der Nibelungen – tausendundsechzig Ritter und gar neuntausend Knechte – langsam in Bewegung, und man ritt durch das östliche Frankenland gegen die Donau zu. Hagen ritt in seiner schwarzen Rüstung voran – ihm waren alle Wege kund – und dicht hinter ihm zogen die königlichen Brüder und der kühne Spielmann Volker.

Als sie die Donau erreicht hatten, fanden sie diese breiter vor als gewöhnlich. Sie trug hohe Flut, und weithin war weder eine Furt noch ein Schifflein oder ein Ferge zu sehen. Gunther schaute ratlos auf die schwarzen, rollenden Wellen: ‚Was empfehlt Ihr zu tun, Hagen? Sollen wir versuchen hindurchzureiten, oder wollt Ihr uns einen Fergen suchen?‘

Bild 17 | Fahrt ins Hunnenland

‚Ein Ritt durch die Fluten würde gewiß einigen Recken Leib und Leben kosten, und eh' ich hier ertrinke, möchte ich noch manchen Mann in Etzels Landen zur Hel senden. Bleibet hier; ich laufe und suche einen Fährmann.'
Hagen band seinen Helm fester, nahm Schwert und Schild zur Hand, denn der Fluß bildete die Grenze zum Land der Baiern, die den Burgunden nicht wohlgesonnen waren, und stapfte in seiner Rüstung das schilfige Ufer entlang.
Nach einer Weile mußte er, da Schilf und Farne immer dichter wuchsen, etwas vom Ufer abkehren und sich auf einem schmalen, fast überwachsenen Pfad durch Gebüsche und niederes Gehölz seinen Weg bahnen. Langsam ging er weiter und gelangte nach einiger Zeit in ein Wäldchen, zwischen dessen schwärzlichen Stämmen die Sonnenstrahlen nur gelegentlich, wo die Baumkronen etwas lichter waren, in das Dunkel drangen. Der Boden war von Moos bedeckt und mit hohen Farren bewachsen, und das Waldesinnere wölbte sich wie ein Dom.
Da hörte Hagen auf einmal ein helles Frauenlachen; er wandte sich in die Richtung, woher es kommen mußte, hörte bald auch ein leises Plätschern und sah plötzlich dicht vor sich durch das Gezweig einen kleinen Weiher, in dem zwei Frauen badeten. Er überlegte einen Augenblick, ob er sich ihnen zu erkennen geben sollte, tat unschlüssig einen Schritt auf den Weiher zu und hörte, wie unter seinem Fuß ein herabgefallener morscher Ast zerbarst. Die Frauen stießen einen spitzen Schrei aus und schwammen zum anderen Ufer hinüber; Hagen trat nun ganz aus dem Gebüsch und wollte ihnen zurufen, daß sie ihn nicht zu fürchten brauchten – da bemerkte er im Gras zwei weiße Linnenkleider. Ein Schmunzeln glitt über seine Lippen; er nahm die Kleider und rief: ‚Holla, bleibt hier! Oder wollt ihr nicht eure Kleider wiederhaben?'
‚Gebt uns unsere Gewänder zurück, Herr Hagen! Wir wollen Euch zum Lohne auch die Zukunft künden', bat die eine der beiden Frauen.
Seltsam, woher wissen sie meinen Namen? dachte Hagen und rief zurück: ‚Nun gut, was sollen mir eure Kleider? Sagt mir, was uns im Lande der Hunnen erwartet!'
Da kam das Weib nähergeschwommen und richtete sich im Wasser auf, als ob es Grund unter den Füßen hätte. Die seltsame Schwimmerin war aber noch inmitten des dunklen, offenbar sehr tiefen Teiches, dessen spiegelglatte Oberfläche von keiner Welle gekräuselt wurde, und es schien, als würde sie regungslos über der Tiefe schweben. Sie hatte langes rotblondes Haar, ihr Antlitz und ihre Schultern waren weiß wie Elfenbein, und sie hielt die Hände über der Brust gekreuzt. Ein Wasserweib! dachte Hagen. Er bemerkte erst jetzt, wie schön sie war.
‚Ich heiße Hadburg', sprach die Brunnenholde, ‚gern will ich Euch die Märe sagen, edler Ritter: Ihr werdet froh in Etzels Landen weilen, nie noch wurden Helden so große Ehren an eines fremden Königs Hof!'
‚Das hast du wohlgesprochen', antwortete Hagen und lachte. ‚Hier habt ihr eure Kleider wieder!'
Er warf sie vor sich in das Gras, drehte sich um und zog sich hinter das Gebüsch zurück, damit die Frauen ungestört ihre Sachen an sich nehmen könnten. Da hörte er in seinem Rücken die Stimme der anderen, offenbar noch sehr jungen Frau: ‚Eilt nicht so schnell von hinnen, Sohn Aldrians! Meine Muhme hat Euch um der Kleider

willen getäuscht – ich aber, Siegelind, will Euch nun die Wahrheit weisen: Ihr kehrtet besser rasch zurück, denn all' Ihr Helden werdet sterben in der Hunnen Land!'
Hagen wandte sich um, sah nun Siegelind in ihrem weißen Kleide, auf das seltsame Zeichen gestickt und in dessen Saum Schwanenfedern eingeknüpft waren, vor sich stehen. Sie schien noch eine Jungfrau zu sein, hatte hellblondes, fast silbrig weißes Haar und war ebenso schön wie ihre Muhme. Ihre Stimme war hell und klar wie Eis.
‚Wie mag das angehen, daß wir alle sterben bei einem Hofgelag'? Nimmer will ich euch das glauben!'
‚Euch allen ist der Tod bestimmt in Etzels Halle! – Nur nicht dem Kaplan des Königs, der kommt wohlbehalten wieder zurück zum Rheine.'
‚Meine Herren würden wohl schwerlich umkehren wegen einer Jungfrau Weissagung', brummte Hagen ärgerlich. ‚Nun mach' mir lieber den Weg bekannt, damit wir eine Fähre finden.' Jetzt ergriff Hadburg wieder das Wort, zeigte in Richtung des Flusses und antwortete: ‚Wollt Ihr von der Fahrt nicht lassen, so findet Ihr dort am anderen Ufer eine Hütte, darin ein Ferge wohnt. Den rufet heraus und bittet um Überfahrt. Doch hütet Euch, denn er ist ein grimmiger Mann. Sein Herr ist Else, und dessen Bruder ist Gelfrat, der diese Mark beherrscht im Bayernland. Niemanden setzt der Ferge über, der seinen Herren nicht bekannt ist; drum müßt Ihr sagen, Ihr heißet Amelrich, der einst vor seinen Feinden floh, und bieten reichen Lohn!'
‚Habt Dank für euren Rat', murmelte Hagen, drehte sich um und ging in die Richtung, die ihm das Quellweib gewiesen. Bald trat er aus dem schattigen Dämmer heraus und stand wieder am Flußufer. Und tatsächlich: Auf der anderen Seite des Stromes konnte er die Hütte des Fährmannes erblicken.
‚Hol' mich über!' schrie er so laut er konnte. ‚Ich bin Amelrich, Elses Mann, der aus der Fremde heimgekehrt ist; ich biete eine goldene Spange zum Fergenlohn!'
Da öffnete sich die Tür des Fährhauses, und ein breiter, stämmiger Mann trat heraus, legte die Hände wie einen Trichter an den Mund und brüllte zurück: ‚Ich komme, Amelrich!' Dann sprang er in ein langes Boot, band es los und ruderte mit kräftigen Stößen über den Fluß. Hagen trat etwas in den Schatten eines Baumes und zog den Helm tiefer ins Gesicht. Erst als der Ferge beinahe am Ufer angelangt war, erkannte er, daß es sich bei dem Fährgast nicht um Amelrich handelte – denn dieser war sein langverschollener Bruder – und wollte erbost wieder umkehren.
Hagen aber nahm kurzen Anlauf, sprang in das Boot, hielt sich strauchelnd auf den Beinen und rief: ‚Nimm' diese Spange aus lauterem Gold! Du sollst dafür meine Herren und ihre Recken über das Wasser geleiten.'
‚Meine Herren haben der Feinde genug; sie brauchen keine Fremden in ihrem Land', knurrte der Fährmann und hatte, noch eh' er zu Ende gesprochen, das Ruder erhoben, um es auf Hagens Kopf niedersausen zu lassen. Der konnte noch rechtzeitig seinen Schild hochreißen, geriet aber vollends aus dem Gleichgewicht und stürzte auf die Bootsplanken. Der Fährmann hob das Ruder erneut, doch Hagen war schneller: Noch im Sitzen zog er sein Schwert, wich dem Schlag geschickt aus und hieb dem Fergen mit einem gewaltigen Streich das Haupt vom Leibe.
Während des Kampfes aber war das Boot am Ufer entlang getrieben und drohte nun, von den Wogen

Bild 18 | Weissagung der Wasserfrauen

fortgerissen zu werden. Hagen nahm die Ruderstange, suchte erfolglos, zum Ufer zurückzusteuern, stemmte sie schließlich mit aller Kraft in den Grund, wobei sie zerbrach und das Schiff führerlos auf den Wellen trudelte. Fluchend griff der Tronjer nach seinem Schild, um diesen als Paddel zu gebrauchen.
Mit einigem Geschick und noch mehr Glück konnte Hagen das Schiff in ruhigeres Fahrwasser steuern, bis es in Ufernähe trieb, wo er nach überhängenden Zweigen fassen und die Fahrt bremsen konnte. Endlich schaffte er es, das Boot anzulegen, und lief eilig zu den Burgunden zurück, die ihn schon voll Ungeduld erwarteten. Immerhin aber hatte er ein Schiff gefunden.
‚Was habt Ihr mit dem Fährmann getan?' fragte Gunther ärgerlich, als er die Blutlache im Kahn sah, denn er fürchtete um Rache von den Gesippen des Getöteten; Hagen jedoch leugnete die Tat und behauptete, er habe das Boot herrenlos gefunden.
‚Dafür sei euch gedankt, Herr Hagen', grollte Gernot, der dem Tronjer kein Wort glaubte. ‚Wie sollen wir nun ohne kundigen Führer übersetzen?'
‚Ich selber will Euch Ferge sein', sprach Hagen, befahl allen Recken abzusitzen und die Pferde in die Fluten zu treiben, da diese selbst hinüberschwimmen könnten. Dann band er mit einem starken Tau die zerbrochene Ruderstange zusammen, bat die Könige und einige ihrer vornehmsten Dienstleute, im Boote Platz zu nehmen und stieß es vom Sande.
Sie waren gerade in der Mitte des Stromes angelangt, als Hagens Blick auf den Kaplan fiel, der in seinem schwarzen Talar auf einem Brette saß, welches ihm als Bänklein diente. Blitzschnell sprang er auf ihn zu, packte den Pfaffen mit groben Fäusten an seinem Gewande, riß ihn von seinem Sitz empor und warf ihn über Bord. Der Geistliche konnte nicht schwimmen und suchte, verzweifelt um Hilfe rufend, dabei Wasser schluckend, keuchend und prustend, am Schiffe Halt zu finden, doch Hagen schlug mit der Ruderstange nach seinen Händen und drückte ihn unter Wasser. Giselher, Gernot und manch andere Recken wollten Hagens Wüten Einhalt gebieten, doch bevor sie von ihren Bänken aufgesprungen waren, geschah es, daß sich die Kutte des Priesters, von einem plötzlichen Winde wie durch ein Wunder geschwellt, gleich einem Segel aufblähte, und der Kaplan erreichte, quer durch den Strom treibend, sicher das rettende Ufer."

„Ein Wunder!" rief der Einsiedler da und stieß ein meckerndes Lachen aus. „So nennt man dergleichen Begebenheiten in diesen Zeitläuften, da man verlernt hat, das Wunderbare, wie es in allem lebt, zu erkennen! Gewiß wurde der Priester wieder gerettet; die Mären, wie man sie heute erzählt, stecken voll solcher Botschaft!"
Hildebrand stutzte unwillig, doch da er den Alten sich so erregen sah, zuckte beinahe ein Schmunzeln um seine Mundwinkel. Er beugte sich vor, so daß sein Schnauzbart den Mund noch mehr verdeckte, und erzählte weiter:

„Die Könige jedenfalls sahen mit fassungslosem Erstaunen, wie der Geistliche die Tropfen aus seinem Talar schüttelte, sich noch einmal kurz umdrehte und ohne eine Miene zu verziehen – fast als hätte er seine Aufgabe erfüllt – mit schlurfenden Schritten zwischen den Bäumen verschwand, um zu Fuß die Heimreise anzutreten. Offenbar geht es bei dieser Fahrt nicht ganz mit rechten Dingen zu, dachten viele der Männer

Bild 19 | Der Kaplan

ängstlich, und wieder einmal sahen die Könige davon ab, den Tronjer zu strafen.
Unterdessen waren sie an das jenseitige Ufer gelangt; Hagen fuhr wieder zurück, ruderte weitere Mannen herüber, und dasselbe wiederholte sich viele Male, bis alle Ritter und Knappen am Abend die andere Seite der Donau erreicht hatten.
Als die letzten Krieger übergesetzt waren, ergriff Hagen eine mächtige Streitaxt und begann, das Schiff mit gewaltigen Hieben in Stücke zu schlagen.
‚Was machst du da, Bruder?‘ fragte Dankwart, ‚wie sollen wir bei unserer Rückkehr wieder über den Fluß gelangen?‘
‚Ich will verhindern‘, gab Hagen zur Antwort, ‚daß Feiglinge – so wir solche unter uns haben – leichthin entrinnen können!‘
‚Feiglinge sind hier nicht dabei!‘ rief Volker. ‚Wir werden schon wieder zurückkommen – und wenn nicht, dann bleiben wir in Etzels Halle und saufen seinen Met!‘
Die Gefolgsleute aus Tronje und Alzey lachten, aber alle anderen schwiegen beklommen.
Gunther versammelte nun die Vornehmen zu einer kurzen Beratung und fragte, welchen Weg man weiter einzuschlagen hätte, worauf Volker die Hand erhob und den Königen empfahl, sich von ihm bis Passau führen zu lassen, da er hier eine besonders gute Kenntnis der Wege besäße.
Da ergriff auch Hagen das Wort und sprach: ‚Wohl soll uns der starke Fiedler führen! Doch nun, da wir alle am anderen Ufer sind, will ich verraten, was ich auf meiner Suche nach einem Boot vernommen habe: Wir kommen nimmer heim in der Burgunden Land!‘
‚Wer sagte uns so böse Märe?‘ fragte Gunther.
‚Ich traf heute früh im Walde zwei Bornweiber, die mir die Zukunft kündeten: Niemand kehrt zurück zur Heimat, sprachen die beiden, bis allein auf den Kaplan. Darum warf ich ihn ins Wasser, weil ich die Rede prüfen wollte – und nun befand ich sie für wahr. Die Fahrt in Etzels Land ist unsere Todesreise.‘
Die Männer raunten und murmelten miteinander. Gewiß hatten sie böse Ahnungen heimgesucht, doch daß man soviel auf die Worte zweier Weiber geben sollte, um die es nicht geheuer steht –
‚Wir müssen auf der Hut sein‘, sprach Hagen. ‚Freilich wird noch mancher fremde Recke von unseren Händen fallen, eh’ daß die Nibelungen untergehn.‘
Giselher erschrak bei diesem Wort nicht wenig und erinnerte sich daran, was Alberich einst gesagt hatte, als sie den Schatz nach Worms geführt hatten: Nun heiße ich Euch die Nibelungen!
Hagen fuhr fort: ‚Wir haben uns hier mächtige Feinde geschaffen, da ich gegen meinen Willen den Herren dieser Marken, Gelfrat und Else, ihren Fährmann erschlug. Laßt die Rosse nur gemächlich traben, damit sie nicht wähnen, wir seien auf der Flucht vor ihnen! Volker soll den Hauptzug geleiten; ich hingegen will mit Dankwart die Nachhut führen und sorgen, daß wir des Nachts nicht heimlich angerannt werden.‘
Den Königen dünkte Hagens Rat wohlgesprochen. Volker ritt mit dem burgundischen Banner voran, ihm folgte der lange Heerzug, die beiden Tronjer bildeten den Schluß, und achtsam zog man weiter durch die Dämmerung, die bald in völlige Dunkelheit überging. Überall zwischen den schwarzen Tannen konnte sich eine Gefahr verbergen, die Nacht im Feindesland hat viele Augen.

In der Tat ließen Else und Gelfrat nicht lange auf sich warten. Plötzlich hörte man Hufe und gedämpfte Stimmen; die burgundischen Recken zügelten ihre Pferde, spähten in die Finsternis und sahen Schilde im Mondschein blinken. Schnell näherten sich ihnen die feindlichen Reiter.
‚Wer verfolgt uns hier auf der Straße?' rief Hagen in das Dunkel.
‚Ich bin der Markgraf Gelfrat, dem man heute morgen den Fergen erschlug.'
‚Ich war es, Hagen von Tronje, der den Fergen töten mußte, sonst hätt' ich selbst von ihm den Tod gewonnen! Ich bot ihm reichlich Lohn für unsere Überfahrt, doch schlug er nach mir mit seiner starken Stange, und ich mußte mich meiner Haut erwehren! Nennt mir ein Wergeld zur Buße; ich will es Euch entrichten!'
‚Wußt' ich es doch, daß uns Unbill geschieht, wenn Gunthers Leute durch unsere Marken reiten – Ihr sollt Eure Tat mit Eurem Leben büßen', brüllte der starke Gelfrat, gab dem Roß die Sporen und sprengte auf Hagen zu. Diesem gelang es gerade noch, die Zügel richtig zu fassen und den Schild hochzureißen, um Gelfrats Lanze abzuwehren, doch barst ihm von dem Stoß ein Brustriemen an seinem Zaumzeug, und er stürzte rücklings vom Pferd. Zwar stand Hagen gleich wieder auf den Beinen, aber noch schneller war Gelfrat vom Pferd gesprungen und hieb auf den vom Sturz benommenen Recken so grimmig ein, daß die Funken von dessen Schilde stoben. Der Tronjer geriet in arge Bedrängnis, mühsam setzte er sich mit dem Balmung zur Wehr, doch die Klinge wollte nicht recht beißen, und Hagen mußte gar den Bruder um Hilfe rufen. Dieser war sofort zur Stelle und streckte Gelfrat mit einem einzigen mächtigen Schwertstreich nieder. Else wollte mit der Übermacht seiner Reiter für den Bruder Rache nehmen, aber ein Teil seiner Leute geriet durch Dankwarts tüchtige Gegenwehr und den Tod des Markgrafen in Aufruhr und stob davon; andere versuchten, den Burgunden standzuhalten, wurden aber niedergehauen oder ebenfalls zur Flucht gedrängt. Auch Else mußte schließlich verwundet entweichen.
Als Gunthers Mannen erschöpft die Schwerter sinken ließen, hatte sich die schmale Straße in ein Schlachtfeld verwandelt: Achtzig von Gelfrats Recken, aber nur vier der Burgunden lagen neben- und übereinander in ihrem Blute oder waren von zusammengebrochenen Pferdeleibern bedeckt.
‚Der Rest kommt so bald nicht wieder', sagte Dankwart zu Hagen, während er sein Schwert mit Laub abwischte, und dieser antwortete: ‚Laß' uns trotzdem schnell weiterreiten, damit wir das Hauptheer bald einholen. Den Königen sollten wir erst morgen von dem Überfall berichten, um ihnen keine unnötigen Sorgen zu bereiten.'
Zwar waren die Männer vom Kampf ermüdet und einige baten um Rast, doch die beiden Brüder spornten zum Weiterritt, und sie erreichten den Heerzug noch in den frühen Morgenstunden. Aus Furcht vor neuerlichen Angriffen wurde auch jetzt keine Rast gehalten, sondern das Heer zog weiter, bis man, als die Sonne im Mittag stand, die Mauern von Passau erblickte. Der Bischof empfing die Könige mit ihrer Ritterschaft, wie erst vor kurzem die Boten Etzels und Kriemhilds, in großer Freundlichkeit; allein den Tronjer musterte er scheel und reichte ihm nur kurz die Hand zum Gruße. Die Gäste wurden sodann bewirtet und suchten zeitig

die Herbergen auf. Für das Gesinde war auf einem großen Platze nächst den Stadtmauern ein Nachtlager aus Zelten bereitet. Schon in aller Frühe setzten die Burgunden ihre Reise fort, um möglichst noch am selben Tag die Grenze zu Rüdigers Mark zu erreichen. Es dunkelte schon, als Hagen vorausritt, die Straße zu erkunden. Da sah der Tronjer am Wegesrand, gegen einen Markstein gelehnt, einen schlafenden Ritter; er war schon hochbejahrt und hatte einen langen weißen Bart. Hagen näherte sich ihm leise, nahm das Schwert des Fremden an sich und fragte ihn dann laut nach dem Wege. Der greise Wächter erwachte, bemerkte, daß er eingeschlafen und seiner Waffe beraubt war, und brach darüber in ein Wehklagen aus. Hagen gab dem Alten, von dessen treuer Biederkeit gerührt, das Schwert zurück und nannte ihm seinen Namen und das nächste Ziel seiner Reise: ‚Ich bin Hagen von Tronje, der Dienstmann König Gunthers. Ich suche eine Herberge für meine Herren und ihre Mannen. Vielleicht könnt Ihr mir den Weg zum Markgrafen Rüdiger weisen – nehmt diese sechs Spangen zum Lohn!‘

Der Weißbärtige freute sich der großmütigen Geste und hieß Hagen in der Grenzmark des Hunnenlandes willkommen: ‚Eckewart ist mein Name. Ich werde Euch gerne zu meinem Herrn führen, der sich so lieber Gäste immer freut. Wollet nur ein wenig warten, bis ich Herrn Rüdiger Euren Besuch gekündet!‘

Damit bestieg er sein Pferd, ritt eilig ins nahegelegene Bechlarn und machte Rüdiger die Mär bekannt. ‚Wohl mir dieser Gäste‘, sprach der Markgraf. ‚Wähle schnell ein großes Geleit, die Könige zu empfangen, und reite wieder zu ihnen zurück! Ich will unterweilen für Speis' und Herberge sorgen.‘

In der Markgrafenburg begann ein geschäftiges Treiben: Fässer wurden gerollt und gewuchtet, Knechte und Küchenjungen brachten herbei, was die wohlbestellten Kammern an Wildpret und langen Würsten zu bieten hatten, Fleisch und Fisch wurde an großen Haken übers Feuer gehängt, in allen Kesseln schäumte und brodelte es, und auf den Feldern vor der Burg machten sich Scharen von Knappen und Burschen daran, Holzpfeiler in den Boden zu rammen, um Zelte zu errichten.

Unterdessen hatte Eckewart die Burgunden zur Burg hinangeführt, wo sie von Rüdiger auf das Herzlichste begrüßt wurden. Sehr sorgfältig hatte der Markgraf eben noch seiner Frau sowie seiner Tochter Dietlind, einem wunderschönen Mädchen an der Schwelle zur Mannbarkeit, eingeschärft, wer von den Gästen hohen Standes und daher bevorzugt zu grüßen sei. Die sechs Vornehmsten sollten von den Frauen durch einen Kuß geehrt werden: Die Markgräfin küßte zuerst König Gunther, dann Gernot und Giselher, anschließend Hagen, Dankwart und zuletzt Volker, der – obgleich minderen Ranges von Geburt – aufgrund seiner Tapferkeit und Tüchtigkeit sowie seiner Kunst, die Gesänge der Ahnen vorzutragen, großen Ruhmes genoß.

Als danach auch Dietlind tat, wie die Mutter es vorgemacht hatte, küßte sie Gunther und Gernot geziemlich, schlug aber die Augen nieder und errötete, während sie vor Giselher trat, dem dabei ebenfalls eine leichte Röte ins Gesicht stieg. Dann kam die Reihe an den Tronjer – doch bei dessen Anblick erstarrte das Mägdlein und wurde bleich; gar zu schrecklich erschien ihr der alte Recke mit seinem wilden Barte, den gefurchten Wangen, dem stechenden Blick und der leeren Augenhöhle, die halb von wirrem Haar überdeckt war.

Erst da sie des Vaters Hand im Rücken spürte, durchfuhr sie eine heftige Scham, Tränen schossen ihr in die Augen, und sie küßte auch Hagen. Sodann empfingen der wohlgefällige Dankwart und der Spielmann, dessen Augen schalkhaft blitzten, ihre Küsse.
Die Gäste wurden nach dem kleinen Zwischenfall unter artigen Reden in den Saal geführt, wobei Gotelind König Gunther, Rüdiger Gernot und die Jungfrau Giselher geleitete. Man nahm Platz und Mundschenken reichten Getränke, anschließend begaben sich die Frauen in das nebengelegene Zimmer, um für sich zu speisen; die gedeckten Tafeln wurden hereingetragen, und das Mahl begann.

Nach einer Weile ergriff, vom Weine schon kecken Mutes, der Spielmann das Wort, erhob den Becher gegen Rüdiger und sprach: ‚Lob und Preis dem edlen Herrn Rüdiger! Ihr könnt Euch glücklich schätzen, hoher Markgraf, daß Ihr solche Tochter habt. Wenn ich ein König wär' und eine Krone trüge, dann wünscht' ich gerne, sie minniglich zu schauen!'
‚Wie könnte das wohl sein', erwiderte der Geehrte fröhlich lachend, ‚daß ein König mein Töchterlein begehrte? Wir zehren alle hier von König Etzels Milde.'
‚Sollte ich mich vermählen wollen', bemerkte dazu Gernot in höfischer Art, ‚so wäre ich solchen Weibes stets von Herzen froh.'
Bei diesen Worten blickte Giselher auf, und wieder flog eine Röte über seine Wangen. Hagen bemerkte dies und sagte, Rüdiger zugewandt: ‚Nun soll sich doch mein Herr Giselher ein Weib erkiesen, wie jüngst beraten wurde – und welche Maid stünde seinem Adel besser an als des Herrn Markgrafen schönes Töchterlein?'

Rüdiger war über dieses Ansinnen seiner Gäste höchlichst erfreut; man stand auf, reichte sich die Hände, klopfte sich gar auf die Schultern und umarmte sich freundschaftlich; Giselher war freudig erregt, seine beiden Brüder nickten ihm wohlwollend zu.

Dann wurde Dietlind mit ihrer Mutter und den anderen Frauen und Mädchen wieder in den Saal geführt; der Vater unterbreitete ihr den Wunsch der königlichen Gäste und fragte sie, ob sie Giselher zum Manne nehmen wolle. Sie wurde abwechselnd rot und bleich, zierte sich ein wenig, wie es holder Jungfrauenart geziemt – entschied sich dann aber doch sehr schnell für ein deutliches, minnigliches Ja.
Die Männer stellten sich, das Paar in der Mitte, im Kreise auf und schwuren, die beiden einander zur Ehe zu geben, wenn die Burgunden auf ihrem Rückweg wieder nach Bechlarn kämen; dann sollte Giselher seine Braut mit sich nach Worms heimführen. Gunther wollte dem Bruder und seiner Gemahlin Burgen und Ländereien überlassen, und Rüdiger, der keine eigenen Burgen besaß, da alle Festungen seiner Mark König Etzel zu eigen waren, versprach als Mitgift Gold und Silber, soviel hundert Saumrosse zu tragen vermögen.
Es wurde zum Tanz aufgespielt, Sackpfeifen und Fideln machten fröhliche Musik, bis spät am Abend die Tafeln aufgehoben und die frisch Versippten in ihre Schlafkammern geleitet wurden.
Bereits am nächsten Morgen wollten sich die Burgunden zur Weiterreise anschicken, doch Rüdiger bat sie, noch einige Tage zu verweilen, wozu sie sich umso lieber überreden ließen, als sie mit solcher Gastfreundschaft bei den Hunnen nicht rechnen durften.

Vier Tage blieben sie noch bei dem Markgrafen, in denen der Spielmann manch süßen Ton fiedelte und manches schöne Lied zu Ehren von Frau Gotelind sang. Als endlich doch der Aufbruch nahte, überreichte Rüdiger jedem der burgundischen Herren – bis auf Giselher freilich, denn er war mit Rüdigers Tochter schon auf das Reichste beschenkt – ein wertvolles Angebinde: Gunther erhielt ein prachtvolles Streitgewand, und Gernot wurde ein herrliches Schwert übereignet. Sodann bat Gotelind Hagen, sich selbst etwas im Saale auszusuchen, und er begehrte einen mit bunten Edelsteinen besetzten Schild.

Gotelind traten, als Hagen auf den Schild deutete, die Tränen in die Augen, denn es war der Schild ihres Sohnes Nudung, den der starke Wittich, durch welchen einst sogar Herr Dietrich beim Zweikampf in große Not geraten war, erschlagen hatte, doch sie gab ihn von Herzen und nannte Hagen den würdigsten Besitzer, den sie sich für die gute Waffe nur wünschen könne. Der Schild wurde also von der Wand genommen und dem Helden von der edlen Frau feierlich in die Hände gegeben. Schließlich erhielt Dankwart von Rüdigers Tochter feine Kleider, und Volker empfing aus der Hand Frau Gotelinds zwölf goldene Spangen, die er künftig an Etzels Hof tragen sollte, wenn er auch dort wieder mit lieblichem Gesang ihre Milde und Schönheit preisen würde. Der Markgraf erbot sich, die Reisenden mit seinen Heergesellen zu begleiten; liebe Blicke, Küsse und Winke wurden getauscht und von den Frauen auch einige Tränen geweint, dann ritten die Nibelungen weiter ins Hunnenland.

Um König Etzel den baldigen
Einzug der Gäste zu melden,
befahl Rüdiger zweien seiner
Männer, so schnell wie möglich
vorauszureiten. Einen dieser
beiden – Arnulf mit Namen
– habe ich von ungefähr, bald
achdem er in Etzels Burg
elangt war, auf dem Hofe
dem Pallas getroffen,
. Bechlarner Wappen als
igers Mann erkannt und
fragt, wann die Burgunden
wohl ankommen möchten. Er
war soeben vom König entlassen
worden und zeigte stolz die
Baugen, die er als Botenlohn
empfangen hatte und nun an
den Armen trug; Kriemhild
hatte ihm sogar noch ein Säckel
Goldmünzen dazugegeben

Wie die Burgunden an Etzels Hof empfangen wurden

Um König Etzel den baldigen Einzug der Gäste zu melden, befahl Rüdiger zweien seiner Männer, so schnell wie möglich vorauszureiten. Einen dieser beiden – Arnulf mit Namen – habe ich von ungefähr, bald nachdem er in Etzels Burg angelangt war, auf dem Hofe vor dem Pallas getroffen, am Bechlarner Wappen als Rüdigers Mann erkannt und gefragt, wann die Burgunden wohl ankommen möchten. Er war soeben vom König entlassen worden und zeigte stolz die Baugen, die er als Botenlohn empfangen hatte und nun an den Armen trug; Kriemhild hatte ihm sogar noch ein Säckel Goldmünzen dazugegeben. Leicht ließ er sich überreden, mit mir eine Schenke aufzusuchen und mir von den Nibelungen zu berichten, deren Ankuft schon für den nächsten Tag, den der Sonnenwende, zu erwarten war. Seine Redseligkeit war von Wein und Gold angefacht, so daß er in farbigen Worten von seines Herrn durch Giselhers Verlöbnis mit Rüdigers Tochter noch befestigten Freundschaft mit dem Hause Gunthers sprach. Ich wollte von ihm auch wissen, wie das Königspaar ihn empfangen und insbesondere, wie sich Kriemhild verhalten, und er erzählte, daß sie bei ihrem Gemahle sitzend die Botschaft mit einem Lächeln vernommen und die Worte gesprochen habe, nun werde all ihr Sehnen erfüllt – dann sei sie aber aufgestanden, zu einem Fenster getreten, habe hinausgeschaut und so leise, daß es ihr Gemahl nicht hören konnte, einem Kämmerer zugeflüstert: ‚Jetzt bringen meine Magen neue Schilde und glänzend weiße Brünnen. Wer nun von meinem Golde nimmt und dafür meines Leids gedenkt, dem bin ich immer hold.‘

Arnulf sagte dies mit blitzenden Augen und dachte sich wohl noch weiteres Gold durch Dienste um die Königin zu erwerben – mir jedoch ward bei seiner Rede übel zumut, denn ich sah mich in den bösen Ahnungen, die mich seit geraumer Zeit heimgesucht hatten, bestätigt. Jetzt klang mir auch Dietrichs warnende Stimme wieder im Ohr, und ich wagte trotz der späten Stunde, noch einmal bei ihm vorzusprechen und von den Worten des Boten zu berichten.

‚Walte der Schlachtengott, daß wir nicht bald gute Freunde bestehen müssen‘, sagte er düster, und sein scharfgezeichnetes Gesicht, in das die langen Jahre der Verbannung tiefe Linien gezogen hatten, leuchtete vom Schein der Fackel in einem fahlen Glanz.

Am nächsten Tag wurde mein Herr von Etzel den Burgunden zur Begrüßung entgegengesandt; Dietrich ritt mit seinem Schwestersohn, dem jungen Herzog Siegstab, den Recken Helferich, Gerbart, Wichart, meinem Neffen Wolfhart – die nun alle tot und dahin sind – und mit mir selbst sowie den Boten Rüdigers voran, worauf uns unsere Mannen folgten. Gunther und seine Getreuen waren bereits dicht vor Gran; sie müssen die Gefahr schon geahnt haben, denn sie ritten wie auf einem Feldzug in Waffen. Trotz der langen Zeit, die vergangen war, seit wir die Helden zuletzt gesehen hatten, gab es keine frohe Begrüßung. Die Könige saßen Dietrichs zu Ehren ab und gingen ihm zu Fuß entgegen; der Berner tat desgleichen, schritt mit ernstem Ausdruck auf sie zu und bot ihnen die Rechte mit den Worten: ‚Willkommen in Etzels Reich, Ihr Herren Gunther, Gernot und Giselher von Burgund! Seid willkommen auch Ihr, Hagen und Dankwart, Herren von Tronje, und Herr Volker von Alzey! Mögt Ihr Heil auf Eurer Reise haben – Frau Kriemhild ist noch immer gram und weint um den König von Niederland.‘

‚Mag sie auch ewig weinen', entgegnete Hagen verächtlich, ‚Siegfried ist schon lang' erschlagen, er steigt nimmer aus dem Grab herauf, und Kriemhild soll den Hunnenkönig lieben.'
‚Du Trost der Nibelungen, sei auf der Hut vor Kriemhilds Zorn! Hütet Ihr Euch alle!', mahnte der Berner eindringlich, aber Gunther, aus dessen Miene ein Ausdruck sprach, von dem ich nicht wußte, ob er Gelassenheit oder Müdigkeit bedeutete, erwiderte langsam: ‚Wovor sollen wir uns hüten? Der König selber hat nach uns geschickt – was mag sein Weib schon richten? Auch hat sie uns freundliche Mär gesandt.' Und traurig fügte er hinzu: ‚Sei sie auch gram, sie ist doch unserer selben Mutter Kind.'
‚Ich weiß wohl', sagte Hagen grimmig entschlossen, ‚daß Kriemhild uns nach dem Leben trachtet, doch billig werden wir's nicht lassen!'
‚Die Königin hat viele Recken gedungen; am Golde leidet sie dazu nicht Mangel', versuchte der Berner noch einmal, die Burgunden zu warnen.
‚Sei's drum', rief Volker trotzigen Mutes, ‚Geschehenes ist nicht mehr zu ändern. Wir werden schon sehen, was uns im Hunnenland begegnet!'
Dietrich mußte es damit bewenden lassen, denn er stand in Etzels Schuld und Dienst. Gemeinsam ritten wir das letzte Stück des Weges, der in mancherlei Wendung zur Königsburg führt. Die Männer schwiegen, und jeder hing seinen Gedanken nach. König Etzel hatte unterlassen, seinen Gästen auch ein hunnisches Grußgeleit entgegenzusenden, dafür aber hatten sich bereits große Scharen von Neugierigen auf den Straßen und Plätzen vor der Burg versammelt, um einen Blick auf die fremden Magen der Königin, vor allem aber auf die kühnen Ritter, zu erhaschen, von denen gleichermaßen Rühmliches wie Erschreckliches geraunt wurde. Besonders aber drängte man sich, den finsteren Hagen zu schauen, jenen Recken, der den Stärksten aller Helden erschlagen hat. Junge Burschen und Knaben, kleine Kinder in buntgewebten Kleidern, schoben und stießen sich vor, wichen jedoch ängstlich zurück, wenn sich ein behelmtes burgundisches Antlitz – gar das des fürchterlichen Hagen – auf sie richtete. Aber auch die Burgunden, die ein Heerlager mit Zelten und rohen Hütten erwartet hatten, betrachteten voller Staunen Etzels Königssitz, diese riesige Herrschafts- und Zwingburg, deren Pracht und Größe wahrhaftig dem mächtigsten Völkergebieter geziemte. Keine Feste in den westlichen Ländern, die ich gesehen habe, ja kaum ein Kastell der alten römischen Kaiser kam ihr gleich. Als wir auf dem größten Innenhof der Burg angelangt waren, empfing die Gäste ein Marschall, der ihnen mitteilte, der König wolle sie binnen kurzem im Saale willkommen heißen; bis dahin erbot sich der Dienstmann, die Pferde versorgen zu lassen und dem Gesinde seine Herbergen zuzuweisen. Dankwart wurde mit der Aufsicht über die Knechte betraut und folgte dem Hunnen, um das bereits mit großem Aufwand bereitete Nachtlager zu besehen. Da zeigte sich auf einmal plötzlich und unvermittelt die Königin selbst! Mit ihren Mägden und Kammerherren kam sie über den Hof geschritten, lief geradewegs auf Giselher zu und küßte ihn auf beide Wangen, dann erst grüßte sie Gernot und zuletzt Gunther mit kühler Zurückhaltung. Die beiden älteren Brüder taten, als hätten sie diese unziemliche Geste nicht bemerkt, doch Hagen zog sich das Helmband fester und sprach so laut, daß es jeder der Umstehenden hören konnte: ‚Habt Dank für Euren Gruß, Frau Königin! Nach solchem Empfange wissen wir wohl, was wir von Eurer Gastfreundschaft zu gewärtigen haben.'

‚Euch grüße, wer Euch gerne sieht', sagte die Königin mit versteinter Miene. Nur ihre Augen funkelten. ‚Sagt, was Ihr mitgebracht habt, daß Ihr mir solltet willkommen sein!'
‚Ich wüßte nicht, welche Gaben Ihr von mir erwartet. Wär' ich auch noch so reich, der Königin der Hunnen hätte ich nichts zu schenken.'
‚So will ich Eurem Gedächtnis zu Hilfe kommen, Herr Hagen! Erinnert Ihr Euch des Horts der Nibelungen? Der war mein Eigen, wie Euch weislich bekannt ist. Den hättet Ihr mir bringen sollen in König Etzels Land!'
‚Es ist schon mancher Tag vergangen, Frau Königin, daß ich des Hortes ledig bin. Den ließen meine Herren versenken in den kühlen Rhein – und da mag er ruhen bis die Welt vergeht.'
‚Das hab' ich mir wohl gedacht, daß Ihr mir nicht willig mein Eigen bringt! Nie habe ich Euren Raub vergessen, und ich hatte um meinen Schatz gar manchen traurigen Tag!'
‚Den Teufel bring' ich Euch!' sagte Hagen darauf und spieh die Worte der Königin förmlich ins Gesicht. ‚Ich habe an meinem Harnisch, an Helm und Schild und Schwert genug zu tragen, als daß ich noch weiteres mit mir bringen könnte.'
‚Eure Waffen', rief Kriemhild in schrillem Ton, sichtlich um Beherrschung ringend, ‚dürft Ihr unseren Knappen geben – sie sind in Etzels Saale nicht gestattet!' Und sie streckte die Hände gegen Hagen aus, als wollte sie selbst seine Waffen entgegennehmen. Der aber verzog den Mund zu einem höhnischen Grinsen: ‚Ich begehre nicht die Ehre, daß mir eine Königin Schwert und Schild zur Herberge trägt. Meine Waffen will ich nur immer selber tragen, wie mich mein Vater hat gelehrt.'
Da ließ Kriemhild jeden Hehl fahren und schrie mit haßverzerrtem Gesicht: ‚Warum wollt Ihr Eure Waffen nicht herausgeben, wie es vor dem Mahle Sitte ist? Ihr seid gewarnt worden – und wer das getan hat, der soll des Todes sterben!'
‚Ich habe die edlen Fürsten und den kühnen Hagen gewarnt', ergriff jetzt Dietrich das Wort und stellte sich zwischen Kriemhild und die Burgunden, ‚du wirst mir darum wohl kein Leid zufügen, du Braut des Teufels!'
Mit hoheitsvoll verhaltenem Zorn sah der Berner auf Kriemhild hinunter; auf seiner Stirn stand eine steile Falte, der schmale Mund war zusammengepreßt, sein Busen hob und senkte sich. Keiner wagte mehr ein Wort zu sagen, nachdem Dietrich gesprochen hatte; alle starrten wie gebannt auf sein heldisches Antlitz, und niemand achtete mehr der Königin; auch ihre Kämmerlinge hielten die Häupter schamhaft gesenkt und schwiegen. Kriemhild stand eine Weile wie betäubt, dann wandte sie sich wortlos um und schritt von dannen. Ihre Bediensteten folgten ihr in gemessenem Abstand.
Dietrich sah ihr nach, drehte sich dann zu Hagen um, faßte ihn an den Händen und sagte mit einem aus Trauer und Scham gemischten Ausdruck: ‚Ihr habt nun selbst genug gehört. Es ist mir wahrlich leid, daß Ihr nach dem Hunnenland gefahren seid.'
‚Zu allem wird schon Rat', sprach Hagen, mehr an seine Könige als an Dietrich gerichtet. Langsam kam wieder etwas Leben in die erstarrte Versammlung; die Züge der Männer glätteten sich, und das Entsetzen wich einem entschlossenen, trotzigen Ausdruck. Sollte Kriemhild nur eifern! Man würde ihr schon recht begegnen!

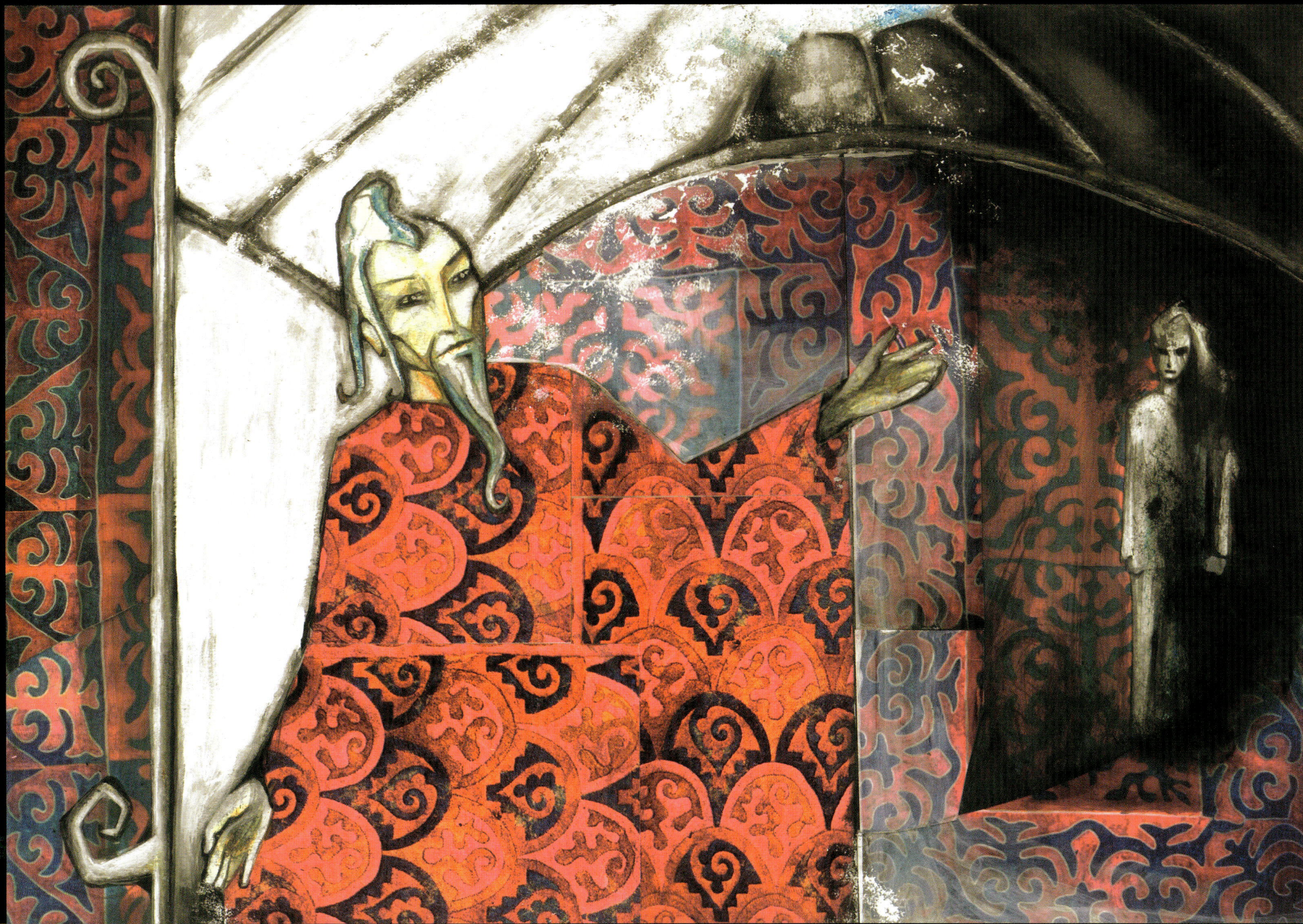

Bild 20 | König Etzel

Eine Weile noch standen die Burgunden fast regungslos auf dem Hof, dann wollten sie nicht mehr einsehen, daß sie so ausharren sollten, bis Etzel sie einzulassen geruhte, und fingen an, sich mit gebotener Vorsicht umzusehen. Ihre Blicke kreiste über den Platz und glitten den Mauern, die ihn begrenz empor. Allmählich begann zu dunkeln. Hinter manc Fenstern wurden Licht entzündet, andere starrten wie kleine, viereckige schwarze Augen auf die Wartenden hinunter. Hinter einigen großen Fenstern, die auf der anderen Seite des weiten Hofes offenbar zu einem ungemein prächtigen Saal gehörten,

Wie Kriemhild zur Rache rüstete

Eine Weile noch standen die Burgunden fast regungslos auf dem Hof, dann wollten sie nicht mehr einsehen, daß sie so ausharren sollten, bis Etzel sie einzulassen geruhte, und fingen an, sich mit gebotener Vorsicht umzusehen. Ihre Blicke kreisten über den Platz und glitten an den Mauern, die ihn begrenzten, empor. Allmählich begann es zu dunkeln. Hinter manchen Fenstern wurden Lichter entzündet, andere starrten wie kleine, viereckige schwarze Augen auf die Wartenden hinunter. Hinter einigen großen Fenstern, die auf der anderen Seite des weiten Hofes zu einem ungemein prächtigen Saal gehörten, brannte besonders viel Licht.
Über Hagens Gesicht huschte ein boshaftes Lächeln, als er den erleuchteten Pallas sah. Langsam entfernte er sich von den Königen und schlenderte über den Hof. Der Spielmann folgte ihm, und auch ich hielt mich in der Nähe, während sich die anderen Männer zerstreuten. Die beiden steuerten auf eine Steinbank zu, die vor dem Pallas stand, setzten sich breitbeinig darauf, lehnten sich dabei noch zurück und breiteten die Arme über die steinerne Rückenlehne. Ihre Gesichter drehten sie herausfordernd den Fenstern zu.
Einige Hunnen kamen vorübergelaufen, blieben stehen, als sie die Ritter bemerkten, hielten sich jedoch abseits, gafften, schwatzten miteinander, vermieden aber, ihnen zu nahe zu kommen. Einige weitere gesellten sich dazu, und es bildete sich ein kleine Gruppe. Ich trat zu ihnen hin und begann, mit einem zu reden, ließ aber die beiden Kämpen nicht aus den Augen. Eine Weile standen wir so, dann hörten wir einen scharfen, von zahlreichen Sohlen auf das Pflaster hallenden Tritt, dazu Eisenklirren, Gerassel von Kettenhemden. Das Geräusch kam aus der Richtung eines Tores, vor dem offenbar bewaffnete Männer zusammenliefen, doch noch war nichts zu sehen. Auch Hagen und Volker hatten es gehört, blieben aber seelenruhig sitzen.
Ich starrte auf den Torbogen, den ein zwielichtiges schwärzliches Dunkel umschloß, das in der blauenden Stunde vor meinem angestrengten Blick zu zittern und zu verschwimmen begann. Das Portal erschien mir plötzlich wie der große saugende Mund eines Fisches, der einschlürft oder ausspeit, was ihm beliebt. Das Lärmen wurde lauter, gleich mußte sich das Tor öffnen und etwas geschehen.
Da kam ein weiterer Hunne herbeigelaufen und rief seinen Kameraden zu, daß eine große Mannschaft in Kriemhilds Auftrag anrücke. Ich fragte ihn in seiner Sprache, die ich in all den Jahren leidlich gelernt, was geschehen sei, und er antwortete aufgeregt: ‚Die Königin hat bitterlich geweint und geklagt, daß ihr durch Hagen von Tronje ein Leid widerfahren sei – da haben sich sofort viele ihrer Dienstleute erboten, die Beleidigung zu rächen und Hagen zu töten. Sechzig Mann waren gleich zur Stelle, aber sie hat nur gerufen: ‚So wenige? Wie wollt ihr so den Tronjer bestehen? Wißt ihr nicht, wie stark Hagen ist? – Und bei ihm sitzt der böse Spielmann, der ist gewiß noch stärker!‘ Darauf gerieten sie in Zorn und wollten sich auf diese beiden Fremden stürzen, aber die Königin befahl ihnen, soviele Männer wie möglich herbeizuholen. Sie sind losgerannt und haben aus den Mannschaftsräumen und Rüstkammern herausgerufen, wen sie gerade finden konnten. Jetzt stehen vierhundert

vor dem Tor und wollen die Fremdlinge, die unsere Königin geschmäht haben, zerreißen!'
Ich wollte Hagen und Volker noch zurufen, daß sie sich zu ihren Gefährten zurückbegeben sollten, doch in diesem Moment öffnete sich das Tor, die schweren Flügel schwangen knarrend auseinander, eine große Zahl von Hunnen drängte hindurch und ergoß sich nach links und rechts über den Platz, während andere im Dunkel des Torbogens und weiter draußen verharrten. Seltsamerweise sah man keine Waffen; die Hereingekommenen trugen bloß bunte Gewänder mit Borten und allerlei Zierrat. Sie nahmen in einigem Abstand vor den burgundischen Recken Aufstellung, und einer, der ihr Anführer war, rief etwas zu einem der erleuchteten Fenster herauf. Da wurde plötzlich Kriemhilds Antlitz im Fenster sichtbar, sie rief ‚Wartet noch! Ich will gekrönt vor meine Feinde treten' und verschwand wieder.
Hagen und Volker hatten sich beim Anblick der Hunnen unwillkürlich etwas aufgerichtet, zeigten aber noch immer eine erstaunliche Gelassenheit. ‚Die treulose Königin will uns wieder beehren', sagte Volker, den Kopf schräg zu Hagen haltend. ‚Seht nur, wen sie alles mitgebracht hat! Manche sehen wohl nur deshalb so breitbrüstig aus, weil sie Panzer unter ihren Kleidern tragen.'
‚All das richtet sich nur gegen mich', bemerkte Hagen dazu, ‚Ihr könntet noch von hinnen gehen; gegen Euch führt Kriemhild nichts im Schilde. Wollt Ihr mir aber beistehen, so sei es Euch immer gedankt.'
‚Niemals weiche ich von Eurer Seite', versicherte Volker hochgemut, ‚sollte König Etzel auch mit seinem ganzen Heere kommen!'
‚Das lohn' Euch der Schlachtenlenker! Wenn Ihr mit mir streitet, wes' bedarf es mehr?' sagte Hagen, nickte Volker zu und lehnte sich wieder zurück.
Jetzt erschien Kriemhild in der Tür des Pallas, ging die Treppen hinunter und kam zügigen, aber doch hoheitsvollen Schrittes auf die beiden Ritter zu. Auf dem Haupte trug sie die Krone des Hunnenlandes.
‚Nun sollten wir doch immerhin vor ihr aufstehen', befand Volker und wollte sich erheben, aber schnell legte ihm Hagen seine linke Hand auf den Schenkel, während die rechte den Schwertknauf umschloß, und raunte ihm zu: ‚Nein, Herr Volker! Um unserer Waffenbruderschaft willen – bleiben wir sitzen! Sie möchten sonst wohl denken, daß wir aus Furcht vor ihnen aufstünden.'
Stattdessen zog Hagen, Kriemhild unverwandt anschauend, das Schwert aus seiner feuerroten Scheide und legte es sich quer über die Knie. Am goldenen Knauf des Balmung funkelte der Jaspis. Kriemhild erkannte das Schwert sofort und schluchzte wütend auf. Volker hatte einen kurzen Moment unschlüssig auf Hagen und Kriemhild geblickt, dann zuckte ihm wieder sein berüchtigtes Grinsen um den Mund; er schlug die Beine übereinander und legte sich seinen Fiedelbogen in den Schoß. Kriemhild blieb einige Schritte vor Hagen stehen, warf das gekrönte Haupt in den Nacken und sprach, sich gewaltsam zu einem Schein von Gleichmut zwingend: ‚Wer hat nach Euch geschickt, Herr Hagen, daß Ihr wagtet, in dies Land zu reiten, da Ihr doch wißt, was Ihr mir angetan?'
‚Nach mir hat niemand gesandt', gab Hagen, mit seinem Auge schräg die Königin anblinzelnd, zur Antwort. ‚Meine Herren wurden geladen, und wohin sie gehen, pflege ich sie zu begleiten.'

‚Nun sagt mir noch einmal', bohrte Kriemhild voll Harm weiter, ‚wie konntet Ihr das tun, wo Ihr doch meinen Siegfried erschlagen habt?'
Kriemhild hatte den Kopf zu ihren Hunnen gewendet und die letzten drei Worte beinahe herausgeschrien. Man hörte, wie der Anführer ihre Worte noch einmal in gedämpftem Ton seiner Mannschaft übersetzte und es unter den Kriegern zu rumoren begann.
‚Was sollen diese Reden?' gab Hagen barsch zurück, ‚ich leugne ja gar nicht, daß ich den Siegfried erschlug! Er mußte es entgelten, daß Ihr meine Herrin gescholten habt! Gewiß hab' ich Euch ein Leid getan, aber das räche, wer da wolle!'
Er warf einen verächtlichen Seitenblick auf die unentschlossene hunnische Schar, deren Gewänder nur schlecht die Brünnen verhehlten.
‚Da hört ihr es!' kreischte die Königin, ‚er hat es selbst zugegeben, daß er meinen Gemahl gemordet! Nun muß ich euch nicht mehr sagen, was mit ihm geschehen soll!'
Unter den Hunnen machte sich ein betretenes Schweigen breit. Abwechselnd schauten alle auf Kriemhild, Hagen und Volker sowie auf den jeweiligen Nebenmann. Jeder erwartete, daß ein anderer den Anfang machen müsse, und niemand konnte sich entschließen, es selbst zu tun.
‚Das sind Geschichten, die sich vor langer Zeit in einem anderen Lande zugetragen; ich weiß darüber nichts Genaues', sagte endlich einer zu seinem Nebenmann. ‚Um alles Gold der Welt ließe ich doch nicht gern das Leben', bemerkte dieser, mit dem Kopfe regsam nickend, und ein dritter gab gereckten Halses zu bedenken, daß ein so ungleicher Kampf ihnen kaum Ehre einbrächte, während ein vierter Hagens Kriegstaten zu rühmen begann, die er einst als Jüngling in Etzels Diensten verrichtet hatte. Damit freilich war für alle übrigen die Angelegenheit entschieden: Zwei so preiswürdige Recken dürfe man unter keinen Umständen überfallen; auch hatte König Etzel selbst niemanden zu den Waffen gerufen.
In ohnmächtiger Wut mußte Kriemhild mitansehen, wie zunächst einer der hunnischen Krieger achselzuckend und mit Entschuldigung heischender Miene zur Seite trat, dann die nächsten sich abwandten und schließlich die gesamte Schar auseinanderlief. Hagen und Volker erhoben sich mit breitem Grinsen und gingen über den dunklen Platz dorthin zurück, wo ihre Gefährten warteten. Wo ihnen ein Hunne im Weg stand, wich er achtungsvoll aus.
Das ist noch einmal gut gegangen, dachte ich und fühlte erst jetzt, wie mein Herz klopfte. Wer weiß, was noch geschieht – wir Goten müssen nötigenfalls für Vermittlung sorgen.

Langsam ging auch ich zu den übrigen Burgunden zurück. Diese hatten sich inzwischen wieder auf dem Hof versammelt und paarweise mit unseren Amelungen sowie den anderen Recken in Etzels Lehen aufgestellt: Dietrich führt König Gunther an der Ha Irnfried Herrn Gernot, Rüdiger gab seinem künfti Schwiegersohn Giselher Geleit. Nur Hagen und Volke die beiden Schwertgenossen, die eben ihre erste Probe am Etzelhof bestanden hatten, wollten nicht voneinander lassen und sich keinem fremden Helden zugesellen. Offenbar war bereits ein Zeichen zum bevorstehenden Einzug in den

Wie Hagen und Volker Schildwache hielten

Langsam ging auch ich zu den übrigen Burgunden zurück. Diese hatten sich inzwischen wieder auf dem Hofe versammelt und paarweise mit unseren Amelungen sowie den anderen Recken in Etzels Lehen aufgestellt: Dietrich führte König Gunther an der Hand, Irnfried Herrn Gernot, und Rüdiger gab seinem künftigen Schwiegersohn Giselher das Geleit. Nur Hagen und Volker, die beiden Schwertgenossen, die eben ihre erste Probe am Etzelhof bestanden hatten, wollten nicht voneinander lassen und sich keinem fremden Helden zugesellen. Offenbar war bereits ein Zeichen zum bevorstehenden Einzug in den Festsaal gegeben worden, in dem der König die Gäste erwartete.
Die Fremdartigkeit mancher hunnischer Sitten, an die ich mich in all den Jahren von Dietrichs Heeresdienst für den großen Völkerbeherrscher gewöhnt hatte, trat mir einmal wieder vor das Bewußtsein: In unseren Landen würde es zweifellos für unhöfisch gehalten werden, seine Gäste so lange ausharren zu lassen; nur im Kaiserreich der Griechen, am Hofe zu Konstantinopel, mag ein noch strengerer herrschaftlicher Brauch üblich sein; und während ich über solche Dinge nachdachte, regte sich wieder die alte Sehnsucht nach der Heimat in mir.
Da riß mich ein laut anschwellender Schall von einer bronzenen Scheibe, gegen die mit einem Klöppel geschlagen wurde – der Aufruf zum Empfang – aus meinem Sinnen; der Zug der ritterlichen Paare setzte sich in Bewegung, wir betraten den Pallas und wurden in den prachtvollsten Saal, der mit zahllosen Lampen auf das Festlichste geschmückt war, geführt. Mir zwar war die Größe der Halle längst vertraut, doch die Burgunden mußten von solcher Weite der Wände und Höhe der Decken, von so mächtigen Pfeilern, welche die baumstarken Dachbalken stützten, von den vielen langen Tischen und Bänken und riesigen bauchigen Kupferkesseln beeindruckt sein. Erstaunte Blicke rollten, auch wenn die höfische Zucht ein neugieriges Gaffen nicht gestattete.
Kaum waren wir aber im Saal, waltete Etzel seines königlichen Amtes mit großer Würde und Freundlichkeit: Er grüßte Gunther und die beiden anderen Königsbrüder, indem er ihre Hände mit seinen beiden Händen umfaßte, sie schließlich umarmte, sogar an sich drückte und herzliche Worte an sie richtete. Zu jedem sprach er etwas anderes, aber gleich Höfliches; über jeden der burgundischen Edlen hatte er Erkundungen eingezogen, um ihn durch eine passende kleine Ansprache erfreuen zu können; jedem suchte er etwas Trauliches und Wohlgewogenes zu sagen, sofern es sein Gedächtnis noch zuließ, denn das Alter begann in den letzten Jahren an ihm zu zehren. Kriemhild stand mit huldvollem Lächeln stets neben ihm und bot ihren Brüdern die Wange zum Kuß, als wäre der Auftritt eben im Hof nur ein böser Traum gewesen. Wenn ihr Gemahl zugegen war, spielte sie vollendet die Rolle der Königin, doch sobald er sich abwandte, traten aus dem Glanz ihrer Krone die schwarzen Hörner der Teufelin hervor.
Die Reihe kam an Hagen und Volker; Etzel grüßte sie fast ebenso freundlich wie die Könige, und Kriemhild lächelte dazu wie eine Puppe aus Eis. ‚Seid mir auch willkommen, Herr Hagen, und Ihr, Herr Volker', sagte

Etzel, ‚gerade auch meiner lieben Gemahlin, Herr Hagen, den ich so lang' nicht mehr gesehen. Wann habt Ihr hier geweilt? Ich weiß es noch genau – an die zwanzig Jahre muß es her sein ...'
Es sind schon weit mehr als dreißig, dachte ich bei mir, doch was tut das zur Sache?
‚Zwanzig Jahre oder noch darüber, daß ich Euch hier zu Hofe als Geisel empfing, nachdem der alte König Dankrat glaubte – ich habe ihn noch gut gekannt – seinen Vorteil daraus ziehen zu können, daß ich damals die Mauern von Byzanz berennen ließ, doch der Hunnenkönig hat genügend gute Reiter, und so viele schlugen mir die Griechen nun auch nicht tot, daß ich nicht trotzdem den Herrn Dankrat in der Schlacht – – aber das sind alte Geschichten, heute sind seine Söhne meine Freunde und Schwager, und die Vergangenheit ist vergangen. – Doch das sei noch vor den Jüngeren gesagt, Herr Hagen, daß Ihr damals schon so kühn und furchtlos wart, als Dankrat Euch als Geisel mir überlassen mußte – und darum schlug ich Euch zum Ritter und schickte Euch zurück zum Lohn für Eure Tapferkeit. Ich habe Euch gleich wiedererkannt, als Ihr vorhin im Hofe mit Herrn Dietrich standet; der Vogt von Bern freut sich ebensosehr wie ich, Euch hier zu sehen!'
‚Hätte ich nicht meine Herren begleitet, so wäre ich um Eurer Ehren willen gerne wieder in das Land geritten, wo ich einst so viel Güte empfing.'
Nach diesen Worten des Tronjers wurde vom König zur Tafel gebeten, aus den großen Kesseln wurden goldener Met und schwerer Wein vom Rheine geschenkt, um die Gäste mit diesem erquicklichen Gruß ihrer heimatlichen Hügel zu erfreuen, und das prachtvolle Mahl nahm seinen Lauf. Es währte bis zum späten Abend, dann machte sich Ermüdung unter den Weitgereisten breit, und Gunther bat seinen Wirt um Urlaub. Während die Burgunden den Saal verließen, wäre es beinahe zu einem neuerlichen Zwischenfall gekommen, als einige Hunnen vor Volker hintraten und ihm den Weg zu verstellen suchten. Der hitzige Spielmann fuhr sie stürmisch an, drohte ihnen – wie er gerne zu sagen beliebte – mit „kräftigen Geigenschlägen", und Hagen stand sogleich an der Seite des Freundes. Die Hunnen wichen grollend zurück, doch waren die Gäste einmal mehr gewarnt und wußten, daß sie nicht auf eine friedliche Nachtruhe hoffen durften. Selbst Giselher, der noch immer allzu vertrauensselig war, begann jetzt, einen nächtlichen Überfall zu fürchten. Hagen bot sich daher an, die erste Nacht Schildwache zu halten. Sogleich bat Volker, ihm Gesellschaft leisten zu dürfen, was Hagen erfreut gewährte, und die Burgunden suchten ihre Nachtlager auf. Zwar konnten viele der Ritter noch lange nicht von ihren düsteren Gedanken lassen, und manchem erschien der weite Schlafsaal mit den weichen Betten, die mit feinem Linnen bespannt waren, dem Bettzeug aus arabischer Seide mit goldenen Borten, den Fellen von Zobel und Hermelin wie eine gewaltige prunkvolle Gruft, doch da die beiden furchtlosen Recken Wache standen, beruhigten sich selbst die besorgtesten Gemüter allmählich. Als Volker dann auch noch, in der Türe sitzend, anhub, seine Fiedel zu streichen, wogen die lichten Laute die müden Recken lind in den Schlaf. Nachdem alle entschlummert waren, steckte der Spielmann seinen Fiedelbogen wieder ein, nahm Schild und Schwert zur Hand und begab sich zu Hagen, der bereits vor dem Tore wachte. So standen sie die Nacht über vor dem Schlafsaal im Torbogen,

Bild 21 | Schildwacht

auf ihren hellen Brünnen spiegelte sich das Mondlicht, und sie schauten in das trügerische Dunkel. Lange geschah nichts, doch die Helden blieben wachsam. ‚Sie wollen uns in Sicherheit wiegen und dann blitzschnell zuschlagen', flüsterte Hagen dem Gefährten zu. Er sollte recht behalten, denn als sich in den ersten Stunden des Morgens ein kühlender Wind erhob und auf den Panzerringen Tautropfen perlten, sah Volker plötzlich im Schatten der gegenüberliegenden Mauer einen Helm glänzen. ‚Sie kommen', machte er Hagen auf die Feinde aufmerksam, ‚jetzt wollen wir ihnen einen rechten Empfang bereiten.'

‚Wartet noch ein Weilchen und verhaltet Euch ganz still', gab der Tronjer zurück, ‚wir lassen sie noch etwas herankommen, und dann werden wir sie überraschen.'

Die Hunnen hatten sie indes schon bemerkt, duckten sich in das Dunkel, beratschlagten unschlüssig, was jetzt zu tun sei – und schlichen in gebückter Haltung fort. Volker wollte ihnen nachlaufen und noch dem einen oder anderen einen Schwerthieb verpassen, doch Hagen hielt den Freund zurück: ‚Ich bitte Euch, Herr Volker, wenn Ihr sie zu stellen sucht, werden sie Euch umzingeln und gemeinsam auf Euch eindringen; dann müßte ich Euch zu Hilfe eilen, die Tür wäre unbewacht, und unsere Herren wären schutzlos.'

Volker trat daher nur ein paar Schritte in den Hof hinaus und rief den Flüchtigen, mit dem Schwerte drohend, hinterher: ‚Pfui, ihr zages Gelichter! Im Schlafe wolltet ihr eure Gäste meucheln. Schande sei über euch!'

Statt einer Antwort hörte er nur Gerassel und schnelles Getrappel von Sohlen über das Pflaster. Auch dieser zweite Anschlag Kriemhilds auf ihre Blutsfreunde war gescheitert.

XVI

Bald zeigte sich schon ein lichter Streif am Horizont; er wurde breiter und färbte sich langsam purpur. Das erste Frührot behauchte den Himmel. Eine Weile betrachteten die beiden Helden die aufgehende Sonne, die immer röter wurde und schließlich blutrot im Morgen stand; dann ging Hagen in den Saal, die schlafenden Ritter zu wecken. Über den Dächern und Türmen der Burg ertönten die Glocken, um die Christen, deren es in Pannonien und all' jenen Teilen des Etzelschen Reiches, die früher dem römischen Kaiser untertan waren, viele gibt, zur Messe zu rufen.

Gunthers Mannen rieben sich die Augen und erhoben sich

Wie Volker einen Hunnen tötete

Bald zeigte sich schon ein lichter Streif am Horizont; er wurde breiter und färbte sich langsam purpur. Das erste Frührot behauchte den Himmel. Eine Weile betrachteten die beiden Helden die aufgehende Sonne, die immer röter wurde und schließlich blutrot im Morgen stand, dann ging Hagen in den Saal, die schlafenden Ritter zu wecken. Über den Dächern und Türmen der Burg ertönten die Glocken, um die Christen, deren es in Pannonien und all jenen Teilen des Etzelschen Reiches, die früher dem römischen Kaiser untertan waren, viele gibt, zur Messe zu rufen.

Gunthers Mannen rieben sich die Augen und erhoben sich schlaftrunken; auf einigen Lidern lagen noch die dunklen Schatten schwerer Träume. Müde und mürrisch griff man in die mitgeführten Kisten, um seidene Gewänder für den Kirchgang zu wählen. Als Hagen das sah, schlug er einem seiner Gefolgsleute den Deckel der Kleidertruhe so kräftig zu, daß der Mann Glück hatte, noch rechtzeitig seine Hand zurückgezogen zu haben, und rief: ‚Andere Kleider sollt ihr heute tragen! Helme statt besteinter Hüte und Eisenbrünnen statt der seidenen Hemden werden eure Leiber besser zieren! Habt ihr vergessen, daß wir auf Helfahrt sind?‘

Die Männer machten erschrockene Gesichter, doch fügten sie sich und legten ihre Rüstungen an. In diesem Aufzug schritten sie, einer dicht hinter dem anderen, damit er ihm bei Gefahr sofort zu Hilfe kommen könnte, auf den Domplatz und erwarteten König Etzel und seine Gemahlin. Als der König die Nibelungen so wohlgerüstet, als ob sie in die Schlacht zögen, vor dem Münster stehen sah, traute er seinen Augen nicht: ‚Was seh' ich meine Gäste mit Helmen auf den Häuptern? Hat sie jemand hier beleidigt – dem sollt' es schlecht ergehen! Ich würde es ihn büßen lassen, wie immer sie nur wünschten!‘

Hagen schob seinen Helm etwas zurück und gab dem König hochmütig zur Antwort: ‚Uns ist kein Leid zugefügt worden, doch ist es meiner Herren Sitte, daß sie bei allen Gastgeboten die ersten drei Tage in Waffen einhergehen.‘ Den Helm sogleich wieder nach vorn rückend, so daß sein Gesicht beinahe verdeckt wurde, fügte er mit dumpfer Stimme hinzu: ‚Sollte uns etwas geschehen, würden wir es Herrn Etzel schon wissen lassen.‘

Etzel machte ein höflich-verwundertes Gesicht, verabschiedete sich bis zum Mittagsmahl und begab sich statt des Gottesdienstes in eines jener Zelte, in denen die Hunnen sinnberückende Dämpfe einatmen, die von glühenden Steinen aufsteigen, welche sie zuvor im Feuer erhitzt haben und auf denen sie zauberkräftige Kräuter verbrennen. Solche Bräuche sind Teil ihres Glaubens.“

Hierzu nickte der Einsiedler und sagte: „Das Zelt ist für die Hunnen gleich dem großen Mutterschoß der Erde, und die heißen Steine, die in seiner Mitte in einer Mulde liegen, nennen sie ‚Samen der Sonne‘. Auch im hohen Norden werden ähnliche Sitten gepflegt.“

„So etwa habe ich es auch gehört“, bestätigte Hildebrand und fuhr fort:

„Währenddessen begaben sich die burgundischen Herren zur Messe, und Kriemhild schielte haßerfüllt zu Hagen hinüber, denn natürlich wußte sie, daß es nicht Brauch bei den Burgunden war, in Waffen beim

Gastgelage zu erscheinen und Hagen den König nur täuschte; da der Tronjer jedoch gerade ihre eigenen Absichten verschleierte, durfte sie den Gemahl keinesfalls über den Trug aufklären, sondern mußte noch zufrieden sein, daß ihr Widersacher sie vor Etzel nicht bloßstellte, sondern das Spiel mitspielte. Er spielte wahrhaftig sein Spiel mit ihr und zwang sie, ihren Zorn zu verbergen.

Kaum hatte sich der König entfernt, nickte Hagen Volker zu und deutete auf das Portal der Kirche, der Spielmann verstand den Wink, setzte sein Grinsen auf, und eh man sichs versah, standen sie beide hochaufgerichtet mit verschränkten Armen links und rechts vor dem Eingang – an Hagens Seite baumelte wie stets der Balmung – und Kriemhild mußte sich mit ihren Mägden und Kämmerlingen zwischen den Feinden hindurchdrängen, die wie angewurzelt ragten und höhnisch auf sie hinunter sahen.

Nachdem der Gottesdienst geendet und einige Zeit später auch König Etzel sein Zelt verlassen, ein Bad genommen und sich von seinen Hörigen mit duftenden Ölen hatte salben lassen, wurde zu Ehren der Gäste zu einem Turnier geblasen. Etzels Bruder Blödel erschien mit den dreitausend Mannen seines Lehens, Dietrich mit seinen sechshundert Degen, die unter meinem Gebote standen, und auch Rüdiger führte seine Bechlarner heran; sowohl unser Herr als auch der Markgraf verboten ihren Männern allerdings, gegen die Burgunden anzutreten. Es waren also allein die Hunnen, die sich mit den Nibelungen maßen, und sie zeigten sich ihnen, unerachtet ihrer Künste als Reiter und Bogenschützen, beim Kampfspiel zu Pferde, beim Lanzenstechen und Fechten kaum gleichrangig. Wohl oder übel mußte das Königspaar, das auf der hölzernen Tribüne Platz genommen hatte, die neben den kühnen Taten der Burgunden wenig rühmlichen Leistungen seiner Degen mitansehen: Etzel verbarg seinen Ärger hinter einer höfischen Miene und winkte gar den siegreichen Gästen zu, während Kriemhild mit finster zusammengezogenen Brauen auf den Kampfplatz starrte und das Ende der Spiele erwartete.

Auf einmal stolzierte ein besonders farbenfroh und geckenhaft gekleideter hunnischer Jüngling über den Kampfplatz und ließ sein Rößlein tänzeln, um dadurch wohl seinem Liebchen, das irgendwo aus einem Fenster zuschaute, zu gefallen. Er trug über seiner Rüstung einen Mantel aus bunter Seide, und über seinem Haupte wippte ein riesiger Helmbusch in leuchtendem Zinnober. Da hielt es den hitzigen Volker nicht länger: ‚Ob es nun Kriemhild paßt oder nicht, dieser Stutzer wird gleich einen tüchtigen Stoß empfangen.'

Gunther wollte ihn zurückhalten, erhob sich von seinem Sitz und rief ihm nach: ‚Wart' Volker! Laß' die Hunnen den Streit beginnen' – doch zu spät: Der tollkühne Fiedler hatte sich schon in den Sattel geschwungen und sprengte mit eingelegter Lanze auf den Hunnen zu. Dieser erschrak und verharrte unbeweglich mitten im Tummeln seines Rosses, spreizte die mit Schild und Lanze bewehrten Arme vom Leibe ab und starrte seinem Verhängnis mit aufgerissenen Augen entgegen; viel zu spät kam Bewegung in ihn, er wollte seinem Pferd noch die Sporen geben, aber schon war Volker heran, die Lanze genau auf die Brust des Hunnen gerichtet – krachend durchschlug sie den Harnisch, und mit einem dumpfen Aufprall stürzte der Durchbohrte zur Erde. Seine Glieder durchwühlten zuckend den Sand und erstarrten in

Bild 22 | Das Turnier

gräßlich verrenkter Stellung, während der fast armdicke hölzerne Schaft schräg aus seiner Brust ragte.
Ein Aufschrei des Entsetzens lief durch die Ränge der Zuschauertribüne und ging in ein wütendes Geheul über. Zahlreiche Männer schwangen sich über die Absperrungen, wollten den Spielmann vom Pferde reißen, wurden aber von den Burgunden sowie von einigen Recken Dietrichs und Rüdigers zurückgedrängt.
Auch ich war aufgesprungen und sah zu Etzel hinüber. Dieser eilte mit einer Schnelligkeit, die man ihm kaum mehr zugetraut hätte, von seinem Hochsitz in wenigen Sätzen auf den Kampfplatz hinunter, riß einem Blutsfreund des Getöteten, der gerade das Schwert gegen Volker ziehen wollte, die Waffe aus der Hand und gebot mit lauter Stimme Einhalt: ‚Niemand rührt mir diesen Spielmann an! Er ist ein Freund meiner Gäste! Auch hat er den Reiter nicht mit Absicht getötet – ich sah es genau: sein Pferd strauchelte, und die Lanze verrutschte ihm!‘
Fäuste und Schwerter standen einen Augenblick zum Schlag erhoben in der Luft, dann senkten sie sich widerwillig. Des Königs Befehl war unbedingtes Gesetz, sein Zorn allseits mit Grausen gefürchtet.
Das Kampfspiel wurde beendet, und der Gastgeber begab sich mit den burgundischen Herren in den Saal.
Kriemhild erhob sich langsam, blieb etwas hinter ihrem Gemahl zurück, trat dann auf Herrn Dietrich und mich, der ich neben ihm gesessen hatte, zu und begann leise mit einem flehenden Unterton: ‚Edler Fürst von Berne, ich muß Euch um Hilfe bitten, meine Feinde ...‘
Noch ehe sie zu Ende gesprochen hatte, unterbrach ich sie zornig; ich fuhr förmlich zwischen sie und Dietrich. Gewiß war es ungehörig, vor meinem Herrn das Wort zu ergreifen, aber mein Grimm überschwoll, wie so oft in meinem Leben, jedes Maß. Noch nie hatte ich Kriemhild über das ihr notwendig an Ehren Geschuldete hinaus gehuldigt, aber auf einmal fühlte ich schon bei ihrem Anblick eine wilde, unbezwingbare Wut aus meiner Brust durch den Hals in den Schädel bis unter die Haarwurzeln aufsteigen und hinter den Schläfen pochen.“
Deutlich konnte der Einsiedler erkennen, wie angestrengt sich Hildebrand bei diesen Worten um einen der Stärke des Erlebens entsprechenden Ausdruck bemühte: Er rollte furchterregend mit den Augen, seine Hände griffen zum Hals, und sein Gesicht glich im Dämmerlicht beinahe einer dämonischen Fratze.
„Die Kehle schnürt sich zusammen, mein Kiefer zittert dann immer, wenn die Wut mich packt, sei es in der Schlacht oder manchmal auch im Frieden, die Stimme versagt mir, ich ringe um Worte und gurgele sie schließlich heraus. Ich glaube, ich rief einfach: ‚Die Nibelungen greifen wir nicht an‘ oder ähnliches, aber Dietrich schob mich mit seiner königlichen Hand beiseite und antwortete kurz und herrisch: ‚Diese Rede mögt Ihr nur bleiben lassen, Frau Königin; uns taten die Burgunden nichts zuleide, und sie kamen auf Euer Geheiß in Treuen in das Land!‘
Als sie sah, daß sie so nichts erreichen konnte, zog Kriemhild mit ihren Mägden von dannen. Ich glaubte, ein Kampf mit den Nibelungen sei abgewendet, da Kriemhild zu wenig gute Ritter zur Seite stünden, aber ich sollte mich, wie ich bald erfuhr, bitter irren.

Des Abends begaben wir uns wieder zum Mahl in die Burg, während Kriemhild ihre Ränke weiter spann: Sie ging zu Blödel, von dem sie wußte, daß er schon lange mit seiner Stellung an Etzels Hof unzufrieden war und ehrgeizige Pläne hegte. Er gal um Gegensatz zu seinem deut älteren Bruder, dem gro Fürsten und Völkerbeherrsc als verschlagen und graus Etzel verehrten selbst ihn fürchteten, aber Blödels Reiterscharen verbreiteten bloß Angst und Schrecken, wenn sie über die Lande stoben, den roten Hahn auf die Dächer der Dörfer setzten, die Weiber schändeten und die Männer an die Tore ihrer Häuser und

Wie der Kampf begann

Des Abends begaben wir uns wieder zum Mahl in die Burg, während Kriemhild ihre Ränke weiterspann: Sie ging zu Blödel, von dem sie wußte, daß er schon lange mit seiner Stellung an Etzels Hof unzufrieden war und ehrgeizige Pläne hegte. Er galt im Gegensatz zu seinem deutlich älteren Bruder, dem großen Fürsten und Völkerbeherrscher, als verschlagen und grausam. Etzel verehrten selbst die ihn fürchteten, aber Blödels Reiterscharen verbreiteten bloß Angst und Schrecken, wenn sie über die Lande stoben, den roten Hahn auf die Dächer der Dörfer setzten, die Weiber schändeten und die Männer an die Tore ihrer Häuser und Scheunen nagelten.
‚Lieber Herr Blödel', begann Kriemhild und setzte ihr süßestes Lächeln auf, ‚Nudung besaß eine große Mark mit herrlichen Städten und Burgen – die will ich Euch geben, wenn Ihr mir gegen meine Feinde beisteht, die Siegfried erschlagen haben.'
Blödel kniff seine schmalen Augen zu noch schmaleren Schlitzen zusammen und sah Kriemhild eine Weile regungslos an, dann antwortete er: ‚Ich kann Euch nicht dienen, Herrin; die Gäste stehen unter dem Schutze meines Bruders. Ich darf nicht wagen, ihnen gegen seinen Willen etwas anzutun.'
‚Ich gebe Euch dazu noch all mein Silber und mein Gold', versprach Kriemhild und fügte, als Blödels Gesicht noch immer starr wie eine Maske war, mit einem Augenaufschlag hinzu: ‚Auch soll Nudungs Witwe Euch zu eigen werden – Ihr wißt, sie ist eine der schönsten Frauen im ganzen Hunnenland.'

Jedem war dies wohlbekannt, denn in allen Liedern, die an den Höfen über uns Mannen König Dietrichs, unsere Taten und darunter auch Wittichs Sieg über Nudung gesungen wurden, priesen die Sänger die Schönheit jenes Weibes. Der Königin war auch nicht verborgen geblieben, daß Blödel nach der so jung Verwitweten ein starkes Begehren hegte, seit er sie zum ersten Mal gesehen, und deshalb einen besonderen Groll gegen seinen Bruder trug, weil dieser sie nach Nudungs Tod einem der Könige des Westens vermählen wollte. Unlängst aber hatte der Herrscher seinen Plan geändert und die Minnigliche den Edelfrauen Kriemhilds zugesellt; sie mochte also mit ihr schalten, wie sie wollte.
Hinter Blödels glänzender Stirn arbeitete es, und er zog die Unterlippe nach innen, dann lockerten sich seine Züge ein wenig, er faßte nach der Spitze seines schwarzen Bartes und drehte sie zwischen den Fingern.
‚Frau Königin', stieß er leise, aber mit plötzlichem Entschlusse hervor, ‚Euer Leid soll gerächt werden. Geht nur wieder zurück in den Saal, ich will alles Meinige tun!'
Kriemhild begab sich in den Pallas, ließ von einer Zofe ihren kleinen Sohn Ortlieb holen und das Kind in Etzels Halle bringen. Als der König den Knaben sah, ließ er ihn zur Tafel kommen und strich ihm mit der Hand über das Haar. Ortlieb war ein blasses, schmächtiges Kind mit einer breiten Stirn, doch einem spitzen Kinn und scheuen Augen. Offenbar fürchtete es die vielen fremden Männer – besonders aber den, der es mit einem Auge finster musterte.
‚Ich habe lange erwogen', sprach Etzel mit feierlichem Stolz zu den Burgundenkönigen, ‚und mich schließlich entschlossen, Euch zu ersuchen, meinen kleinen Sohn

mit nach Worms zu nehmen und an Eurem Hofe erziehen zu lassen. Eine Freude wär' es mir, geriete er nach seinem Oheim und erlernte dazu das edle Rittertum, das seine Magen so herrlich ziert. Erlebe ich es noch, so will ich ihm, wenn er herangewachsen ist, zwölf reicher Könige Länder geben, und er soll Euch gegen alle Feinde beistehen.'
‚Wenn er heranwüchse', bemerkte Hagen, noch ehe Gunther antworten konnte, mit einer Stimme, die von schneidender Härte war, ‚aber er ist ein schwächliches Knäblein – er wird nicht lange leben.'
Der König zuckte bei diesem scharfen Wort zusammen, sah Hagen mit schmerzlich betroffenem Erstaunen ins Gesicht, war unschlüssig, ob er lieber aufbrausen und zürnen oder den bösen Gast fragen sollte, woher er seine Gewißheit nähme, versagte sich aber, da er sich nicht schnell genug entscheiden konnte, seine Rede ganz und ließ bedrückten Mutes das Mahl beginnen. Die Umsitzenden sahen mit gesenktem Haupt auf ihre Teller nieder und taten, als hätten sie nichts gehört. Im rechten Moment nahten die Mundschenken und vertrieben die peinliche Stimmung mit dem Geklirr ihrer Becher und Humpen.
Das Mahl hub an.
Wieder floß der goldene Rheinwein in Strömen und gemahnte die Burgunden an die ferne Heimat, als sich plötzlich ein Lärmen und Poltern vor dem Eingang des Saales bemerkbar machte. Die ihm zunächst Sitzenden ließen die Becher sinken und horchten; der Lärm wurde lauter, jetzt war auch ein Schreien und Fluchen zu hören, dann dumpfe Schläge, schließlich ein Krachen, als wenn ein schwerer Körper gegen die Tür stieße – und mit einem Male sprang die Tür auf, daß hölzerne Splitter von ihr barsten, und Dankwart stürzte in die Halle hinein, über und über mit Blut besudelt!
‚Verrat' schrie er, ‚Hagen – Bruder – Dir und dem Irmingott sei unsere Not geklagt: Alle Knechte liegen in der Herberge erschlagen!'
In dem weiten Saal hätte man eine Nadel zu Boden fallen hören; vor geöffneten Mündern schwebten die Bissen wie in der Luft erstarrt, und alle Männer saßen versteinert. Hagen schlug mit der Faust auf den Tisch, daß die Becher sprangen: ‚Wer hat das getan?'
‚Blödel ist es gewesen', rief Dankwart in der Türe stehend, durch welche man draußen die bewaffneten Hunnenrecken sehen konnte, die versucht hatten, ihn aufzuhalten. ‚Wir saßen gerade beim Mahle, zwölf Ritter, alle Knappen und ich – da trat Blödel mit einem großen Gefolge Bewaffneter ein. Ich grüßte ihn, doch er sagte nur: ‚Du brauchst nicht zu grüßen. Ich bin gekommen, dich büßen zu lassen, daß dein Bruder Siegfried erschlagen hat.' Ich sagte: ‚Was wollt Ihr? Ich war noch fast ein Knabe, als er starb', doch Blödel antwortete, das kümmere ihn nicht, und zog sein Schwert. Als ich ihn so treulos sah, gereute es mich, daß ich ihn eben noch bat, mich meiner damaligen Jugend willen zu schonen – ich riß mein Schwert aus der Scheide und trennte ihm mit einem Hieb sein Haupt vom Leibe, daß es über den Boden rollte und zwischen den Tischen eine blutige Spur nach sich zog.
Dann sah ich nur noch Schwerter um mich, Schwerter und Speere überall! – Ich riß meinen Schild hoch, der an die Bank gelehnt war – er stak bald voller Speere – kaum konnt' ich ihn noch heben – mit dem Schwerte schlug ich nach allen Seiten – unsere Knechte griffen nach Humpen, Bechern, Schemeln, ganzen Bänken, die

sie den Feinden entgegenwarfen – so gelang es uns, die Hunnen aus dem Saal zu treiben, doch gleich kamen ihnen andere zu Hilfe, neue und immer neue drangen in das Gewölbe und hieben die Unbewaffneten nieder. Ich allein bin entkommen, dir diese üble Mär zu bringen. Alle sind tot, nur ich bin am Leben geblieben!'
‚Du hast es Blödel recht entgolten, Bruder!'
‚Wie konnten wir so töricht sein, uns waffenlos zum Mahl zu setzen? Ein Hunne aus Blödels Dienst hatte mir zuvor noch zugeraunt, daß Blödel Arges im Schilde führe – Kriemhild habe als Blutlohn ihm Nudungs Land und Weib versprochen!'
‚Er hat die Morgengabe zu seiner Hochzeit erhalten,' rief Hagen und lachte. Dann erhob er sich: Wie ein Gott des Todes und der Schlachten stand er über der Tafel, ragte inmitten der Halle empor, groß und schwarz, und seine Stimme scholl durch den Saal: ‚Was ist dein Kleid so rot, mein Bruder? Ist es deines oder unserer Feinde Blut?'
‚Ich bin fast ohne Wunden; es ist das Blut der Hunnen, die ich schlug!'
‚So hüte du die Tür, daß keiner uns entweicht! Jetzt wollen unser Mahl wir halten, das Kriemhild uns entbot! Lange schon habe ich gehört, daß sie ihr Herzeleid nicht ungesühnt ertragen könne – wohlan, nun trinken wir die Minne und zahlen Etzels Wein: Der junge Vogt der Hunnen muß hier der allererste sein!'
Da schwang Hagen den Balmung wie ein Schnitter seine Sense, und das Haupt des kleinen Ortlieb sprang Kriemhild in den Schoß, und König Etzel saß vom Blut seines Sohnes überträuft.
Ich spürte, wie sich ein Schrei meiner Brust entringen wollte, aber steckenblieb und sich lautlos meiner Kehle entwürgte.

Hagens nächster Streich traf den Hofmeister, der den Knaben in den Saal geführt hatte; auch sein Haupt flog über den Tisch und rollte durch den Saal. Weiter wütete der schreckliche Tronjer: Sein Blick fiel auf Werbel, den Spielmann, der die Nibelungen in Etzels Namen zu der Hofreise geladen hatte: Mitsamt der Fiedel trennte er ihm die rechte Hand vom Leibe. ‚Weh!' rief der Spielmann. ‚Was hab' ich Euch getan? Wie soll ich nur wieder die Fiedel führen?'
Wenig kümmerte dies den Rasenden, dessen Schwert wie eine Schlange zuckte, die ihre Zähne in die Beute schlägt. Auch Volker war aufgesprungen und begann an Werbels statt zu fiedeln, doch sein Schwert war der Fiedelbogen, und als Fiedel dienten ihm die Leiber der Hunnen.
König Gunther wollte noch Einhalt gebieten, aber der Streit ließ sich nicht mehr schlichten; Gunther selbst wurde von den Hunnen angerannt und mußte sich ihrer Hiebe erwehren. Als Gernot und Giselher den Bruder im Streite sahen, rissen auch sie die Schwerter heraus und schlugen mit aller Macht auf die wider sie anstürmenden Hunnen ein. Die Recken in ihrem Lehen taten es ihnen nach Kräften gleich, und binnen weniger Augenblicke wogte der ganze Saal im tosenden Kampf.
Dankwart war in der Nähe des Eingangs geblieben, wehrte den von draußen ihren Landsleuten zu Hilfe eilenden Hunnen den Zutritt und hinderte gleichzeitig andere daran, aus dem Saal zu entkommen. Von beiden Seiten bedrängt, geriet er in eine große Not. Hagen rief Volker an und bat ihn, seinem Bruder Beistand zu leisten. Der Spielmann schritt wie der leibhaftige Tod durch den Saal, erreichte die Tür und sicherte sie von innen, so daß Dankwart nur noch in eine Richtung zu

fechten brauchte. ‚Jetzt ist die Tür wie von tausend Riegeln verschlossen', brüllte Volker dem Tronjer zu, und seine Augen leuchteten irr. Darauf warf Hagen den Schild zurück, so daß er ihm am Riemenzeug über den Rücken baumelte, faßte das Schwert mit beiden Händen, raste und tobte durch den Saal, daß um ihn her die Brünnen seiner Feinde barsten und ihr Blut in springenden Quellen aus den Löchern sprudelte, die er in die eisernen Harnische schlug.
Wir Amelungen saßen noch immer regungslos an den Tischen und starrten ohne Fassung in das Gemetzel. Zwar hatte wohl manchen ein wilder Drang ergriffen aufzuspringen und sich in die Schlacht zu stürzen – doch auf welchen Gegner? Auf die wackeren, von Kriemhilds Schergen überfallenen Burgunden oder auf die Hunnen, unsere Waffenbrüder, deren König auch wir unser ‚Väterchen' nannten? – Ein Blick des Berners genügte, um jede ungerechte Kampfbegier im Keim zu ersticken.
Da erhob sich Dietrich auf einmal, und ich sah erst jetzt, daß Kriemhild ihm in ihrem über und über mit Blut bespritzten Kleide buchstäblich zu Füßen lag; sie mußte sich eben vor ihm niedergeworfen haben und hielt seine Kniee bittend umfaßt. Zerrissene Wortfetzen, von Wehklagen unterbrochen, drangen durch den Lärm herüber; offenbar flehte sie ihn um Rettung an. Ich weiß nicht, was mir in diesem Augenblick gräßlicher schien: Hagens Grausamkeit oder Kriemhilds Niedertracht.
Dietrich schaute mit einem aus Mitleid und Verachtung gemischten, aber in höfischer Zucht geklärten Ausdruck auf die flehende Königin herab, machte sich von ihr los und stieg auf eine Bank. Er breitete die Arme aus und erhob seine Stimme. Dröhnend schwoll sie durch den Saal und übertönte noch den Lärm des Kampfgetümmels.
König Gunther hörte ihn und gebot den Burgunden Einhalt. Sofort senkten sich alle Nibelungenschwerter, und auch die Hunnen hielten inne. Besorgt fragte Gunther, ob Dietrich oder einem seiner Mannen durch einen Burgunden ein Leid geschehen sei, und erbot sich, den Schaden zu sühnen.
‚Mir ist nichts geschehen', gab Dietrich zur Antwort, ‚habt Dank für Euer Sorgen. Ich bin König Etzels Freund – und dennoch will ich nicht gegen den edlen Vogt vom Rheine streiten. Darum laßt mich, Herr Gunther, mit meinem Gesinde in Frieden ziehen – ich will es Euch immer entlohnen!'
Bei diesen Worten sprang Wolfhart, mein Neffe, von seinem Platze auf; er war ein tüchtiger, streitbarer Kerl, aber so jung" – und hier runzelte Hildebrand sorgenvoll die Stirn –, „daß er noch weniger als ich zwischen Klugheit und Feigheit zu unterscheiden wußte: ‚Was müßt Ihr darum bitten', fuhr er den Amelungenfürsten an, ‚der Fiedler schließt die Türe nicht so fest, daß wir sie nicht mit unseren Kräften öffnen könnten. Wir wollen uns den Ausgang schon erbrechen, und sei es auch durch seinen Helm und seine Brünne!'
Der Berner gebot mit scharfer Stimme Schweigen, und der ungestüme Dränger fügte sich grollend.
Großzügig gab Gunther Dietrichs Bitte statt: ‚Freier Abzug sei Euch gewährt, Herr Dietrich! Führt auch mit Euch, wen Ihr wünscht – nur meine Feinde laßt mir da! Von denen ist mir wahrlich Leids genug geschehen hier im Hunnenland!'
Da befahl uns der Berner, ihm aus dem Saal zu folgen, und alle sechshundert gotischen Degen erhoben sich von den Bänken. Dietrich aber nahm Kriemhild unter seinen schützenden Arm, umfaßte mit dem anderen

Bild 23 | Ortliebs Tod

auch König Etzel und schritt mit dem Königspaar unter seiner Hut dem Ausgange zu, gefolgt von seinen Rittern. Die Burgunden ließen es ruhig geschehen, ein jeder trat dem Amelungenfürsten aus dem Weg, und selbst der streitbare Volker gab die Türe frei.
Jetzt ergriff auch Rüdiger das Wort, bat ebenfalls um die Erlaubnis, mit seinen Recken den Saal verlassen zu dürfen, da er mit dem Hause Dankrats durch seiner Tochter Bande verknüpft sei, und nun war es Giselher, der ihm um seines Verlöbnisses willen den Abzug gewährte. Auch seine Männer gingen in wohlgeordneter Reihe dem Ausgang entgegen.
Als aber Dietrich mit dem königlichen Paar schon dicht vor der Türe angelangt war, wollte einer der hunnischen Krieger die Gelegenheit nutzen, mit dem gotischen Geleit zu entkommen; in zwei Sätzen sprang er auf die Türe zu, mischte sich dicht hinter Etzel unter uns und wollte entfleuchen – doch sofort war Volker zur Stelle und wehrte ihm die Flucht: Blitzschnell sauste sein Schwert durch die Luft, traf zwischen den dichtgedrängten Männern mit unheimlicher Genauigkeit den Flüchtenden und schlug ihm mit einem Streiche das Haupt herunter, daß es hinter Etzels Rücken auf den Boden polterte. Der Leib blieb noch einen kurzen Augenblick mit emporgerissenen Armen stehen; das Blut drang wie ein Springquell aus dem Hals, und es war, als wollte der Enthauptete noch einen letzten Schritt in Richtung der Türe tun, dann knickte er in den Knien ein und sackte leblos in sich zusammen.
‚Weh mir solcher Gäste, die allen meinen Recken den Tod bringen!‘ schrie Etzel, als er das sah. ‚Weh über das grausige Gelag! Hier im Saale wütet einer wie ein wilder Eber und ist doch ein Fiedelmann – ich dank’ es meinem Heile, daß ich diesem Teufel entrann! Wie gräßlich klingt seine blutige Weise, wann er den Bogen streicht, und von seinen Tönen fallen meine Recken tot zur Erde! Weh, daß ich solchen Gast gewann! Einen übleren gibt es nimmermehr!‘
Da scholl wieder Hagens Hohnlachen durch den Saal, und er rief Gunther zu: ‚Nie gab es einen besseren Fiedler als den, dessen Bogen durch die härtesten Brünnen schneidet! Es gereut mich sehr, wie oft er im Saale nicht bei mir saß und doch die höchsten Ehren verdient hätte. Mein bester Waffengenoss’ ist der Spielmann, und kehren wir jemals heim, so wird er es immer bleiben!‘
‚Volker ist mir wahrlich treu‘, stimmte Gunther zu. ‚Kommen wir je nach Worms zurück, so soll er die besten Rosse reiten und die feinsten Gewänder tragen.‘
Ehrerbietig lüftete der Spielmann den Helm von seinem Haupt und verneigte sich vor dem König. Das braune Haar hing ihm strähnig ins Gesicht, aber er wirkte trotz seiner Mannesjahre mit einem Male so brav und keusch wie ein wohlgezogener Jüngling, daß man kaum glauben konnte, wie furchtbar er eben unter seinen Feinden gewütet, hätte man es nicht mit eigenen Augen gesehen. Ein merkwürdiger und schrecklicher Mann war dieser Volker von Alzey – wohl dem, dessen Freund und Waffengefährte er war, Weh aber seinem Feinde!
Sogleich nachdem der letzte von Rüdigers Mannen Etzels Halle verlassen hatte, fiel die schwere Tür mit einem ächzenden Laut ins Schloss, und hinter den dicken Wänden erhob sich die Schlacht erneut. Von draußen wagte nun keiner der Hunnenkrieger mehr, seinen Landsleuten zu Hilfe zu eilen, so daß Dankwart den Eingang nicht mehr bewachen mußte; stattdessen zogen die Hunnen sich entsetzt und furchtsam zurück.

Bild 24 | Der Kampf im Saal

Binnen kürzester Zeit erfuhren alle Menschen in der Umgebung von dem wilden Gemetzel, das in der Burg tobte, liefen auf dem Hof zusammen, starrten angstvoll auf den Pallas und reckten die Hälse, um durch die großen Fenster des Saales etwa von dem Geschehen in seir Inneren beobachten zu kon manchmal, wenn sich dicht den Fenstern eine besonc furchtbare Szene abspiel ging ein Aufschrei durch die Menge. Jedes Bitten, Rufen, Flehen, dem Schlachten Einhalt zu gebieten, verhallte fruchtlos; die Nibelungen waren in ihrem Zorn über den Mord an ihren Knappen nicht zu bremsen und nahmen grausame Rache. Auch

Wie die Toten aus dem Saal geworfen wurden

Binnen kürzester Zeit erfuhren alle Menschen in der Umgebung von dem wilden Gemetzel, das in der Festung tobte, liefen auf dem Hof zusammen, starrten angstvoll auf den Pallas und reckten die Hälse, um durch die großen Fenster des Saales etwas von dem Geschehen in seinem Inneren beobachten zu können; manchmal, wenn sich dicht vor den Fenstern eine besonders furchtbare Szene abspielte, ging ein Aufschrei durch die Menge. Jedes Bitten, Rufen, Flehen, dem Schlachten Einhalt zu gebieten, verhallte fruchtlos; der Zorn der Nibelungen über den Mord an ihren Knappen war nicht zu besänftigen, und sie nahmen grausame Rache. Auch König Etzel mußte zusehen, wie die Burgunden Gericht hielten, und wußte keinen Rat.

Immer mehr Volk fand sich auf dem Burghof und den angrenzenden Plätzen ein; der gesamte Hof, die Mauern, Türme und Zinnen, alles war von zahllosen Fackeln erleuchtet, die geisterhafte, riesige Schatten an alle Wände warfen. Auch in der Halle loderte Licht.

Endlich – es war schon tiefe Nacht – schien sich das Getümmel zu legen; die Flammen im Saal, die wohl von zu Boden gefallenen Leuchtern herrührten, flackerten nur noch schwach oder verloschen ganz, und es kehrte allmählich Ruhe ein. Wieviele der Kämpfer mochten noch am Leben sein? Über der ganzen Burg herrschte eine gespenstische Stille. Schließlich versuchten einige Hunnen, die Burgunden um die Herausgabe der Verwundeten zu bitten. Darauf zeigte sich ein Haupt in einem der Fenster, es war das Giselhers; und der junge König rief hinunter: ‚Wir haben keine Lebenden zu entlassen, aber Eure Toten könnt Ihr gerne haben!'

War das möglich? Sollten alle hunnischen Krieger getötet worden sein? Jetzt öffnete sich die Tür, und Hagen trat, in seinen Armen den schlaffen Leib eines gefallenen Hunnen, auf die große, hohe Treppe hinaus. Die Menge starrte entsetzt: Der Tronjer stemmte den Toten empor und hob ihn hoch über das Haupt. Dazu schrie er aus Leibeskräften, daß es über den ganzen Hof hallte: ‚Wohl mir solcher Herren! Meine Könige haben im Saal gestritten, wie ich selten noch Helden gesehen! Da habt Ihr Eure Recken wieder, König Etzel!'

Und mit diesen Worten stieß er die Leiche auf die Treppe hinunter, daß sie sich mehrfach auf den Stufen überschlug und schließlich verkrümmt und mit zerbrochenen Knochen liegen blieb. Ein vielstimmiger Aufschrei der Wut ertönte, aber niemand wagte, sich den Stufen zu nähern und den Toten zu bergen. Weitere Burgunden erschienen vor dem Saal und warfen Leichen von der Treppe herab; manche schleppten die Toten über der Schulter, andere auf den Armen, wieder andere hatten zu zweit einen Getöteten an den Füßen und unter den Achseln ergriffen und schleuderten ihn weit auf den Platz; viele der gefallenen Krieger wurden auch über die Brüstungen der Fenster gewälzt.

Besonders schrecklich war mitanzusehen, daß unter den aus der Halle Geworfenen auch einige Verwundete waren, die erst durch den Sturz auf das Pflaster den Tod fanden. Manchmal wehrten sie sich noch verzweifelt, bäumten sich auf und suchten sich aus den eisernen Griffen, die sie umfaßt hatten, herauszuwinden, aber vergebens: Sie stürzten in die Tiefe und blieben mit zerschmetterten Gliedern liegen.

Als Volker eben wieder einen Schwerverletzten die Treppe hinunterstieß und dieser sich, noch immer lebendig, zuckend unter furchtbaren Schreien auf den Stufen wälzte, konnte ein Vetter des Mißhandelten das Leiden nicht tatenlos mitansehen und eilte herzu, den Unglücklichen fortzutragen. Der Fiedelmann höhnte noch, indem er rief: ‚Ihr feigen Hunnen – ihr solltet euren Verwundeten helfen, statt zu jammern', und der Mann, ein vornehmer hunnischer Adliger, verstand dies so, als erlaube ihm Volker, seinen Blutsfreund zu bergen, weshalb er furchtlos zur Treppe lief und sich, ohne nach oben zu blicken, über den Verletzten beugte. Der Spielmann jedoch ergriff einen Wurfspieß, schleuderte ihn nach dem Hunnen und durchbohrte ihm damit den Schädel.
Die Menge erschrak neuerlich über Volkers grimmige Wut und die gewaltige Wucht seines Wurfes, geriet in heillose Angst und wich von der Treppe zurück, wobei einer den anderen stieß und etliche zu Boden stürzten – der Fiedelmann aber hob jetzt einen besonders langen Speer vom Boden auf und warf ihn hoch über die entsetzt nach oben gerissenen Häupter, worauf die Leute unter Volkers Gelächter noch weiter zurückdrängten."

„Wie Odin weiht Volker das feindliche Heer dem Tod", unterbrach der Einsiedler Hildebrand, als dieser von Volkers Wurf erzählte.
„Meint Ihr wirklich?" fragte der Waffenmeister. „Gewiß", sagte der Greis mit einem bekräftigenden Nicken. „Nach den alten Liedern weiht Walvater das fremde Heer durch einen Speerwurf, macht es damit sich selbst zu eigen und eröffnet die Schlacht – als Sänger wußte Volker um diesen Brauch."
„Der Spielmann besaß in der Tat viel vom alten Wissen – und Hagen wohl noch mehr, denn immer war er der erste, der von seinen Königen um Rat gefragt wurde."
„Wir Einäugigen sehen oft mehr", sagte der Einsiedler mit einem verschmitzten Grinsen, „und Hagen scheint mir noch manche Eigentümlichkeit zu haben, die ihm vielleicht selbst kaum bekannt war. Ein wenig ähnelt er gar selbst dem alten Göttervater, der Weisheit aus einem heiligen Quell erwarb und dafür ein Auge opfern mußte – sprach Hagen nicht mit zwei Quellweibern, die ihm die Zukunft wiesen? Auch sitzt Odin in manchen Mären den Königen als guter Ratgeber zur Seite, täuscht sie aber, wenn sie sich sicher wähnen, verläßt sie dann und zerbricht ihre Waffen mitten in der Schlacht, um sie zu sich nach Walhall zu rufen."
„Hagen hat Gunther aber nie mit Absicht übel beraten und ist niemals von ihm gewichen", wandte Hildebrand ein, „diese Treue muß ich ihm lassen, so sehr er mich auch selbst bedrängt hat und mich die Wunde, die er mir zuletzt schlug, noch immer schmerzt."
„Freilich", sagte der Einsiedler, „aber manchmal entspringt übler Rat aus rechtschaffener Gesinnung, während böser Mut am Ende zum Guten riet. Die Bekenner des römischen Glaubens hingegen meinen stets, was Recht und Unrecht sei, ersehe man allein daran, ob es mit den Lehren ihres Gottessohnes zusammenstimme. Dabei wandeln sich die Worte, wenn sie von Mund zu Munde wandern und bedeuten bald dieses, bald jenes."
„Nun streiten aber auch die römischen Mönche nicht wenig; über keine Wahrheit sind sie einig. Und doch hat Hagen, selbst wenn die Worte sich uns manchmal verwandeln, wie Ihr meint, wirklich gelogen – für seine Herren."

„Er hat nur vor seinen Feinden laut geschwiegen. – Und was heißt schon Wahrheit und Lüge, wenn nicht nur Gelehrte, sondern selbst die Götter miteinander im Streite liegen?“
Hildebrand wurden die Spitzfindigkeiten des Alten allmählich zu viel. „Ihr mögt in diesen Dingen Recht haben“, gab er zu, um mit seiner Erzählung fortfahren zu können. „Ich bin kein Gelehrter, sondern ein Kriegsmann, und als solcher habe ich am eigenen Leib erfahren, wie getreu der wackere Volker und der listige Hagen gekämpft haben. Ob sie auch mit den alten Göttern noch im Bunde standen, wißt Ihr wohl besser als ich.“

Jedenfalls trat nun Hagen, der
ja ein ebensogroßer Spötter wie
der Spielmann war, neben Volker
und begann, den Hunnenkönig
und seine hohen Vasallen zu
verhöhnen: ‚Es gezieme sich
wohl', schalt er sie, ‚wenn auch
die hunnischen Herren föchte
wie die meinen tun, von de
jeder durch die Helme schl
daß das helle Blut entsprun
Diese Rede erboste
greisen König sehr; er zo
sein gekrümmtes Schwert, von
dem die Sage geht, daß es dem
Kriegsgott selbst gehört habe –
ein Hirte habe die wunderbare
Waffe einst, als sei sie vom
Himmel gefallen, auf dem
Felde gefunden und dem König
gebracht – und rief Knappen

Wie Iring erschlagen ward

Jedenfalls trat nun Hagen, der ja ein ebensogroßer Spötter wie der Spielmann war, neben Volker und begann, den Hunnenkönig und seine hohen Vasallen zu verhöhnen: ‚Es gezieme sich wohl', schalt er sie, ‚wenn auch die hunnischen Herren föchten wie die meinen tun, von denen jeder durch die Helme schlägt, daß das helle Blut entspringt!'

Diese Rede erboste den greisen König sehr; er zog sein gekrümmtes Schwert, von dem die Sage geht, es habe dem Kriegsgott selbst gehört – ein Hirte habe die wunderbare Waffe einst, als sei sie vom Himmel gefallen, auf dem Felde gefunden und dem König gebracht – und rief Knappen herbei, ihm Schild und Lanze zu bringen. ‚Du wirst mir meinen Ortlieb büßen', schrie Etzel außer sich vor Wut und Schmerz und wäre die Treppe hinauf und wohl in den Schlachtentod gestürmt, der des alten Helden würdig gewesen wäre, doch seine Männer versperrten ihm auf Kriemhilds Geheiß den Weg, umringten ihn mit ausgestreckten Händen und versuchten, ihn zurückzuhalten, um das Leben des Zürnenden zu retten. ‚Feiger König', rief Hagen herunter, ‚das war nicht wohlgetan, als du Kriemhild minntest – nun mußt du ihres Zankes willen streiten und wagst es nicht!'

‚Schont Euch und denkt, wie lange Ihr schon nicht mehr der Waffen gepflegt', bat die Königin ihren Gemahl, der mit erhobenem Schwert im Kreise seiner Mannen wie angewurzelt stehengeblieben war; es war nun offensichtlich, wie sehr sie Etzels Macht an sich gerissen hatte und strebte, sie einzig zum Untergang der Nibelungen einzusetzen. ‚Bietet lieber Euren Recken Gold, auf daß sie Hagen Tronje töten!' Und damit befahl Kriemhild, aus den Schatzkammern herauszutragen, was diese irgend bergen möchten, und im Hofe auszubreiten. ‚Wer mir das Haupt Hagens von Tronje bringt, dem fülle ich Etzels Schild bis zum Rande mit rotem Gold – dazu gebe ich ihm Land und viele Burgen!'

‚Schämt euch eures Zauderns', ließ sich nun wieder Volkers aufstachelnde Stimme vernehmen, ‚ihr eßt des Königs Brot und laßt ihn nun allein in seiner Not! Nicht genug konntet ihr euch eurer Kühnheit rühmen, und jetzt steht ihr da wie zage Weiber!'

Da hob der Markgraf Iring, der die ganze Zeit zornbebend zugeschaut hatte, seine Faust und schüttelte sie zornig erregt: ‚Lange genug habe ich mich bezähmt und Gunthers Mannen geschont, doch jetzt muß ich Hagen von Tronje bestehen!'

‚Das sei dir widerraten', rief Hagen von der Treppe hinunter, ‚kommen Recken deiner Art auch zu zweien oder dreien, so werden sie übel zugerichtet heimgesandt!'

‚Warte nur, Hagen', gab Iring zurück, ‚gleich wirst du merken, wie es sich mit mir alleine ficht' – doch kaum hatte er zu Ende gesprochen, geboten Irings Lehnsherr Hawart von Dänemark sowie Irnfried von Thüringen ihren Männern, sich zu waffnen, was diese unter lautem Geschrei taten, und ließen die schlachtbegierigen Scharen zum Sturm auf den Saal vorrücken.

‚Das nennt Ihr alleine kämpfen, Herr Iring, wenn tausend Mannen mit Euch ziehen', höhnte der Spielmann, als er die großen Gefolgschaften sah.

‚Ihr sollt mich nicht Lügen strafen', versicherte Iring, überrascht vom hitzigen Eifer seiner Bundesgenossen, und mußte die Ritter davon abhalten, ihm beizustehen. ‚Laßt mich vor meinen Feinden nicht wortbrüchig werden', bat er seine Freunde und Dienstmannen, bis diese widerwillig ihn alleine ziehen ließen. Den Speer in der Rechten stürmte er hinter vorgehaltenem Schild die Treppe empor auf Hagen zu und rannte ihn an; dieser empfing ihn ebenfalls mit dem Speer, wobei die Waffen an den Schilden knirschend zersplitterten; sie warfen die abgebrochenen Schäfte beiseite und hieben mit den Schwertern aufeinander ein.
So behende Iring focht, so flink er auch dreinschlug, bot ihm Hagen doch keine Blöße; ja dieser fand geradezu einen Gefallen daran, den Dänen seine überlegene Fechtkunst spüren zu lassen. Als Iring merkte, daß er gegen den Tronjer nichts auszurichten vermochte, ließ er von ihm ab und sprang unvermittelt den Spielmann an, in der Hoffnung, bei dem lässig Zuschauenden den Sieg durch Überraschung erringen zu können. Doch da kannte er den Fiedler schlecht, der ihn mit einem so gewaltigen Hieb auf den Schild empfing, daß er beinahe zu Boden gegangen wäre. Schnell ließ er auch ihn stehen und wandte sich nacheinander Gunther und Gernot zu, jeden mit scharfen Streichen bestürmend und doch bei keinem in der Lage, die Deckung des Gegners, der seinerseits keinen ernstlichen Angriff versuchen wollte, zu durchbrechen. Nachdem er vor Gernot ins Straucheln gekommen und durch dessen Parade beinahe in ernste Bedrängnis geraten war, sprang er auch von diesem fort und stürzte auf einige Männer zu, die an der Seite standen und den Kampf mit gesenkten Schilden verfolgt hatten; wie ein Wolf wütete er unter ihnen und schlug vier zu Tode – das aber erzürnte nun Giselher so sehr, daß er Iring mit dem Schwert einen gewaltigen Schlag gegen den Helm versetzte, worauf dieser wie ein gefällter Baum zu Füßen des jungen Königs niederfiel.
Alle wähnten, er sei getötet, doch war er nur einen Augenblick betäubt und kam bald wieder zu sich, wartete aber regungslos am Boden liegend, bis sich seine Sinne wieder beruhigt hatten, sprang dann blitzschnell auf und in langen Sätzen zwischen den Helden hindurch die Treppe hinunter, wobei er Hagen, der auf einer der oberen Stufen stand, überrumpeln und ihm einen empfindlichen Schwertstreich verpassen konnte. Offenkundig war der Tronjer verletzt, denn man sah Blut unter seinem Helm hervorquellen – jedoch geriet er darüber in solche Wut, daß er Iring beinahe so weit verfolgte, bis dieser, seinen Schild über sich haltend, den schützenden Ring seiner Männer erreicht hatte.
Kriemhild nahm dem erschöpften Helden selbst den Schild ab; hell und voll böser Freude klang ihr Lachen über den Hof; sie hatte nun erstmals Hagen verwundet gesehen: ‚Es lohn' Euch Gott, Herr Iring, Eure Tat – ich sehe Hagens Wehrgewand mit Blut beträuft!'
‚Es ist eine gelinde Schramme, die Euer Ritter mir zugefügt hat', rief der Tronjer grimmig, ‚er soll nur wiederkommen, wenn er sich getraut, dann wird er seinen Lohn wohl empfangen. Jetzt ist mein Zorn erst angefacht!'
Iring nahm den Helm ab und kühlte im frischen Winde sein erhitztes, noch immer von Giselhers Schlage dröhnendes Haupt, dann ließ er sich eine Schale Wasser reichen. Benommen, aber stolz lächelnd stand er vor der Königin, die ihm goldene Armreifen in die Hand drückte und alle erdenklichen Schätze versprach, genoß die

Lobpreisungen seiner Heergesellen und faßte schnell Mut zu weiterem Kampf. Er rief nach neuen Waffen, ergriff einen Speer und berannte Hagen nun ein zweites Mal, doch der Tronjer erwartete ihn diesmal nicht seelenruhig, sondern stürmte ihm bereits, im Laufen seinen Speer werfend, entgegen und traf dabei den Schild des Recken, der innehalten und die Lanze aus dem eisenbeschlagenen Holze ziehen mußte, was ihm nur mit Mühe gelang. Dadurch verlor der Däne wertvolle Augenblicke – und schon war Hagen heran und schlug auf ihn ein, daß die losgehauenen Stücke von seinem Panzer sprangen und er aus mehreren Wunden zu bluten begann.

Iring suchte sich vor den starken Hieben zu decken und wich Schritt für Schritt zurück – da bemerkte Hagen auf dem Boden einen Wurfspieß, hob ihn auf und schleuderte ihn aus nächster Nähe gegen Irings Haupt. Der Spieß durchschlug den Helm über der Stirn, und der tödlich Getroffene ließ seinen Schild fallen, riß die Arme hoch und verharrte einen Moment regungslos; dann wankte er langsam mit der von seinem Haupte abstehenden Stange die Treppe hinunter auf den Burghof, sank in die Knie und fiel vornüber. Der Unglückliche stürzte genau auf den Spieß, und bohrte ihn sich wohl noch tiefer ins Haupt, bis er seitlich aus dem Helme brach. Auf dem Angesicht blieb er liegen. Sofort waren seine Männer bei ihm, versuchten seinen Helm zu lösen, drehten ihn auf den Rücken und betteten seinen Oberkörper auf einen Schild, über den jemand eine Decke geworfen hatte.

Kriemhild beugte sich voll Jammer über den Sterbenden, der noch immer schwach atmete und zu ihr aufblickte. Leise stieß Iring die Worte hervor: ‚Laßt Euer Klagen bleiben, Frau Königin, mein Leben muß ja doch aus den Wunden entweichen; der Tod will mich nicht länger Euch und Etzeln dienen sehen.'

Noch einmal nahm der Held seine erlöschende Kraft zusammen und richtete sich zu einer letzten Warnung an seine Ritter auf: ‚Die Gaben, die euch Kriemhild bietet, sollt ihr ruhig in ihren Händen lassen; gegen Hagen helfen sie euch nicht' – dann kippte sein Kopf in den Nacken und er starb.

Seine Genossen packte rasender Zorn; ihrer tausend griffen zu den Waffen und sprangen unter Führung Hawarts und Irnfrieds die Stiegen empor, um Iring zu rächen, doch wurden sie übel empfangen, indem Hagen und Volker nach kurzem Kampf die beiden Anführer niederstreckten. Die Menge tobte darüber noch wilder und drang in die Halle, um über die wartenden Burgunden herzufallen. Volker, der die Überlegenheit der Nibelungen trotz ihrer geringeren Zahl richtig erwog, hieß die Wächter beiseite treten und die Tür freigeben. Die Dänen und Thüringer stürzten wie ein Wolfsrudel, das seine Beute zu fassen wähnt, in den Saal, der ihnen zur Todesfalle wurde: Sämtliche Recken Hawarts und Irnfrieds wurden in Etzels Halle niedergemacht, und ihr Blut quoll durch die Türspalten und rieselte aus allen Löchern und Fugen des Hauses.

Das Königspaar aber stand wehklagend mit seinem Volk auf dem Platze.

Unfreiwillig musste Kriemhild nach dem Untergang dieser treuen Verbündeten den Burgunden einige kampflose Stunden gewähren, die sie benötigte, um neue Kriegerscharen zusammenzuziehen. Durch die Stadt und das umliegende Lan eilten die Herolde, stießen Kriegshörner, schlugen Trommeln, hoben aus, befehligten herbei, schon bald stand ein groß hunnisches Heer bereit, um mit einer Stärke von rund zwanzigtausend Mann gegen die Nibelungen, die sich noch immer fest in der Halle verschanzt hielten, vorzurücken. In immer neuen Wellen brandeten ihre Angriffsfluten gegen den

Wie die Königin den Saal anzünden liess

Unfreiwillig mußte Kriemhild nach dem Untergang der treuen Verbündeten den Burgunden einige kampflose Stunden gewähren, die sie benötigte, um neue Kriegerscharen zusammenzuziehen. Durch die Stadt und das umliegende Land eilten die Herolde, stießen in Kriegshörner, schlugen die Trommeln, hoben aus, befehligten herbei, und schon bald stand ein großes hunnisches Heer bereit, um mit einer Stärke von rund zwanzigtausend Mann gegen die Nibelungen, die sich noch immer fest in der Halle verschanzt hielten, vorzurücken. In immer neuen Wellen brandeten ihre Angriffsfluten gegen den Pallas, prallten an seinen Pforten und den burgundischen Schilden ab, ergossen sich aufs Neue und wurden wieder abgewehrt. Bis zum Abend wogten die Kämpfe, dann mußten sich die Hunnen nach starken Verlusten zurückziehen, doch auch die Burgunden hatten viele Tote zu beklagen.

Die Not der Helden, die fast ununterbrochen ohne Wasser und Stärkung im Streite standen, mußte längst unerträglich geworden sein, deshalb kamen die Burgundenkönige schließlich überein, König Etzel um ein Gespräch zu bitten. Gunther trat vor den Saal, rief Etzel an und fragte ihn, ob er das Töten beenden oder immer neue Kriegerscharen opfern wolle. Dieser aber war in seinem Zorn und Schmerz nimmermehr bereit, den Mördern seines Sohnes Frieden zu gewähren, so sehr Gunther ihm auch vorstellte, daß die Hunnen die Kämpfe durch ihren Überfall auf die Knappen begonnen hätten.

Nachdem sich die beiden Könige eine Zeitlang Schulden und Opfer wechselseitig vorgezählt hatten, drängte sich Giselher vor seinen Bruder und schrie verzweifelt: ‚Herr Etzel und ihr Hunnen, welcher Schulden zeiht Ihr mich bloß? Was habe ich Euch getan, der ich voll Güte zu Euch gereist bin?‘

‚Deine Güte hat die ganze Burg mit Jammer und Wehgeschrei und Bergen von Leichen erfüllt!‘ rief ein hunnischer Fürst mit bitterem Hohn zurück. ‚Wäret ihr nur immer in Worms geblieben!‘

‚So werden wir weiterkämpfen, bis der letzte Hunne weit und breit getötet ist, wenn ihr keinen Frieden wollt!‘ brüllte nun Gunther zornig. Darauf bat Gernot den Hunnenkönig um die Gnade, ihnen eine letzte Schlacht auf freiem Felde zu verstatten; dort wollten sie in Ehren bis zum Tode kämpfen, statt im heißen Saale zu verschmachten.

Fast wäre Etzel geneigt gewesen, diesem Begehren stattzugeben, doch Kriemhild versagte ihren Brüdern diese letzte Bitte und rief den Hunnen warnend zu: ‚Habt kein Erbarmen mit den Mordgierigen! Stehen sie erst auf einer Wiese im frischen Wind, der ihnen die Leiber kühlt, so werden sie neue Kräfte schöpfen, und ihr alle seid verloren! Kühnere Recken gab es niemals als Königin Utens Kinder!‘

Als Giselher diese unversöhnlichen Worte seiner Schwester hörte, fragte er mit tränenerstickter Stimme: ‚Was habe ich dir nur getan, Kriemhild, daß du mir so böse gesonnen bist? War ich dir nicht immer treu? Ich kam nach langen Jahren guten Mutes vom fernen Rhein und glaubte, du seist mir hold, aber keine Gnade kennst du mit deinem eigen Fleisch und Blut! Wir sind doch beide einer Mutter Kind!

‚Ich kann euch keine Gnade schenken', antwortete Kriemhild bitter, ‚da ich selbst von euch nur Ungnade erfuhr! Hagen hat mir so großes Leid zugefügt, das müßt ihr nun alle entgelten! Es sei denn', sagte sie nach einer kurzen Pause, ‚ihr gäbet ihn als Geisel heraus, dann will ich euch das Leben schenken, und ihr sollt in Frieden ziehen!'
‚Niemals wird das getan', rief Gernot entrüstet, ‚da sei Gott vor! Und wenn wir tausend Brüder wären, so würde ein jeder vor Hagen stehen, und wir alle würden lieber sterben als den einen Mann deiner Rache zu opfern!'
‚Sterben müssen wir ja doch', stimmte ihm Giselher trotzig zu, ‚und so wollen wir es lieber ritterlich als in Unehren tun. Nie noch habe ich einen Freund verraten, und nimmer soll das geschehen!'
Auch Dankwart ergriff jetzt das Wort, als er sah, daß die Könige Hagen weiter schirmen wollten: ‚Noch steht mein tapferer Bruder nicht allein, und die uns Frieden weigern, werden es noch schwer bereuen!'
Wortlos wandte sich Kriemhild ab und beriet mit den hunnischen Heermeistern die weiteren Schritte, die sie gegen ihre Brüder und Gesippen ergreifen wollte. Ihr nächster Plan hieß Feuer: Sie wollte die gesamte Halle anzünden und Hagen von Tronje zusammen mit den Königsbrüdern und allen Nibelungen dem Flammentod preisgeben. Kein Bitten half, kein Flehen von Freunden der Burgunden konnte die Königin erweichen. Sie befahl, den Pallas an allen vier Seiten in Brand zu stecken. Der untere Teil des Gebäudes war zwar aus Stein, aber das hölzerne Dachgestühl mußte lichterloh brennen. Große Kessel mit Pech wurden herbeigeschafft, Pfeile und Lanzen hineingetaucht, entzündet und in das Gebälk geschossen. Anfangs sah man noch die Eingeschlossenen zwischen den Pfeilern und Balken klettern und versuchen, die Brandsätze mit den Schilden abzuwehren oder dort, wo sie im Holze staken, mit Lanzen herunterzuschlagen, aber sie wurden von dem Hagel immer neuer Pfeile ins Innere des Dachstuhls zurückgetrieben oder stürzten getroffen in die Tiefe.
Überall begannen die Feuer zu brennen, fraßen sich die Balken entlang aufeinander zu, vereinigten sich, wurden vom Nachtwind angefacht, bis der Pallas in einem Meer von Flammen stand. Unheimlich türmte sich die Lohe in die Nacht, schwoll wütend empor, fiel, wenn irgendwo ein Teil des Daches eingestürzt war, in sich zusammen, um gleich darauf an einer anderen Stelle umso heftiger aufzuwallen. Deutlich konnte man im Prasseln des Feuers die Schreie der Verbrennenden hören; dann verstummten sie, und nur noch brausendes Geloder war zu vernehmen, in das sich bald noch ein wildes Trommeln mischte, mit dem hunnische Hexenmeister, unterstützt von tanzendem, stampfendem Volk, die Geister des Feuers beschworen, daß es die Feinde im Saale verzehren möge. Durch die ganze Feste wogte ein glühendheißer Wind, der Lippen und Lider versengte und beim Atmen in der Lunge brannte.
Bis in die Morgenstunden tobten die Flammen, dann wurden sie kleiner, legten sich allmählich, verzuckten und verloschen. Nur mühsam drang die Sonne durch die dichten Rauchwolken, die schwer über der Burg standen. Von der einst prachtvollen Königshalle waren nur verkohlte, rauchende Trümmer übriggeblieben, an denen da und dort noch glimmende Flecken schwelten. Nicht nur der ganze Pallas war schwarz von Ruß, auch der Innenhof, die anderen Gebäude und Mauern waren

Bild 25 | Feuer

mit einer Rußschicht überzogen; überall wirbelten kleine Fetzen von Asche durch die Luft, bedeckten alles mit schwarzgrauem Staub, verschleierten die Augen und bissen in den Kehlen.
Auch Kriemhilds Goldschätze, die ungezählten granatbesetzten Spangen, schöngewundenen Ringe, von Almandinen gezierten Kelche und mit Juwelen besäten Kronen, die Truhen voller Kleinodien und Säcke voll Gold- und Silbermünzen, die auf Schilden im Hofe für den Mörder Hagens ausgebreitet lagen, hatten sich mit einem schwarzen Flor überzogen, und all die bunten Edelsteine, welche die Geschmeide schmückten, waren matt und blind geworden.
Es schien kaum glaublich, daß einige der im Saal Eingeschlossenen diese Hölle überleben konnten, dennoch mahnte das Königspaar zur Vorsicht und ließ ein Aufgebot von rund zwölfhundert Mann gegen die Halle vorrücken. Langsam pirschten sie sich an, mit gespannten Bogen und erhobenen Wurfspießen.
Als die vordersten Bogenschützen die obersten Stufen erreicht hatten, öffnete sich das mächtige Portal, Rauch entwich, und in dem Glutqualm wurde eine Reihe verrußter Schilde sichtbar, zwischen denen Speere hervorstaken; dahinter standen drohend und unbeweglich wie eine lebende Wand – burgundische Ritter! Entsetzt prallten die Hunnen zurück – noch immer war ein Teil ihrer Feinde am Leben. Da hörte man auch schon die Stimme des schrecklichen Fiedlers: ‚Nur herbei, ihr Hunnen! Das Blut eurer Gefallenen haben wir auf Hagens Rat getrunken, um in der Lohe unseren Durst zu stillen; nun soll das Gelage weitergehen! Der Tod ist uns gewiß, drum werden wir noch viele von euch mit uns nehmen.‘
Etzel befahl zu schießen, die Pfeile sirrten durch die Luft, schlugen in Mauern und Türflügel ein, prasselten wie Hagelschlag auf Helme und Schilde, durchbohrten zuweilen auch die Harnische der Helden, brachten Verwundung und Tod. Kamen die Hunnen aber zu nahe heran, wurden sie von den burgundischen Schwertern niedergemäht. Oft wiederholte sich der ungleiche, aus Pirsch und Angriff auf der einen, Ausfall und Rückzug auf der anderen Seite bestehende Kampf und mehrte die Zahl der Toten und Verwundeten vor dem Pallas, bis der Ansturm der Hunnen nach herben Verlusten erlahmte.

Bild 26 | Hagen und Volker

Kaum konnte man nach dem Brand und diesen Kämpfen noch auf einen Frieden zwischen den erbitterten Feinden hoffen: Weder Etzel und Kriemhild noch die Burgundenkönige waren zu einem Verzicht auf Sühne bereit; zu tief waren die auf beide[n] Seiten geschlagenen Wun[den] und zu laut klang in a[ller] Ohren der Schrei nach Ra[che] und Vergeltung. Längst wu[ßte] Herr Dietrich, daß auch für i[hn] die böse Stunde heranrückte, da er gegen die Freunde das Schwert erheben müsse, aber er wollte sie, soweit es nur irgend möglich war, herausschieben und verbot jedem seiner Recken strengstens, sich in die Kämpfe – und sei es auch durch Reden

Wie Rüdiger den Tod fand

Kaum konnte man nach dem Brand und diesen Kämpfen noch auf einen Frieden zwischen den erbitterten Feinden hoffen: Weder Etzel und Kriemhild noch die Burgundenkönige waren zu einem Verzicht auf Sühne bereit; zu tief waren die auf beiden Seiten geschlagenen Wunden und zu laut klang in allen Ohren der Schrei nach Rache und Vergeltung. Längst wußte Herr Dietrich, daß auch für ihn die böse Stunde heranrückte, da er gegen die Freunde das Schwert erheben müßte, aber er wollte sie, soweit es nur irgend möglich war, herausschieben und verbot jedem seiner Recken strengstens, sich in die Kämpfe – und sei es auch durch Reden – einzumischen. Schließlich suchte er der Gefahr, daß einer der Unsrigen sein Verbot übertreten könnte, vorzubeugen, indem er uns befahl, im Hause zu verbleiben und dem Gemetzel nicht länger zuzusehen.

Wir saßen also in unseren Kammern und warteten voll Ungeduld auf neue Nachricht, als endlich ein Bote Rüdigers erschien und im Auftrag des Markgrafen bei Dietrich anfragte, ob der Amelungenfürst noch einen Ausweg wüßte und zur Vermittlung bereitstünde. Der Berner gab traurigen Bescheid: Etzel habe seinen einzigen Sohn und viele seiner treuesten Mannen verloren – wie sollte der König da noch mit Ehren eine Schonung gewähren können? Darauf meldete der Gesandte, daß sich Rüdiger dann allein zu Etzel begeben wolle, um vom König Frieden für die Burgunden zu erbitten.

Durch die Fenster sahen wir wenig später den Markgrafen dem Trakt der Burg entgegengehen, den Etzel nun, da die Königshalle in Asche lag, bezogen hatte. Er weinte und klagte laut, und auch seine Mannen, die in gemessenem Abstand folgten, hatten ein Wehklagen angestimmt. Da trat ein hunnischer Wächter aus dem Schatten eines Torbogens Rüdiger entgegen, spottete seiner Tränen und zieh ihn der Untreue: ‚Ist das der Mann, den Etzel vor allen anderen erhöht hat, dem er Land und Burgen gab? Der Markgraf, den man rühmt, er sei der kühnsten Ritter einer? Jetzt steht er da und jammert, anstatt seinem Herrn zu Hilfe zu eilen! Sieht so der Dank für Etzels Milde aus? Ihr habt in diesem ganzen Streit noch keinen Finger gerührt!‘
Rüdiger stand betroffen vor dem Hunnen, dann sagte er kummervoll: ‚Ich habe selbst die Nibelungen hergeführt – meine Gäste waren sie, und meine Tochter gelobte ich dem edlen Giselher zur Frau! Wie soll ich gegen meine eigenen Sippen kämpfen?‘
‚So findet immer einen Grund, sich fernzuhalten, wer das Streiten fürchtet! Lange habt Ihr in Frieden zu Bechlarn auf Eurer Burg gesessen, und jetzt, da die Not des Königs groß ist und er in starken Stürmen steht, sprecht Ihr von Freund- und Sippschaft mit des Königs Feinden. – Pfui Euch Ungetreuem!‘
Da verfärbte sich Rüdigers Antlitz dunkelrot, und er verlor jede Beherrschung. Seine mit einem eisernen Handschuh bewehrte Faust fuhr nach vorn, er schlug dem Hunnen mitten ins Gesicht, daß ihm das Blut aus Mund und Nase sprang und er auf der Stelle tot zur Erde fiel. In diesem Augenblick kam Etzel aus seinem Gemach gestürzt und lief auf Rüdiger zu: ‚Haltet ein, Herr Rüdiger, was schlagt Ihr meine Mannen tot? Welcher

Teufel reitet Euch? Ich habe der Toten hier genug in der Burg – wißt Ihr anders nicht zu helfen?‘
Der Markgraf verwies auf die Beleidigung, die er von dem Hunnen erfahren hatte und bat Etzel um Vergebung, doch dieser wollte davon nichts wissen und erzürnte nur noch heftiger, als sein Lehnsmann ihm ein Wergeld für den Getöteten bieten wollte. Eben hatte Rüdiger noch geglaubt, um Frieden nachsuchen zu können, aber Zorn und Schmerz des Königs schienen größer als je zuvor. – Die beiden begaben sich in die Burg und entschwanden unseren Blicken. Dietrich und ich sahen ihnen bedrückten Mutes nach.
Stunden vergingen, der Tag neigte sich und der Abend begann, ohne daß wir etwas erfuhren. Einige gingen wie Wolfhart in Unruhe umher, andere saßen in dumpfem Brüten auf den Bänken, wieder andere, sorgloser Gesinnte, suchten sich die Zeit mit Met und Würfelspiel zu vertreiben. Ich saß mit Dietrich, Helferich und Siegstab zusammen und harrte auf neue Botschaft.
Plötzlich schlug jemand gegen die schwere Eichentür, und man öffnete ihm. Es war jedoch kein Bote Rüdigers und auch kein Hunne, der da in höchster Erregung in der Türe stand, sondern einer unserer Knappen, der in den Ställen die Pferde zu versorgen hatte. Was mochte gerade er gehört haben? – Etwas Furchtbares sei geschehen, stammelte er, das Weinen und Wehklagen in Etzels Haus töne so gräßlich, als sei dem König selbst oder seiner Gemahlin von den Burgunden etwas zugestoßen. Mehr wußte er nicht.
Die müden Häupter der Mannen erhoben sich – König Etzel etwas zugestoßen? Von den Burgunden? Dann gilt es deren Leben! Etliche wollten schon zu den Waffen greifen, doch Dietrich verbot es streng und untersagte uns, das Haus zu verlassen: ‚Was sie auch taten, es geschah in Not, und wir werden mit ihnen Frieden halten! Und bevor ihr über sie richtet, wollen wir erst erfragen, was geschehen ist.‘
‚Laßt mich in Etzels Königshalle gehen, Herr Dietrich, ich will für Euch die Mär erkunden!‘ rief Wolfhart eifrig, doch Dietrich hieß ihn sitzenbleiben: ‚Du bleibst hier mit deinem ungestümen Sinn – Helferich soll zu Hofe gehen!‘ Der Aufgerufene erhob sich, neigte ehrfürchtig das schmale Haupt mit dem langen, glatten und schon leicht ergrauten Blondhaar, winkte zwei Knappen herbei und ging schnellen Schrittes fort.
Nach einer halben Stunde stand er wieder in der Tür, von Entsetzen und Trauer gezeichnet. ‚Der König und seine Gemahlin leben, aber der Vater aller Tugend, Rüdiger von Bechlarn, ist tot!‘ rief er von der Schwelle in den Saal und schlug die Hände vors Gesicht.
‚Mordgesellen!‘ schrie Wolfhart und sprang auf. ‚Die Burgunden sind Mordgesellen‘, schrie er noch einmal. ‚Jetzt geht es an ihr Leben! Diese Tat können wir nicht ungesühnt lassen, wollen wir nicht Schmach und Schande auf uns laden!‘
‚Der König der Goten befindet, welche Tat von uns zu sühnen ist, und nicht der Neffe seines Waffenmeisters‘, gab Dietrich dem Jüngling mit schneidender Härte zur Antwort und wies ihm seinen Platz auf der Bank. ‚Erzähl‘, was du zu Hofe gehört hast, Helferich!‘
Der Ritter trat an das gegenüberliegende Tafelende und begann, mit stockender Stimme zu berichten, was er am Hunnenhof erfahren hatte: Etzel habe jedes Friedensangebot Rüdigers mit trauervoller Stimme abgewiesen, ihn stattdessen, von Kummer und Gram zerknirscht, an seine Treue gemahnt, und Kriemhild

habe ihn mit Harm beschworen, seinen Eid zu halten: ‚Gedenket, Herr Rüdiger, des Eides, den Eure Hand mir schwur! Ihr gelobtet mir, als Ihr mich werben halft, jedes Leid zu rächen, das mir zugefügt würde. Nun haltet Euer Wort!' Ihres Mannes Gegenwart habe sie, wie ein hunnischer Kämmerer leise zu Helferich sagte, nicht gehindert, Rüdiger daran zu erinnern, daß sie nur um dieses Eides willen der Werbung stattgegeben hatte.
‚Ich habe Euch immer Wort gehalten', sei Rüdigers demütige Antwort gewesen. ‚Ehre und Leben für Euch einzusetzen, habe ich geschworen, doch die Seele zu lassen, schwur ich nicht. Ich habe die Burgunden zu Bechlarn bewirtet und beschenkt, hierher zu Hofe habe ich sie geleitet – sie kamen in Treu' und Glauben, und meine Tochter versprach ich Giselher zum Weibe. Sie sind meine Vettern und Gesippen, auch an sie binden mich Eide!'
‚Die Eide, die Ihr uns geleistet, sind älter, Rüdiger', hätten Etzel und Kriemhild darauf erwidert und den Markgrafen seiner Lehenspflicht erinnert; als dieser immer noch zögerte, hätten sie sich gar unter Tränen vor ihrem Dienstmann auf die Knie geworfen und ihn um Hilfe angefleht. Sein ganzes Gut, all seine Ehre und seinen Besitz habe Rüdiger dem König zurückgeboten: ‚Nehmt mir alles, was Ihr mir gabt, alles Land und alle Burgen; auf bloßen Füßen will ich mit Weib und Kind ins Elend ziehen' – doch Etzel habe ihn weinend gefragt, was es helfen solle, wenn ihm Rüdiger das im Frieden um künftigen Beistandes willen Empfangene nun in der Not wiedergebe. ‚Nichts will ich von Euch nehmen, sondern Euch noch mehr geben: Mein ganzes Land werde ich mit Euch teilen – Ihr sollt an meiner Seite König werden, wenn Ihr mir heute gegen meine Feinde helft!'
Da habe Rüdiger erkannt, daß er sich in sein Schicksal fügen müsse, und gesenkten Hauptes geantwortet: ‚Die Mark zu Bechlarn, die mir Eure Güte schenkte, werdet Ihr noch heute von mir zurücknehmen müssen, Herr Etzel. Ich weiß, daß ich Eure Milde nun mit dem Leben vergelten muß. Nehmt, wenn ich gestorben bin, mein Weib und mein Kind in Eure Hut.'
Der König habe nun wieder neuen Mut geschöpft, sich ächzend vom Boden erhoben und in Dankbarkeit die Hände seines Vasallen ergriffen. ‚Lohne dein Gott dir den getreuen Dienst', habe er gesagt, ‚auch vertraue ich meinem Heil, daß du siegreich zurückkehren wirst.'
Rüdiger sei traurig zu seinen Heergesellen gegangen, habe ihnen gesagt, sie sollten sich nun waffnen, und sie zu dem ausgebrannten Pallas geführt. Einige Hunnen hätten sich ihnen noch angeschlossen, die auf Ruhm und Ehre erpicht waren und nicht zuletzt an die reiche Belohnung dachten. Dann habe ein schrecklicher Kampf gewütet, und alle Bechlarner Degen, auch Rüdiger selbst, seien gefallen, doch auch von den Burgunden könnten nun nicht mehr viele am Leben sein.'
Die Recken an Dietrichs Tisch starrten betroffen; viele Augen schwammen in Tränen. ‚Der edle Rüdiger', murmelte der Berner vor sich hin, ‚wir wollen die Nibelungen fragen, ob wir noch einen Dienst für Rüdiger und die Seinen verrichten können. Auch wollen wir, wenn die grause Mär wirklich wahr sein sollte, von den Burgunden seine Leiche erbitten, um sie nach Bechlarn zu überführen.'
Mit diesen Worten wandte er sich mir zu, der ich zu seiner Rechten saß, und befahl mir, einige Recken zur Begleitung auszuwählen und die Nibelungen aufzusuchen – friedlich, wie er mir noch mahnend mit

auf den Weg gab, als ich schon auf der Schwelle stand. Oft habe ich mein Gewissen zermartert, wie ich mich danach so unbesonnen über den Willen meines Herrn hinwegsetzen konnte, und manchmal war ich gar so kühn, mir zu sagen, daß ich wenn nicht als Dienstmann so doch als Waffenmeister und Kriegsmann richtig gehandelt hatte, doch dann schämte ich mich sogleich, meinen Ungehorsam über die Kriegskunst Dietrichs zu stellen, der nicht nur der tapferste Ritter, sondern der weiseste König ist. Es war dieser wütige Grimm, der manchmal in mir aufsteigt und solchen Übermut zeitigt, mit dem ich beinahe die Gunst meines gütigsten Herrn verscherzt hätte. Dieses Zorngemüt scheint ein Erbteil unserer Sippe zu sein, Hadubrand hat es wohl auch gehabt" – Hildebrand blickte auf das große Bündel, das auf der Bank lag, und zum ersten Mal, seit er den Sohn getötet, füllten sich seine Augen mit Tränen – „und am allermeisten hatte es mein Neffe, der, als ich gerade meinen höfischen Staat angetan und meinen Mantel umgehängt hatte, auf mich zueilte und rief: ‚Wollt Ihr gänzlich aller Waffen bar zu den Burgunden gehen, lieber Oheim? Wißt Ihr nicht, wie grimmig Hagen und Volker sind? Ihr müßtet mit Schanden vor ihnen flüchten, wenn Ihr ungerüstet vor sie tretet, oder sie rauben Euch das Leben! Denkt, daß sie selbst Rüdiger töteten, der Giselhers Brautvater war!'

Einen Augenblick überlegte ich. Dietrich würde es gewiß verbieten, wenn ich ihn fragen ginge, ob wir unsere Harnische anlegen sollten; gleichwohl erlaubte ich mir den Gedanken, daß er ja nur einen friedlichen Gang befohlen, von der Mitführung der Waffen indessen nichts gesagt hatte, und als Krieger glaubte ich gelernt zu haben, daß Schild und Schwert den Frieden oft besser sichern als die bloße Hand. – Dann dachte ich an das Schwert des riesenstarken Wittich, den scharfen Mimung, den der kunstreiche Wieland geschmiedet – nebst dem Balmung wohl das beste Schwert, das je auf einem Amboß glühte: Heimlich hatte ich vor vielen Jahren, als Dietrich noch ein Jüngling war, dieses Schwert gegen ein gewöhnliches vertauscht, bevor Wittich unseren Herrn zum Zweikampf forderte, und meine List rettete dem Bernerfürsten das Leben. Dietrich war sehr zornig, aber später hat er es mir doch gedankt, und das Gotenvolk dankte es mir noch mehr. Solches sann ich und wähnte, wenn aus Ungehorsam einmal Gutes erwachsen sei, so könnte dies auch ein zweites Mal geschehen.

‚Gut, wir gehen in Waffen', sagte ich zu Wolfhart. Dann begab ich mich in die Rüstkammer, ließ mir den Harnisch anlegen und nahm mein Schwert.

Als ich wieder vor die Tür trat, traute ich meinen Augen kaum: Sämtliche Schwertgenossen des Berners, Wolfhart an der Spitze, standen gerüstet im Hof. ‚Wollt ihr alle mitkommen?' fragte ich erschrocken.

‚Wenn wir Euch gewaffnet begleiten, kann nichts geschehen', antwortete Wolfhart, und seine Augen blitzten. Ich kannte dieses Blitzen und hätte ihn sogleich zurückschicken sollen, stattdessen warf ich einen Blick über die Schulter: Dietrich war nicht zu sehen – da ritt mich wieder der Teufel – ‚Also los!' befahl ich. In voller Rüstung schritten wir über den Platz auf die rauchenden Trümmer der Königshalle zu. Unfaßbar, daß die Nibelungen darinnen schon seit Tagen ausharrten, weder von Eisen noch von Feuer überwunden.

Der Spielmann bemerkte unser Kommen als erster und rief seine Gefährten herbei. Ich stellte meinen Schild mit

dem Berner Wappen – der weißen Burg mit den goldenen Türmen auf rotem Grund – auf den Boden und fragte mit lauter Stimme: ‚Ist es wahr, ihr edlen Burgunden, daß der Markgraf Rüdiger bei euch erschlagen liegt? Mein Herr Dietrich von Bern hat mich hergesandt, um zu erkunden, ob diese schlimme Märe stimmt. Er und all die Seinen sind darum in tiefer Sorge!‘
‚Ich wünschte um Rüdigers willen, daß der Bote, der Euch dies gemeldet, gelogen hätte. Doch die Mär ist ungelogen – Rüdiger liegt hier unter den Toten‘, gab der Tronjer zur Antwort. Da erhob sich eine große Trauer unter den Amelungenkriegern. Allen Dietrichsmannen, selbst dem zornmütigen Wolfhart, dem tapferen Siegstab und dem wackeren Wolfbrand, flossen die Tränen die Wangen hinab, rannen in die Bärte, troffen vom Kinn.
‚Oh weh des Trosts der Heimatlosen, der uns Rüdiger war‘, jammerte Siegstab. ‚Wer soll nun die Recken im Hunnenland auf ihren Heerfahrten führen?‘ fragte Wolfhart verzweifelt, und Wolfwein ließ sich gar auf den Boden niederfallen, trommelte mit den Fäusten auf das Pflaster, legte sich schließlich auf den Bauch und klagte, wobei er den Kopf in den Nacken bog, daß selbst des eigenen Vaters Tod ihn nicht trauriger machen würde als der des edlen Rüdiger.
‚Warum mußte das nur geschehen? Er wollte doch Frieden stiften‘, murmelte ich vor mich hin, und Giselher, der jetzt ebenfalls vor den Saal getreten war, begann zu sprechen, als hätte er mich verstanden: ‚Wehe, wie sehr freute ich mich, als ich ihn sah! Ich glaubte, er wolle uns den Frieden bringen – er war doch unser Gastfreund und Geleiter und dazu noch mein Brautvater, aber Volker hatte recht, als er mich warnte: So in Waffen kommt kein Friedensbote. Da stand er auch schon vor der Türe und widersagte uns die Treue. ‚Freunde sind wir gewesen‘, sprach er, ‚aber nun müssen wir geschieden sein, denn so ist der Königin Wille. Wehrt euch, ihr kühnen Nibelungen!‘ – Oh, wie weh ist es, eben noch neue Hoffnung zu schöpfen und dann umso tiefer in den Abgrund gestürzt zu werden.‘
‚Es war, wie mein Bruder sagt‘, stimmte ihm Gunther kummervoll zu. ‚Ich erinnerte Rüdiger an seine Treue, an die Gastgeschenke, die er uns in Fülle gab, dankte ihm für seine Milde, doch er bekannte, daß ihn ältere und stärkere Eide an Etzel und an meine Schwester knüpften. Mein Bruder Gernot, mein armer Bruder, der von seiner Hand gefallen ist, wies ihm noch das Schwert, das er von Rüdiger erhalten: ‚So scharfes Eisen trug ich niemals, und manchen Recken sandte ich damit zur Hel‘, sprach er, ‚habt Ihr mir denn dieses Schwert geschenkt, um es nun gegen Euch zu führen?‘
Und Rüdiger antwortete: ‚Wäret Ihr nur am Rhein, und ich läge tot darnieder! Doch jetzt gilt es, einander zu bestehen.‘
‚Zwingt mich nicht, Herr Rüdiger, mit Euch zu streiten, ich müßte Euch mit Eurer eigenen Gabe das Leben nehmen‘, versuchte Gernot noch einmal, das Schicksal zu wenden, aber vergeblich: ‚Walte Gott, daß es geschehe, denn Euch, Ihr Könige, vertraue ich gern mein Weib und meine Tochter.‘
Darauf ergriff Giselher wieder das Wort: ‚Wollt Ihr Eure Tochter so früh verwitwen lassen‘, habe er Rüdiger in seiner Not gefragt, und dieser habe ihn gebeten, es, wenn er je wieder heimzöge, seine Tochter nicht entgelten zu lassen, daß er die Treue brach. ‚Niemals werde ich das tun‘, sei Giselhers Antwort gewesen, immer wolle er ihr

Bild 27 | Rüdigers Schild

hold sein, aber dennoch müsse er Rüdiger warnen, daß er die Freundschaft zu ihm lösen werde, wenn von den Seinen einer durch ihn fiele.
Da trat Hagen zu dem jungen König und streckte uns den linken Arm entgegen, der mit einem herrlichen neuen Schild bewehrt war. In dessen Mitte prangte das Wappen von Bechlarn. ‚Diesen Schild', sprach der Recke mit einer an ihm sonst nicht gekannten Rührung, ‚gab mir der gute Rüdiger im Tausche gegen Nudungs Schild, den mir seine Gattin Gotelind geschenkt. Ich führte ihn in Treuen her, doch wurde er mir ganz zerhauen von den Hunnen. Ich konnte mich kaum noch damit decken und bat den edlen Markgrafen um eine letzte Freundesgabe. Dafür gelobte ich, niemals die Hand wider ihn zu erheben und töte er auch alle Nibelungen. So habe ich es dann gehalten, als er gegen meine Herren kämpfte.'
Mit einem schnellen Schritt stand der Spielmann neben ihm und wies uns in seiner Hand einige goldene Fibeln: ‚Diese Spangen gab mir Gotelind zum Lohne, als ich ihr zum Preis von Minne sang. Ich werde sie auch an Etzels Hof als meine Herrin rühmen, versprach ich ihr, und darum schonte auch ich wie mein Waffenbruder ihren Gatten. Das hatte er sich wahrlich um uns verdient!'
‚Aber getötet habt ihr ihn doch', hörte ich auf einmal Wolfhart grimmig knirschen. ‚Schweig' gefälligst', zischte ich ihm zu, aber die Burgunden hatten ihn noch nicht gehört.
König Gunther erhob wieder seine Stimme: ‚Nachdem Hagen und Rüdiger ihre Schilde getauscht, ließ sich das Unheil nicht mehr wenden. Der Markgraf legte seine Lanze an, stürmte auf die Halle zu, und alle seine Recken folgten ihm. Hagen und Volker traten zur Seite, und Herr Rüdiger begann fürchterlich im Saale zu wüten. Wer auch immer der Meinen vor sein Schwert geriet, fiel gefällt zu Boden, und dennoch wollte ich ihn um der Treue willen nicht zum Kampfe fordern. Endlich aber konnte Gernot nicht länger mitansehen, wie Rüdigers Eisen die Brünnen biß, und er trat ihm mit den Worten entgegen: ‚Bevor Ihr alle meine Recken tötet, edler Markgraf, müßt Ihr nun mich bestehen! Eure Gabe will ich mir jetzt verdienen, so gut ich kann!' Dabei erhob er das von Rüdiger geschenkte Schwert gegen ihn und holte zu gewaltigem Hiebe aus. Der Markgraf jedoch hatte Gernots Angriff vorausgesehen, wich behende zur Seite und schlug mit Macht zurück. In des Hauptes Mitte traf er meinen Bruder. Das Blut brach unter seinem Helm hervor, er stand wie vom Blitz getroffen, den Schädel zerspalten, und doch erhob der Wackere ein letztes Mal das Schwert und ließ es im Sturz auf seinen Geber niedersausen, der es ohne Wehr geschehen ließ. Die scharfe Schneide zerschliß Rüdigers Harnisch und drang ihm in den Busen. Wankend drehte sich der Vogt von Bechlarn zu Giselher und öffnete den Mund, als wollte er noch etwas sagen, dann sackte er lautlos in sich zusammen und sank neben Gernot zu Boden, daß ihrer beider Blut im Tode sich mischte. Das war Rüdigers und meines Bruders Ende.'

„Und mit Rüdiger fielen alle seine Mannen, die wir anders als ihren Herrn durchaus nicht schonten!", tönte der scharfzüngige Volker nach diesen traurigen Worten seines Königs und lieferte meinem Wolfhart den Zunder, an de
sein Zorn sich entflamm
konnte: „Wollt ihr euch der
noch rühmen? Unsere Freu
habt ihr getötet, nun vergö
uns wenigstens, den Leichna
fortzutragen!"

Solautundstrengichvermochte, mahnte ich noch einmal den Jüngling zu schweigen, trat einen Schritt vor und schob ihn beiseite. Statt an den Fiedler wandte ich mich an König Gunther: „Bitte, Herr Gunther,

Wie Dietrichs Mannen mit den Burgunden stritten

‚Und mit Rüdiger fielen alle seine Mannen, die wir anders als ihren Herrn durchaus nicht schonten!' tönte der scharfzüngige Volker nach diesen traurigen Worten seines Königs und lieferte meinem Wolfhart den Zunder, an dem sein Zorn sich entflammen konnte: ‚Wollt Ihr Euch der Tat noch rühmen? Unsere Freunde habt Ihr getötet, nun vergönnt uns wenigstens, den Leichnam fortzutragen!'
So laut und streng ich vermochte, mahnte ich noch einmal den Jüngling zu schweigen, trat einen Schritt vor und schob ihn beiseite. Statt an den Fiedler wandte ich mich an König Gunther: ‚Bitte, Herr Gunther, achtet meines Neffen nicht; er ist beinahe noch ein Kind. Um was wir bitten wollen, ist dies: Mein Herr König Dietrich ersucht Euch, ob Ihr geruhen möchtet, uns Rüdigers Leichnam herauszugeben, damit wir ihn bestatten können, wie es dem Edlen gebührt.'
Höflich antwortete Gunther: ‚Wohl ist es rechte Treue, was Ihr sinnt. Ihr lohnt ihm seine Güte. Oft wird der beste Dienst dem Freund nach dessen Tod getan. Und doch –'
Vielleicht hätten wir noch weiter verhandeln, unseren Auftrag friedlich erfüllen und Rüdigers sterbliche Überreste, um die mein Herr uns geschickt hatte, aus der Halle tragen können – doch da drängte sich der Heißsporn an mir vorbei, in seiner Unzucht völlig mißachtend, daß gerade der König mit mir gesprochen hatte, und schrie Volker an: ‚Wie lange sollen wir noch stehen und warten! Der Trost der Heimatlosen liegt von Eurer Hand erschlagen – gebt die Leiche uns heraus!'
‚So holt ihn Euch doch!' rief der Fiedler herausfordernd, ‚er liegt hier im Saal in seinem Blute; erst wenn Ihr ihn selber holt, habt Ihr ihm wirklich vollen Dienst geleistet!'
‚Ich wollte ihn schon holen und Euch für Eure freche Rede züchtigen – nur darf ich's leider nicht, da mein Herr mir zu streiten verbot!'
‚Das nenne ich eine gute Ausrede', gab der Spielmann höhnisch zurück, ‚wenn man seines Herrn Verbote vorschützt, um gern und ohne Schanden zu lassen, was man sich nicht getraut. Brav ist das getan, doch niemals rechter Heldenmut!'
Hagen, der neben Volker stand, verzog den Mund zu einem schiefen Grinsen; Volker lachte. Da verlor Wolfhart die Beherrschung: ‚Wartet nur, Herr Fiedler, ich will Euch die Saiten so verstimmen, daß Ihr noch daheim zu Wormse schiefe Töne spielen werdet – so Ihr je das Hunnenland verlaßt!'
‚Bevor Ihr mir eine Saite krümmt, trübt Euch den Schein des Helmes meine Hand!'
Nach diesen Worten aus dem Munde des Spielmannes zog Wolfhart das Schwert und wollte die Treppe hinauf und auf Volker zuspringen, aber gerade gelang es mir noch mit Mühe, ihn zurückzuhalten – wenngleich nur für einen Augenblick. Mit der einen Hand ergriff ich seinen Schwertarm, mit der anderen hielt ich ihn an der Schulter, und Siegstab versuchte, seinen linken Arm zu fassen. Volker sah, wie mühsam wir den Jüngling zu bändigen versuchten, und spottete: ‚Laßt ihn nur los, Euren kleinen Löwen – ich will ihm schon die Tatzen stutzen. Kommt er hier herauf, dann schlag' ich ihm auf die Mähne, daß er zum letzten Mal gefaucht hat!'

Jetzt folgte – so schnell, daß sich kein Gedanke fassen ließ – eines auf das andere: Wolfhart riß sich los und war schon mitten auf der Treppe, als ich's recht gewahrte. Links und rechts geriet alles in Aufruhr, die Männer stürzten ihm nach. Da fuhr auch in mich die Wut, die alle um mich her gepackt hatte. Fast war es, als ob meine Beine aus eigenem Willen zu rennen begannen und meinen Leib mit fortrissen. Ich sah das Schwert in meiner Faust und wußte nicht, wer es gezogen hatte. Die Stufen flogen unter meinen Füßen rückwärts dem Hofe zu, aus den Augenwinkeln sah ich Wolfhart neben mir – schon war ich an ihm vorbei, vor der Halle, vor dem Tronjer, ich hörte helles Klingen, Funken stoben, lange Blitze zuckten zwischen uns, dann plötzlich Drehung, Wendung zur Seite, überall Helme, Schwerter, Lanzen, Schilde, rotes Blut!

Hinter mir war Wolfhart mit Volker zusammengestoßen, doch Wolfwein war dazwischengefahren und hatte sie getrennt – um Wolfhart zu retten oder um sich selbst auf den Fiedler zu stürzen? Mein Schwert Lagulf sauste auf Helme und Harnische, als sei es lebendig geworden, und schuf sich, schneller als die Augen zu folgen vermochten, seinen Weg. Hier und dort wirbelte mein Schwert; ich durchmaß den Saal bald in diese bald in jene Richtung, die burgundischen Recken sanken um mich zu Boden, und meine Goten folgten: Ritschart, Gerbart und Wichart, dann Wolfbrand, der sein Schwert mit beiden Händen nach allen Seiten schwang.

Ich weiß nicht, wie lange ich schon gekämpft hatte; es mochten Augenblicke oder Stunden gewesen sein, da sah ich vor mir Helferich: Eben stieß er auf Dankwart, sie holten aus, Helferich war schneller, Dankwart fiel, doch schon war Gunther heran, sein Schwert flammte über ihm, Helferich stürzte zu Boden. Dann Siegstabs helle Stimme hinter mir – Blick über die Schulter: Siegstab, wie er drei erschöpfte Burgunden niederschlug, dann Volker vor ihm, Siegstab wollte sich auf ihn werfen – sah er das Schwert nicht im Gedräng? – waagerecht ragte es ihm entgegen. ‚Siegstab!' hörte ich mich noch rufen, aber zu spät, er war genau in Volkers Waffe hineingerannt, krümmte sich vor dem Spielmann, hing an dessen Schwert wie der Fisch am Haken, fiel wie ein Sack mit dumpfem Schlag zu Boden, und Volker drehte das Schwert zwischen Siegstabs Rippen heraus.

Da wurde mein Zorn noch größer, schwoll zur Decke des Saales, schwebte wie eine blutrote Wolke über mir, stand dann genau über Volkers Haupt: Blitze zuckten aus der Wolke, schlugen in Volkers Helm ein – das ist ja mein Schwert! dachte ich erstaunt, das Volkers Haupt umzüngelt – was schreit es nur so gell? Es ist ganz leicht, fliegt ja von selber – aber warum hört Volker auf, sich zu regen? – Eben war er noch so flink, jetzt liegt er ganz ruhig auf dem Rücken, sein Helm weit von ihm, sein Antlitz so schön. – Armer Spielmann.

Das Schwert in meiner Hand beruhigte sich und zitterte nur noch leicht. Meine Augen suchten einen Gegenstand zu fassen, aber alles kreiste um mich. Meine Knie waren plötzlich weich wie Wachs, ein Würgen quoll in mir auf, kalter Schweiß brach aus. Da sah ich Wolfhart vor mir, er wankte. Oder war ich es, der so wankte? Nein, er wankte tatsächlich – zu Tode getroffen! ‚Wolfhart!' schrie ich, aber er hörte nicht. Giselher hatte ihm den Todesstreich versetzt, während ich Volker erschlug. Auch Giselher blutete aus vielen Wunden, doch er lebte noch, noch einen Augenblick – denn plötzlich – plötzlich hatte der sterbende Wolfhart eine Axt in der Hand, eine Doppelaxt

Bild 28 | Giselhers Tod

– woher er sie genommen, sah ich nicht – sie war auf einmal da, schwebte einen Augenblick über dem Haupte des jungen Königs; dieser schaute nur hoch, schielte auf die Schneide der Axt, die genau in der Mitte über seiner Stirne, seiner Nasenwurzel, schwebte – dann fuhr das Beil herunter, durchschlug die Schädeldecke, spaltete das Gesicht in zwei Hälften und blieb erst im Halse stecken. Der Stiel stand in Höhe der Brust nach vorne, Blut und Gehirn rannen vermischt über die Schulten und troffen über den Harnisch. Giselher stürzte zu Boden, Wolfhart fiel auf ihn, sie lagen übereinander.
In zwei Sätzen war ich bei ihnen, hob Wolfharts Haupt sachte mit den Händen an. Er bewegte die Lippen. Ich näherte mein Ohr seinem Munde. ‚Oheim', flüsterte er, ‚wenn man mich beklagt, so saget allen: Von eines Königs Händen fand ich herrlichen Tod. Und saget auch, ich habe mein Sterben recht entgolten hier im Saale: Es liegen wohl hundert Helden von mir erschlagen.'
Dann brach sein Blick. Ich sah auf – und sah plötzlich Hagen vor mir – über mir – stehen! ‚Herrn Volker müßt Ihr mir vergelten! Und viele andere sind von Eurem Schwerte tot!'
Da geschah etwas, was ich schon mehrfach im hitzigsten Gefecht erlebt hatte: Ich fühlte auf einmal, wie ich über dem Kampfplatz schwebte und schräg von oben auf die Helden niederschaute. Unter mir sah ich Wolfhart und Giselher gekreuzt in ihrem Blute liegen, daneben stand Hagen, und vor ihm kniete ich selbst auf dem Boden und blickte zu Hagen auf! Die Zeit schien für eine kleine Ewigkeit stille zu stehen und der Augenblick aus ihr herauszutreten. – Doch schon war der nächste Augenblick heran; der floß wieder in der Zeit, und was geschah, überstürzte sich: Ich sah, wie Hagen das Schwert erhob und ich auf die Klinge des Balmung starrte; ich wollte mir etwas zurufen: mich anschreien, wegzuspringen – da war mein Mund jedoch voller Blut, der Schrei erstickte in einem Gurgeln, ich war wieder ganz in mich selbst gefahren und bemerkte, daß ich mich blitzschnell durch eine Blutlache zur Seite gedreht hatte und Hagens Schwert, wo ich eben noch kniete, auf den Marmor des Bodens klirrte! Sofort war ich auf den Beinen, glitt aber auf dem blutbeträuften Boden beinahe aus und ruderte mit den Armen. Schon stand Hagen wieder vor mir, wuchs wie ein langer schwarzer Schatten in die Höhe, sein Schwert, das er mit beiden Händen gefaßt hatte, blitzte über meinem Haupt – gerade noch konnte ich meinen Schild hochreißen, Funken stoben, aber der Stoß fällte mich, erneut stürzte ich in blutige Lachen, wälzte mich fort, kam wieder auf die Beine, strauchelnd und schwindelnd, empfing neue Hiebe von Hagen, suchte seine Streiche zu erwidern und schlug so heftig ins Leere, daß es mich fast ein weiteres Mal von den Beinen riß. Erneut biß der Balmung, mein Schild deckte das Haupt, doch sogleich zuckte weiter unten, vor meiner Brust, der weiße Strahl – ich spürte einen heftigen Schlag, taumelte – und schwebte wiederum, schwerelos und erstaunt über das Getümmel am Boden, eine halbe Mannslänge über meinem eigenen Haupte, sah, wie ich unten getroffen schwankte und nach Luft rang.
‚Laufen!' schrie ich mir zu und spürte, wie meine Füße klatschend durch die Pfützen pratzten, daß das Blut nach allen Seiten spritzte! Vor mir die Saaltür – das Freie – daneben Gunther, der erschöpft an einem Pfeiler lehnte – dann das Offene, die Treppe, die Stufen hinunter! Ein Blick zurück: Hagen war auf dem Treppenabsatz geblieben und dräute mit dem Schwert.

Ich lief weiter, spürte ein Stechen und Brennen in der Brust, wurde langsamer, keuchte und humpelte über den Hof. Meinen Schild hatte ich über den Rücken geworfen, die Rechte krampfte sich um das Schwert, die Linke hielt ich über der zerschlissenen Brünne auf die Wunde gepresst. Ich sah an mir herab und bemerkte, daß ich über und über mit Blut besudelt war, mit eigenem und fremdem. Ich blieb stehen. Die Schmerzen ließen etwas nach, ich atmete tief durch und fühlte eine große Schwäche und Müdigkeit.
Die Blutung war durch das Laufen noch verstärkt worden; ich vergewisserte mich, daß Hagen mich nicht verfolgte: Er war bereits wieder im Saal verschwunden, so daß ich meinen Brustpanzer etwas lösen, die Hand unter ihn stecken und mir die Wunde fest zudrücken konnte. Mein Heil hatte mich nicht verlassen, sie war nicht tödlich. Mein Heil! durchzuckte es mich, aber was war mit dem der anderen Goten? Wo waren die Amelungenkrieger, die ich hergeführt? Da erst kam mir das Fürchterliche voll und klar zu Bewußtsein, und ein lähmender Schrecken fuhr mir in alle Glieder: Dietrichs Recken, die ich hergeführt – sie waren alle tot!

Was sollte nun geschehen? Wie sollte ich wagen, Herrn Dietrich noch unter die Augen zu treten? Doch was blieb mir anderes übrig? Verzagt schleppte ich mich weiter über den verrußten, verwüsteten Hof. Jeder Schritt war mir schwer, meine Füße wa von Blei. Unendlich lang sch der Weg. Endlich sah ich mir die Tür, die wohlvertra schwere, eichene Tür, die Dietrichs Saal und Kamme führte. Sie stand halb geöffnet, leer starrte sie mich an. Ich trat ein, die Flügel knarrten – Dietrich mußte mich schon gehört haben, Umkehr war unmöglich.

„Was ist geschehen, Meister Hildebrand?“ fragte er, das

Wie Gunther und Hagen überwunden wurden

Was sollte nun geschehen? Wie sollte ich wagen, Herrn Dietrich noch unter die Augen zu treten? Doch was blieb mir anderes übrig? Verzagt schleppte ich mich weiter über den verrußten, verwüsteten Hof. Jeder Schritt war mir schwer, meine Füße wie von Blei. Unendlich lang schien der Weg. Endlich sah ich vor mir die Tür, die wohlvertraute, schwere, eichene Tür, die zu Dietrichs Saal und Kammern führte. Sie stand halb geöffnet, leer starrte sie mich an. Ich trat ein, die Flügel knarrten – Dietrich mußte mich schon gehört haben, Umkehr war unmöglich.
‚Was ist geschehen, Meister Hildebrand?' fragte er, das Haupt auf die Arme gestützt. Ich trat näher an ihn heran; jetzt erst sah er auf: ‚Hildebrand! Wie seht Ihr aus? Ihr seid von oben bis unten von Blut überronnen! Ist es Euer Blut oder das der Feinde? Was ist Euch geschehen? So antwortet doch!'
‚Manches ist mein Blut, anderes stammt von den Recken aus Burgund. Hagen schlug mir die Wunde. Nur in größter Not konnt' ich entweichen!'
Dietrich musterte mich einen Augenblick schweigend, dann rötete sich seine hohe Stirn, die Ader an der Schläfe schwoll an, und er schrie: ‚Recht ist Euch geschehen! Habe ich Euch nicht geboten, Frieden mit den Burgunden zu halten? Mit dem Tod sollte ich Euch strafen, wär's mir nicht auf immer leid!'
‚Herr', sprach ich leise und mit gesenktem Haupt, ‚zürnet mir nicht allzusehr; groß ist der Schaden, den wir erlitten haben. Wir wollten Rüdigers Leichnam holen, wie Ihr uns befohlen habt, und Gunthers Untertanen mißgönnten uns dies und fingen an zu spotten. Da geriet Wolfhart in großen Zorn ...'
‚So ist Rüdiger also wirklich dahin, wie Siegstab berichtet hat? Ich wußte, daß jede Hoffnung töricht war, aber ich wollte es erst aus Eurem Munde hören. – Habt Ihr erfahren, wer Rüdiger erschlagen hat?'
‚Es tat der starke Gernot; er fand jedoch dabei von Rüdigers Händen selbst den Tod.'
‚Nun, Meister Hildebrand, so sagt den Meinen an, daß sie sich waffnen und mir bringen sollen mein lichtes Streitgewand. Ich muß nun selbst den schweren Gang zu den Burgundenhelden gehen.'

Dietrich wußte es ja noch immer nicht. Wie sollte ich es ihm nur sagen? Er schaute mich mit hochgezogenen Brauen an. Worauf wartest du noch? fragte sein Blick.
‚Herr Dietrich', begann ich zögernd, ‚mein lieber Herr, es gibt sonst niemanden mehr, der mit Euch gehen könnte. Eure ganze Streitmacht bin ich allein, ich alter Hildebrand – all Eure Recken liegen von den Burgunden tot im Saale!'
‚O weh!' rief er da. ‚Wehe, wehe, wehe – ich armer Dietrich! Warum habt Ihr Götter mich verlassen? Wo ist mein getreuer Helferich? Wo sind Wolfhart, Siegstab und all die anderen Recken? Alle tot? Wie können die tapferen Helden nur alle von den Händen der Schlachtmüden gefallen sein? Einzig mein Unheil war es, das sie fällte!'
‚Ein jeder von ihnen hat wacker gestritten, Herr. Bessere Helden als sie und die Burgunden sah ich niemals!'
‚Wieviele sind von den Nibelungen noch am Leben?'
‚Einzig König Gunther und Hagen.'

‚Bald werden wir alle an Walvaters Tafel sitzen. Ich will nun selbst die beiden Helden bezwingen! Helft mir, mein Streitgewand anlegen, Meister Hildebrand!'
Wir gingen hinunter in die Rüstkammer; Dietrich nahm seinen Harnisch, und ich selbst mußte ihm dabei helfen, ihn zu verschließen. Er legte sich die Beinschienen um, ich holte seine Waffen, gab ihm den Helm, nahm schließlich den Schild mit dem gekrönten goldenen Löwen von der Wand und reichte ihn meinem Herrn.
Dann schritten wir, nachdem ich mich notdürftig verbunden hatte, schweren Herzens über den verödeten Hof, den letzten Kampf zu bestehen. Hagen sah uns schon von weitem und rief Gunther zu: ‚Hoh, der Herr Dietrich kommt nun, sich nach allem, was wir seinen Mannen zugefügt, selbst mit uns zu messen! Nun werden wir bald sehen, wer der beste Streiter ist. Sei er auch noch so kühn und stark, es wird ihn doch meine Hand bezwingen!'
Mein Herr achtete dieser Rede nicht und wandte sich an den Burgundenkönig mit den Worten: ‚Was habe ich Euch getan, Herr Gunther, daß Ihr mir alle meine Recken schluget tot? Bin ich hier nicht heimatlos so gut wie Ihr? War es nicht schon schlimm genug, daß Ihr den Markgrafen Rüdiger getötet habt? Warum habt Ihr mir und Euch so Übles getan? Auch Eure tapferen Ritter liegen all erschlagen. Niemals, Herr Gunther, hätte ich Euch so schweres Leid zugefügt!'
Wieder ergriff zuerst der grimme Hagen das Wort: ‚Wer ist wohl schuldig, wenn Eure Recken alle im Streitgewand vor dem Saal erscheinen? Man hat Euch die Botschaft nicht recht überbracht!'
Mich durchfuhr abwechselnd Hitze und Kälte. Ich wollte etwas sagen, wußte aber nicht, was. Indes gebot mir Dietrich zu schweigen und fragte zurück: ‚Was soll ich stattdessen glauben? Hildebrand sagte mir, daß Euch meine Recken gebeten hätten, Rüdigers Leichnam herauszugeben, und Eure Antwort sei nur Spott gewesen.'
‚Es ist richtig, daß sie den toten Rüdiger holen wollten', antwortete nun Gunther, ‚aber Etzeln zum Trotze, nicht um Euretwillen, versagte ich dies, und darum begann Wolfhart, uns zu schmähen.'
Dietrichs Blick wanderte von den beiden rotüberkrusteten Recken mit den von Schmutz und geronnenem Blute starrenden Haaren und Bärten zu den verbrannten Trümmern des Pallas, vor dem sie standen, und sagte leise: ‚Es sollte nun also geschehen.'
Dann sah er wieder Gunther ins Gesicht und sprach mit fester Stimme: ‚Herr Gunther, versühnt mir das Herzeleid, das Ihr mir zugefügt habt, indem Ihr Euch mit Hagen als Geiseln ergebt. Ich biete Euch dafür meine Treue und gelobe, nach Kräften zu verhindern, daß Euch jemand hier bei den Hunnen Leides tut.'
‚Das möge der Heeresgott verhüten', brauste Hagen auf, ‚daß sich zwei Recken dir ergeben, die noch streitbar gewaffnet sind. Noch immer stehen wir frei vor unseren Feinden!'
Kummervoll sah ihn Dietrich an: ‚Ihr tätet gut daran, mein Angebot nicht zu verweigern. Es ist die Sühne, die ich billig von Euch fordern darf – und ich gebe Euch mein Wort, daß ich Euch selbst heimgeleite ins Burgundenland und darüber wache, daß Euch von König Etzels Mannen nichts geschieht. Nehmt mein Treuewort an, ich will darüber all mein Leid vergessen!'
Beschämt stand ich neben meinem großen Herrn, beschämt über seine Güte, traurig und erhoben

Bild 29 | Dietrich von Bern

zugleich. Freilich wußte ich, wie sich Hagen und mit ihm auch Gunther entscheiden würden: ‚Schweigt mir mit solchem Begehren!' tönte Hagens Stimme die Treppe hinunter und hallte von den schwarzen Wänden wider, ‚was frommt es uns, wenn dereinst die Mär gesagt wird, wir hätten uns beide ergeben, obgleich unsere Hände noch der Schwerter mächtig waren? – Steht doch bei Euch nur Hildebrand alleine!'
Nur Hildebrand alleine! fuhr mir seine Rede durch den Kopf – dabei waren vorhin Volker von Alzey und so viele andere auserkorene Helden durch mein Schwert gefallen! Eben hatte ich noch die Milde meines Herrn bewundert, und schon wieder schwoll die Wut in mir empor. Da aber stach mich die Wunde, die mir Hagen geschlagen hatte, in der Brust, und der Schmerz bremste meinen Zorn, so daß ich den Tronjer nur ermahnte: ‚Die Hand, die Herr Dietrich Euch reicht, solltet Ihr billig ergreifen! Es wird bald die Stunde kommen, da Ihr bereuen werdet, seinen Frieden verschmäht zu haben.'
‚Tatsächlich nähm' ich eher seinen Frieden anstatt wie Ihr, Herr Hildebrand, mit Schimpf und Schande aus dem Saal zu fliehen. Nach allem, was von Euch gerühmt wird, hätte ich wahrlich anderes erwartet!'
‚Und Ihr' rief ich zurück, ohne mich lang zu besinnen, ‚wer hat am Wasgensteine damals zugesehen, als der starke Walther von Spanien ihm so viele seiner Mannen erschlug?'
Es war eine alte Geschichte, die mir eben einfiel, weil sie Hagen nicht zur Ehre gereichte. ‚Ihr solltet lieber vor eurer eigenen Türe kehren!'
‚Schluß jetzt', hörte ich da Dietrichs Stimme neben mir; sie konnte, so mild er war, auch immer scharf und schneidend sein und keinen Widerspruch dulden. ‚Was keift ihr wie die alten Weiber! Meint ihr, daß das Helden ziemt? Schämt Euch, Meister Hildebrand, vor mir heimatlosem König solche Scheltreden zu halten!'
Ich schwieg betreten, aber auch Hagen unterließ es, noch etwas zu entgegnen. ‚Habe ich eben recht gehört, Herr Hagen', fuhr Dietrich fort, ‚was Ihr zu eurem Herrn sprachet, als Ihr mich gewaffnet kommen saht? Ihr sagtet, Ihr wolltet mich allein im Streit bezwingen?'
‚Das wird Euch niemand leugnen', antwortete Hagen hochfahrend. ‚Wer uns als Geiseln begehrt, der soll dieses Schwert der Nibelungen zu spüren bekommen! Das hat schon manchen Helm durchschlagen und ist noch immer unzerbrochen.'
Kaum hatte er zu Ende gesprochen, schwang er schon das Schwert über seinem Haupt und sprang in langen Sätzen auf Dietrich zu. Dieser hatte Hagens Angriff schon erwartet, riss den Schild hoch und fing den gewaltigen Hieb auf. Ein Schlag nach dem anderen prasselte auf Dietrichs Wehr, zwang ihn, sich zu ducken und sogar manchen Schritt zurückzuweichen, während der Tronjer tobte. Dietrich kannte Hagens große Kräfte, wußte aber, daß selbst ein Recke wie er nach tagelangen Kämpfen erschöpft sein mußte. Es war kein Unvermögen des Berners, der bis auf den einzigen Wittich, welcher Wielands Wunderschwert Mimung führte, die besten Recken im Fechtkampf besiegt hatte, daß er Hagen seine Streiche nicht gleicherweise vergolt. Trotz des empfangenen Leides hatte er noch Willen und Hoffnung, das Leben der auserlesenen Helden vor Kriemhilds Rachsucht zu erretten; darum und aus ritterlichem Sinn für den Ermüdeten verzichtete er auf tödliche Streiche und barg sich hinter seinem Schild.
Allmählich wurden Hagens Schläge schwächer, und die

Pausen zwischen ihnen vergrößerten sich. Schließlich ergriff der Tronjer das Schwert mit beiden Händen, legte in jeden Schlag das ganze Gewicht seines Leibes, stieß dabei einen keuchenden Schrei aus, stürzte beinahe in voller Länge über Dietrichs Schild und mußte sich auf diesem abstützen, um sich sodann, auf den Boden speiend und mit rötlichem Schaum vor dem Munde, wieder aufzurichten, langsam mit ermatteten Armen das Schwert hochzuziehen und erneut auf Dietrichs Schild niederzufallen, wieder und immer wieder.
Zuletzt aber machte der Berner dem ungleichen Kampf ein Ende: Ein sicher gezielter, empfindlicher, doch nicht tödlicher Streich durchschlug Hagens zerbeulte Rüstung und riß ihm eine Wunde ins kampfmürbe Fleisch. Hagen wankte getroffen vor ihm. Jetzt hielt Dietrich den Augenblick für gekommen, den Tronjer noch lebend zu überwältigen. Er warf sein Schwert fort, stürzte sich mit bloßen Händen auf den Gegner, wand ihm den Balmung aus der Faust und rang ihn nieder.
Mit meiner Hilfe wurde der Recke gebunden, ohne daß der ermattete Gunther noch einen Versuch gemacht hätte, ihm beizuspringen, dann brachte Dietrich den gewaltigen Kämpen gefesselt zu Kriemhild. Wie ein verwundeter Riese stand er, von Blut und Ruß bedeckt, mit vor Erschöpfung entstellten Zügen, doch ungebeugt und trotzig, vor ihr. Sie starrte ihm voll höhnischer Verachtung ins Gesicht, wandte sich dann von seinem verwüsteten Antlitz ab und sprach Dietrich einen kalten, kurzen Dank aus. Er verneigte sich vor der Königin und bat um Hagens Leben: ‚Der Held hat das Leid, das er Euch tat, genug vergolten. Ich bitte Euch, Frau Königin: Schenkt ihm das Leben!‘ Sie antwortete darauf nichts und ließ Hagen in den Kerker führen.

Gunther stand währenddessen noch vor dem Portal des zerstörten Palastes und stützte sich auf seinen gänzlich zerhauenen Schild. Als er Dietrich und mich zurückkommen sah, richtete er sich noch einmal auf, drohte uns mit dem Schwert und wankte dem letzten Kampf mit dem Berner entgegen. Noch immer wehrte er sich mit grimmigen, nach all dem Streiten erstaunlichen Kräften, so daß es Dietrichen schwer ward, ihn gleich Hagen lebendig zu überwinden. Zuletzt aber mußte sich der Burgundenkönig doch gefangengeben.
Was immer auch über sein Heldentum an Zweifelhaftem ruchbar wurde, ist durch seine großen Taten an Etzels Hofe versöhnt.

XXIV

Auch Gunther wurde von meinem Herrn nun Fesseln gelegt, was bei einem König gewiß nicht höfischen Sitten entspricht – um seines zornigen Mutes willen jedoch not tat – sodann die von soviel Heldenblut geröteten Stufen hinabgeführt und seine Schwester überantwortet. Als sie ihren einst mächtigen nun besiegten und gebunde Bruder vor sich sah, sagte nur ,Willkommen, Gunther a Burgundenland', als sei er eben erst an Etzels Hofe angelangt. Gunther neigte das Haupt und mied ihren Blick. Dann sprach leise: ,Der Gruß, meine edle Schwester, wäre dir erwidert, hättest du ihn nicht im Spott getan.'

Wie Gunther, Hagen und Kriemhild ihr Ende fanden

Auch Gunther wurde von meinem Herrn in Fesseln gelegt, was bei einem König gewiß nicht höfischen Sitten entspricht – um seines zornigen Mutes willen jedoch not tat –, sodann die von soviel Heldenblut geröteten Stufen hinabgeführt und seiner Schwester überantwortet. Als sie ihren einst mächtigen und nun besiegten und gebundenen Bruder vor sich sah, sagte sie nur ‚Willkommen, Gunther aus Burgundenland', als sei er eben erst an Etzels Hofe angelangt. Gunther neigte das Haupt und mied ihren Blick. Dann sprach er leise: ‚Der Gruß, meine edle Schwester, wäre dir erwidert, hättest du ihn nicht im Spott getan.'
Kriemhild befahl, Gunther ebenfalls in ein Verlies zu werfen, welches aber so weit von dem seines Vasallen entfernt sein solle, daß sie einander nicht sehen noch sprechen könnten. Ihrer beider Leben lag jetzt ganz in ihrer Hand. Dietrich unternahm noch einen letzten Versuch, sie zu retten; er bat, er beschwor Kriemhild um Gnade und Schonung für die Recken, da noch nie so große Helden als Geiseln genommen worden seien. Sie suche das Mögliche zu tun, beschied sie ihn knapp, hieß uns gehen und begab sich allein in die Kerkerzelle, wo der gefesselte Hagen, von zwei Hunnen bewacht, am Boden kauerte.
Inzwischen war auch König Etzel herbeigekommen; schweigend standen wir in dem dunklen Hofe beisammen und suchten erschüttert die grausigen Ereignisse zu fassen, als einer der beiden Kerkerwächter eilig gelaufen kam und seinen Herrn anrief.

‚Ist es noch immer nicht vorbei?' fragte dieser matt. Erregt berichtete der Hunne, was eben vorgefallen war: Kriemhild sei vor Hagen getreten und habe ihn nach dem Hort gefragt: ‚Wollt Ihr mir wiedergeben, was Ihr mir gestohlen habt, so mögt Ihr noch lebendig an den Rhein kommen' – doch der Tronjer habe nur geantwortet: ‚Eure Rede ist umsonst, Frau Königin, denn ich schwur einen Eid, daß ich solange nicht verrate, wo der Hort versenkt ist, wie einer meiner Herren noch am Leben ist.'
‚Ich bring' es dann zu Ende', seien darauf Kriemhilds Worte gewesen, und sie habe sich in das Gefängnis ihres Bruders begeben, sagte der Wächter.
Wir wußten, daß dort das Entsetzliche geschehen würde; einzig Dietrich könnte noch imstande sein, es abzuwenden. Schnell rannten wir in jenen kleineren, abgetrennten Innenhof der Burg, wo sich zwischen fünf Ellen dicken Mauern der Eingang zu den finsteren Verliesen öffnete. Er war ein schwarzes, totes Loch. Die kalte, modrige Luft der Tiefe schlug uns entgegen. Wir sprangen die Stufen hinunter und stürzten durch lange Gänge, an deren Wänden Fackeln in eisernen Ringen staken.
Zunächst liefen wir in die Richtung, wo Gunthers Gefängnis war, doch als wir Kriemhilds Stimme aus Hagens Verlies hören konnten, machten wir kehrt und eilten dorthin. Als wir die Zelle erreicht hatten, stockte uns der Atem: Hagen saß, mit Händen und Füßen an die Kerkerwand gekettet, auf einem dürftigen Häuflein Stroh. Er lehnte mit dem Rücken an der Mauer und hatte die Beine angewinkelt. Vor ihm stand, hoch aufgerichtet, Kriemhild – in der Hand das Haupt ihres Bruders. Sie hatte den Arm ausgestreckt und hielt

den abgeschlagenen Kopf mit den zerrissenen Zügen am Haarschopf vor Hagens Gesicht; von der runden Schnittfläche des Halses tropfte dickes, zähes Blut. Hagen sah ohne jedes Entsetzen in die toten Augen seines Königs; fast stand ihm etwas wie Entzücken im irren Angesicht, dann verzog er den Mund, und ein dröhnendes Lachen erfüllte den Kerker. Wie angewurzelt standen wir in der Tür.
Allmählich ging Hagens Lachen, als ob er keine Luft mehr bekäme, in ein lautloses Kichern über, das seinen ganzen Körper schüttelte. Endlich hatte er sich gefaßt und sagte zu Kriemhild, während ihm Speichel vom Kinn troff: ‚Du hast es ganz nach deinem Willen zu Ende gebracht, und es ging doch so, wie ich gewünscht habe. Nun sind alle drei Könige der Burgunden tot, und den Ort des Schatzes wissen nur die Götter und ich. Er wird dir immer, du Teufelin, verhohlen sein!'"

Das Auge des Einsiedlers war weit aufgerissen und leuchtete wieder in seiner schwarzen Glut, als Hildebrand leise die schrecklichen Worte Hagens wiederholt hatte.
„Zuletzt hat Hagen also den König selbst verraten und der Schwester Zorn geopfert, seinen König, dem er sonst immer treu war, und er tat es, um den Hort auf ewig zu verbergen", sprach der Alte und starrte gebannt wie durch Hildebrand hindurch, als sähe er hinter ihm den Schatz der Nibelungen gleißen. „Am allertreuesten war er dem Hort, der gewiß nicht für Kriemhild bestimmt war, auch wenn ihn Siegfried einst erwarb, und ebensowenig für König Gunther.
Wenn ein Schatz einem Könige wirklich zukommt, so ist er das sichtbare Bild seines Heils, welches dann auf allen Geschmeiden und Goldstücken glänzt. Jenes Heil reicht der König weiter, wenn er mit Goldreifen die Arme seiner Mannen umwindet, die ihm dadurch in Treue verbunden sind, und diese können das Heil ihrerseits weitergeben, wie Ihr es bei Eurem Sohne tun wolltet, Herr Hildebrand, aber er nahm Eure Baugen nicht, und es wohnt ja auch kein Heil mehr in Etzels Gold. Der Hort der Nibelungen aber mußte zur Tiefe zurückkehren, der er entstammt und wo er dem Albenvolk, den Kindern der Finsternis, die in den Geweiden der Erde schürfen, zu eigen war."
Hildebrand saß beklommen auf der Bank und schwieg, von seiner langen Rede erschöpft. Der Einsiedler fuhr fort:
„Ich glaube, ich weiß noch etwas, was es mit jenem Schatze auf sich hat, doch zuvor will ich Euch von einem anderen Hort erzählen, dem ersten und größten, von dem alle anderen Schätze ihren Glanz geborgt haben: Es ist der, den die Götter Odin, Loki und Hönir einst dem Riesen Hreidmar als Wergeld für seinen Sohn darbieten mußten, den Loki unwissentlich mit einem Steinwurf getötet, da er die Gestalt eines Otters angenommen hatte und Fische fing. Ich sagte schon früher, daß ein Tier im Menschen wohnt, welches von Zeit zu Zeit hervorbricht, doch zuweilen kann einem auch ein menschenähnliches Wesen in Tiergestalt begegnen. – Wißt Ihr von diesem Hort, Herr Hildebrand?"
Der Angesprochene schüttelte stumm den Kopf.
„Hreidmar und seinen beiden anderen Söhnen gelang es nach diesem Totschlag, die drei Asen selbst gefangenzunehmen, als sie, ohne zu ahnen, daß er der Vater des Getöteten sei, zum Nachtlager bei ihm weilten, und Odin mußte Loki ausschicken, das Gold eines Zwergen namens Andwari zu gewinnen, denn allein

dieser besaß so viel, daß sie damit ihre Häupter lösen konnten. Loki fing den Zwerg und nahm ihm seinen Hort bis auf einen wunderbaren Ring, von dem immer neues Gold abperlt und niedertrauft, so daß der Schatz sich wunderbar vermehrt, aber der Listenreiche sah zuletzt auch diesen Ring, den der Zwerg ihm verhehlen wollte und forderte auch ihn. Daraufhin verfluchte Andwari den Ring und fügte es, daß er jedem, der ihn besäße, unabwendlichen Tod bringen solle. Loki jedoch kümmerte dies wenig, denn die Götter gaben den Ring mitsamt dem übrigen Golde Hreidmar als Sohnesbuße. Der Riese ließ sie frei und wurde wenig später von seinen Söhnen, die ihm die Schätze neideten, erschlagen.
Einer der Söhne hieß Regin und war ein großer Schmied, der andere Fafnir, der später den ganzen Hort an sich riß, seine Gestalt in die eines Drachen wandelte und fortan neidherzig auf dem Golde hockte – wie ja auch sonst oft Schlangen über Schätze wachen oder sich um sie ringeln, wie der große Wurm, der den ganzen Erdkreis umschlingt und eines Tages Thors Hammer erliegen wird. – Durch Andwaris Fluch und Fafnirs Vatermord kam zuerst der Streit um das Gold in die Welt."

„Fafnir?" wiederholte Hildebrand erstaunt und dachte kurz nach. „Mir ist, als hätte ich diesen Namen schon einmal gehört, als von dem Lindwurm gesungen wurde, den Siegfried erschlug! Aber hätte dieser Wurm seine Schätze zuvor Nibelung und seinen Alben einfach überlassen?"
„Wer weiß?" antwortete der Greis verschmitzt. „Die Zwerge sind ein kluges und listenreiches Volk; vielleicht läßt sich sogar ein Lindwurm von ihnen bezähmen. Womöglich war es aber doch ein anderer Drache, und er glich jenem Urwurm nur in der Art, wie die Bewohner Midgards denen von Asgard ähneln."
„Wie ähneln sie sich denn?" fragte Hildebrand mit einem Blick, dessen verhaltene Neugier sein zweifelndes Stirnrunzeln überwog.
„Etwa so wie ein schnell verschwimmendes Spiegelbild im Weiher dem, der gerade hineinschaut."
Da Hildebrand diese Worte erwog und unschlüssig war, ob er noch weiterfragen, erst über das Gesagte nachdenken oder lieber gleich das Ende vom Untergang der Burgunden erzählen sollte, erläuterte der Einsiedler sein Gleichnis: „Menschen und Götter ähneln sich, indem in jenen neben dem tierischen auch etwas vom göttlichen Wesen lebt, etwa Odins Zornwut im Krieger und sein wahrsagender Geist im Sänger. Oder Thors wackere Stärke im Manne und die verlockende Lieblichkeit Freyjas im Weibe, der Scharfsinn Lokis im Listigen und die Unschuld Balders im Treuherzigen. Die Menschen tun darum in ihrem kleinen Kreise das, was ihnen mit den großen Schöpfungswerken einst die Götter vorgemacht, und diese wirken in jeder menschlichen Handlung ihre alten Werke aufs Neue. So könnte es bis in alle Ewigkeit geschehen ..."
„Und warum geschieht es nicht auf ewig? Warum bröckelt und knirscht die Ordnung, welche die Götter errichtet haben, heute in allen Fugen? Warum ist die Schwert- und Beilzeit, wie Ihr vorhin nach einem Liede sagtet, warum die Windzeit und Wolfzeit angebrochen?" fragte Hildebrand leise, und in seiner Stimme lag bei allem Zweifel doch eine große, beinahe angstvoll erregte Spannung.
Der Einsiedler hielt einen kurzen Augenblick inne und schaute Hildebrand mit einem tiefen, traurigen

Ausdruck an. Dann antwortete er leise: „Weil, wie man in Dichterworten sagt, überall gefräßige Schlangen im Weltbaume nisten – in jenem großen Baum, der alle neun Heime durchwächst und durch dessen Äste und Zweige alles Leben pulst. Die Skalden des Nordens heißen ihn Yggdrasil. Weil auch an seinen Wurzeln Schlangen weiden, während oben im Blattwerk Hirsche äsen. Weil man für jedes noch so geringe Häuslein, das irgendwo errichtet wird, ein kleinwenig mehr von seinem Holze fällt, als eigentlich nötig wäre. Auch weil die Riesen und Ungetüme von jenseits der gestalteten Welt die Heime der Götter und Menschen bedrängen. Und am allermeisten, weil der große Wolf immer heftiger an den Fesseln reißt, in die ihn die Götter gelegt haben, und der Tag, an dem er ausbricht, immer näher rückt. Weil alles Leben, Herr Hildebrand, ein Sichverströmen ist, ein Sichverzehren und Sichverschenken."

Hildebrand legte einen Finger an den Mund, zog die Stirn erneut in tiefe, nachdenkliche Falten und bedachte diese Rede. Ganz wollte er sich von all dem noch immer nicht überzeugen lassen – und was hatte es auch mit den Ereignissen an Etzels Hof zu tun? Er nahm einen Schluck aus dem Methorn und knüpfte dort wieder an, wo er von dem Alten unterbrochen worden war: „Vielleicht ist es aber doch kein Verrat, sondern Treue gewesen, wenn nicht gegen Gunther so doch gegen das Burgundenreich, daß Hagen seiner Feindin im Angesicht des Todes den Schatz nicht überlassen wollte."

„Was frommt es dem Reich, wenn der letzte der Könige von Kriemhilds Händen stirbt? – Und Hagen hat sie zu dem Brudermord veranlaßt! Außer ihm und den Herren von Burgund wußte niemand, wo der Hort versteckt war."

„Es mag auch Rache eine Rolle gespielt haben, Rache, die Kriemhilds Rachsucht überwand", suchte Hildebrand noch ein Wort für Hagens Ehre vorzubringen. „Ich hätte den Hort ebenso verhehlt", beeilte er sich hinzuzufügen, bemerkte aber sogleich, daß Rache keine Treue ist.

Der Alte ging darauf nicht ein, sondern sah Hildebrand eine Weile ins Gesicht, dann rückte er ein wenig näher und sprach: „Nun will ich Euch noch etwas vom Horte sagen, Herr Hildebrand. Es war mir schon vorhin aufgefallen, als Ihr von der Größe des Nibelungenhortes spracht."

„Von der Größe des Hortes?" fragte Hildebrand erstaunt zurück.

„Als Ihr erzähltet, wie Gernot und Giselher als Kriemhilds Gesandte den Hort ins Burgundenland führten, sagtet ihr genau, auf wievielen Wagen Alberich die Schätze aus dem Berge fahren ließ und wie oft seine Mannen dies tun mußten, bis alles vor den Brüdern ausgebreitet lag."

Hildebrand stutzte, dann wiederholte er noch einmal, was er darüber gesagt hatte: „Zwölf Wagen sind vier Tage lang neunmal des Tags gefahren. So haben es Reisende berichtet, die vom Rhein zu König Etzel gekommen waren. Ich habe es mir wie alles gemerkt, was ich aus den westlichen Ländern erfuhr, aber ich habe weiter nichts von dem verwunschenen Schatze wissen wollen."

Da rückte der Einsiedler noch näher an Hildebrand heran, so daß dieser ihm genau in sein seltsames Auge schauen mußte, und fragte: „Wieviele Fuhren Goldes waren es also?"

Hildebrand rutschte auf der Bank etwas zurück, überlegte einen Augenblick und antwortete: „Vierhundertzweiunddreißig Wagenfuhren."

„Ihr hattet sodann noch eine weitere Zahl genannt, ohne es recht zu bemerken. Erinnert Ihr Euch jetzt?" fragte der Alte beharrlich weiter, während Hildebrands Verwunderung immer mehr wuchs. „Ihr fügtet hinzu, daß Kriemhild alles Gold für ihren Siegfried geben würde, wäre es auch tausendmal soviel. Wieviele Fuhren wären es also dann?"
Unwillig schickte sich der alte Waffenmeister in die Rolle des abgefragten Zöglings, die der Einsiedler ihm plötzlich zugedacht hatte: „Dann sind es also vierhundertzweiunddreißigtausend."
„Wißt Ihr, was diese Zahl bedeutet?"
Hildebrand hob nur die Schultern.
„Dann will ich Euch verraten, was ich einst im Norden von einem zauberkundigen König erfuhr, der in des Dreimalhohen Haus geweilt hat: Fünfhundertundvierzig Tore hat Odins Halle, und achthundert seiner Recken können zugleich durch jedes der Tore eilen, wenn sie zuletzt ausziehen, um gegen den Wolf zu kämpfen. Zusammen sind es vierhundertzweiunddreißigtausend. Es ziehen also tausendmal soviele gefallene und entrückte Helden, die Walvater von seinen Schlachtenjungfern erkiesen ließ, durch die Tore von Walhall wie Teile des Schatzes aus Alberichs Berg gefahren wurden – und wenn die Nibelungen den Hort versenken und, von Hagen geführt, in den Untergang reiten, sehen wir darin das Schicksal der einherischen Helden, die Walvater einst zur großen Schlacht rufen wird, wenn der Wolf sich losreißt und die Welt vergeht.
So tun wir, was auch die Götter und ihre Erwählten wirken. Oft wissen wir es nicht, aber Odins Met öffnet die Münder und macht unsere Worte weiser als die Gedanken, nach denen wir sie zu bilden wähnen. – Und jetzt erzähle ich Euch noch etwas von dem Hort, den Siegfried und Hagen, der strahlende und der dunkle Liebling des Walgottes, für eine gewisse Zeit erwerben durften: Spracht Ihr nicht selbst davon, daß Siegfried nach Kriemhilds Worten vor den anderen Helden wie der lichte Mond vor den Sternen stand – ebenso wie Kriemhild vor den anderen Frauen?"
Hildebrand nickte stumm.
„In alten Zeiten zählte man das Jahr noch nicht wie heute nach den Kreisen, die Sonne und Mond um Midgard, die Menschenwelt, ziehen, sondern nach den Nächten, in denen der Mond über den gestirnten Himmel wandert: Siebenundzwanzig Nächte braucht er, um das ganze Sternengezelt zu durchmessen; diese bilden den Sternenmond, der gleich den neun Heimen der Welt in dreimal neun Nächte geteilt wurde. Sechzehn Sternenmonde sind somit ein Sternenjahr zu vierhundertzweiunddreißig Nächten, und wenn Ihr auch die Tage, an denen der Mond unsichtbar wandelt, den Nächten zuzählt, sind es vierundfünfzig Tage und Nächte. Acht solcher Tagnächte bilden wieder ein Sternenjahr. – Denkt nun an die fünfhundertvierzig Tore von Walhall, an die achthundert Recken, die durch ein jedes laufen, und Ihr findet wieder jene tausendfache Zahl, die vierhundertzweiunddreißigtausend Erkorenen, und erkennt, daß für Odin ein Jahr wie für den eschengeschaffenen Menschen ein Jahrtausend ist. Der Hort gleicht Walvaters einherischen Helden ebenso wie dem vom Monde durchmessenen Sternenhimmel. Erkennt Ihr nun, daß es hier um mehr als Macht durch Gold und Silber geht? Hagen, der Hortgierige, war zwar ein Schützling Walvaters, doch es liegt auch viel Albentum in seinem Wesen, etwas von der Widerwelt, die den Göttern ihren Glanz neidet. Aber Odin selbst hat in Urzeiten mit seinem Widersacher Loki das Blut gemischt –"

Staunend starrte Hildebrand dem uralten Manne ins weißumflorte Gesicht. Die Worte des Einäugigen drehten sich in seinem Kopfe: Siegfried und der lichte Mond – die Nibelungen und Odins Mannen – der gewaltige Schatz, den der Tronjer in nur einer Nacht versenkt haben soll – Hagen, der die Todgeweihten wie Odin die auserkorenen Helden führt – das Weltende und Etzels Halle – – Allmählich klärten sich Hildebrands Gedanken etwas, obgleich ihm noch viele Rätsel ungelöst schienen, und er starrte auf die Schatten an der gegenüberliegenden Wand, als suche er in ihrem flackernden Spiel nach den Bildern, die er in Hagens Kerker geschaut. Langsam und bedächtig fuhr er fort und erzählte dem Einsiedler das Ende vom Untergang der Nibelungen:

„Wir drängten uns also in der Tür des Kerkers und wagten doch nicht einzutreten. Ich konnte Kriemhilds Gesicht von der Schwelle aus nicht erkennen, aber ihre Stimme klang auf einmal wie damals, als ich sie das erste Mal im Wormser Rosengarten sah. Sie sagte leise: ‚Ihr habt mir wenig Vergeltung gewährt, Herr Hagen, aber das Schwert will ich mir doch wiedernehmen, das mir als einziges von meinem Schatze bleibt. Mein Liebster trug es an jenem Morgen, als er mich verließ und von Euren Schulden nimmer wiederkehrte.‘
Der auf dem Boden hockende Recke schien mir in der geringen Zeit, die vergangen war, seit ich ihn zum letzten Mal gesehen hatte, um Jahre gealtert, während Kriemhild wie das Mädchen sprach, das sie einst gewesen.
Beide waren so sehr in ihre Zwiesprache versunken und“ – hier hob Hildebrand den Kopf und sah den Einsiedler an – „in die Erfüllung ihres gemeinsamen Schicksals verwoben, daß sie uns noch immer nicht bemerkt hatten. Kriemhild beugte sich über den alten Helden und zog ihm das Schwert aus der Scheide. Sie wog das glänzende Eisen in der Hand, strich sogar mit der Kuppe des Zeigefingers darüber, betrachtete zärtlich den grünen Stein am Knauf – dann zischte ein silberner Strahl durch die Luft, unter Hagens linkem Ohr war plötzlich, wie hingemalt, ein roter Strich, der sich in seinem Bart verlief, dann kippte sein Kopf nach vorne, rollte über die Brust und fiel zwischen seinen Beinen auf das Stroh.
Im selben Augenblick überkam mich wieder mein wilder Zorn, diese wölfische Wut, die in den Geweiden lodert – mein Lagulf fuhr aus der Scheide, noch mehr Silberstrahlen zuckten durch die Zelle, immer mehr, und über Krimhilds Kleid schossen lauter rote Streifen und Flecken, die schnell größer und breiter wurden; dann war mir, als ob sich die Königin vor meinen Augen auflösen und in einen roten Bach mit weißen Schaumkronen zerfließen würde. Währenddessen schrie es im Kerker aus zweierlei Kehlen, ganz deutlich konnte ich die Stimmen vernehmen. Die eine verebbte, als sich Kriemhild zerlöste, während die andere weiter mein Ohr durchtönte, schließlich mit starken Schlägen in meinem Schädel hämmerte, so laut, daß sich mein ganzer Oberkörper schüttelte. ‚Hildebrand, Hildebrand!‘ sah ich meinen Namen hell im Haupte leuchten, begriff langsam, daß ich von Dietrich gerufen wurde, spürte endlich seine starken Arme, die mich an den Schultern gepackt hatten und an mir rüttelten, fühlte mich vorwärts durch dunkle Gänge gerissen, während ich über steinerne Stufen stolperte, und fand mich endlich

Bild 30 | Hagens Tod

erschöpft und schweißgebadet mit König Etzel und Herrn Dietrich wieder draußen auf dem nächtlichen Hof.
Stumm standen wir in der Finsternis, dann sagte Etzel nur: ‚Wehe, daß ein Held wie Hagen, der allerbeste, der je einen Schildrand getragen, von der Hand eines Weibes fallen mußte', und Dietrich stimmte in diese Klage ein: ‚Weh um Hagen, Weh um Rüdiger, Weh um die gefallenen Recken.'
Ich sah mich um und bemerkte, daß Menschen zusammengelaufen kamen, immer mehr Menschen, die weinten und klagten und Weh riefen – nur: ‚Weh um Kriemhild, die Königin' rief niemand, nicht einmal König Etzel, dem ich sein Weib erschlagen und mit dem Schwerte zu Stücken gehauen hatte.
Weinen und Klagen hat man noch lange gehört, wenn man durch das Hunnenland die Donau aufwärts reiste, besonders in Bechlarn, wohin uns die schlimmen Mären schon vorausgeeilt waren, als ich mit Dietrich dort ankam, um Rast zu machen und um Gotelind mit ihrer Tochter unseres Schutzes zu versichern. Die Frau Markgräfin war trotz des großen Leides so gütig, auch uns als Gäste zu beherbergen, und sie erzählte mir noch mancherlei, als Dietrich schon gegen Bern aufgebrochen war."

„Das also war der Nibelungen Not", sprach der Einsiedler mit dem Kopfe nickend, und Hildebrand nickte ebenfalls und schwieg eine Weile. Dann sagte der alte Waffenmeister: „Als ob es damit nicht schon genug gewesen wäre. Aber zuletzt ßte ich auch noch meinen enen Sohn erschlagen."

diesem Augenblick ertönte außen der Schall eines Hornes. Die beiden Männer stutzten, sahen sich an und lauschten in die Dunkelheit. Ein weiteres Horn erscholl; durchdringend und lang zog der Ton über die nächtlichen Wälder hin, bis er langsam in der Stille verebbte. „Odoaker!" sagte der

Wie Hildebrand in den Bergen verschwand

„Das also war der Nibelungen Not“, sprach der Einsiedler, und Hildebrand nickte und schwieg eine Weile. Dann sagte der alte Waffenmeister in die Stille: „Als ob es damit nicht genug gewesen wäre. Aber zuletzt mußte ich auch noch meinen eigenen Sohn erschlagen.“

In diesem Augenblick ertönte draußen der Schall eines Hornes. Die beiden Männer stutzten, sahen sich an und lauschten in die Dunkelheit. Ein weiteres Horn erscholl; durchdringend und lang zog der Ton über die nächtlichen Wälder hin, bis er langsam in der Stille verebbte. „Odoaker!“ sagte der Alte laut zu Hildebrand und fuhr von der Bank empor. „Das sind Odoakers Mannen!“

„Sie haben von Hadubrands Tod erfahren und suchen den Mörder. Einige der Kriegsleute, die mein Sohn befehligte, hat mein hunnisches Geleit getötet; andere haben wir in die Flucht geschlagen. Danach schickte ich die Hunnen nach Bern, wo Dietrich neue Mannen werben und sich gegen Odoaker rüsten wollte –“

„Das heißt, Ihr seid ganz allein – Ihr müßt hier verschwinden!“ mahnte der Greis Hildebrand eindringlich. „Sie sind noch weiter unten in den Tälern, aber schon bald werden sie hier sein, und es fängt bereits zu tagen an!“

„Aber wo sollte ich hingehen?“ fragte Hildebrand ratlos. „Und warum sollte ich überhaupt noch irgendwo hingehen? Ich bin friedlos und unbehaust; ich habe meinen Sohn getötet und irre durch ein Land, das meinem Herrn nicht mehr zu eigen ist.“

„Verzagt nicht“, sprach der Einsiedler, der auf einmal wieder voller Ruhe und Zuversicht schien, und senkte die Stimme. „Ich weiß einen Weg, der gleich hinter meinem Haus beginnt und auf dem Euch niemand folgen wird. Kommt nur, ich will ihn Euch weisen! – Euren Sohn nehmt nur mit; Ihr werdet ihn nicht mehr weit zu tragen haben, und der Sturm hat sich mittlerweile gelegt.“

„Ich habe ihn schon weit genug getragen“, flüsterte Hildebrand und hob den Leichnam von der Bank auf. Mit Erstaunen bemerkte er, daß er ihm jetzt federleicht vorkam.

„Spürt Ihr, wie leicht er ist? Das letzte Stück Weges werdet Ihr auch noch mit ihm gehen können; Ihr seid wohl bald an Eurem Ziele angelangt, Herr Hildebrand!“

An meinem Ziel? wiederholte der alte Recke die Worte des wunderlichen Greises im Stillen. An welchem Ziel? – Doch noch ehe er sich entschließen konnte, nach dem Sinn dieser Rede zu fragen, fühlte er sich von der Hand des Alten mit sanftem Druck durch die Tür vor das Haus geschoben und ließ es willig geschehen. Über den Bergen zeigte ein lichter Streif das Nahen des Tages an.

„Geht dort über die Wiese hoch bis zum Waldrand und säumt nicht“, sagte der Einsiedler, indem er mit seinem knöcherigen Finger auf den gleich hinter der Hütte ansteigenden Hang zeigte. „Auf der Hügelkuppe werdet Ihr, ziemlich genau oberhalb meines Hauses, einen Weg beginnen sehen, der Euch in den Wald führt. Folgt nur immer diesem Weg! Wenn Ihr erst im Walde seid, werden Euch Odoakers Schergen nicht mehr finden. Der Pfad führt tief in das Gebirge; schon nach ein paar hundert Schritten wird er so schmal und die Felsen, in die er hineingetrieben wurde, steigen an den Seiten so hoch und nach innen gewölbt empor, daß sie sich über

Eurem Haupte beinahe berühren. Lauft immer weiter, bis Ihr zu einem Bach kommt, den Ihr überqueren müßt. Dann seid Ihr in Sicherheit!"
Hildebrand schaute abwechselnd auf den Wiesenhang und in das Gesicht des Alten, der ihm aufmunternd zunickte. Da ertönte wieder ein Horn; es klang schon merklich näher. „Nun zögert nicht, sondern tut, wie ich Euch geraten habe! Ihr müßt jetzt gehen!"
Noch immer unschlüssig warf Hildebrand einen Blick in das waldige Tal hinunter, von wo der Hörnerschall kommen mußte, dann nahm er die in eine Decke gehüllte Leiche über die Schultern, murmelte etwas von Gruß und Dank durch seinen lange nicht gestutzten Bart und setzte sich in Bewegung. Zu seiner Verwunderung bemerkte er, daß nicht nur die Last in seinen Armen viel leichter geworden schien, sondern daß jegliche Ermattung von ihm gewichen war. Er fühlte sich hellwach, obgleich er schon nächtelang kaum ein Auge zugetan hatte.
Rüstig stapfte er durch das betaute Gras voran, und bald hatte er die Hügelkuppe erreicht. Tatsächlich fand er sogleich den Weg, den ihm der Einsiedler bezeichnet hatte. Er mußte jetzt also oberhalb der Hütte stehen und sah noch einmal hinter sich, um sich des Ortes zu vergewissern und wohl auch, um dem Alten noch einen letzten Gruß zu entbieten. Allein, die Hütte war nirgends zu erkennen. „Oberhalb des Hauses?" fragte er leise vor sich hin, und seine Blicke wanderten von der nahen Wiese suchend über die entfernter liegenden Täler, die dunkel bewaldeten Bergrücken und die schroffen Höhenkämme, welche sich in großen hintereinanderliegenden Wellen bis zum Horizont erstreckten. Aus den Wiesen stiegen silbrige Nebelschwaden auf.
„Vor lauter Nebel kann man die Hütte nicht sehen", sprach er laut in die Einsamkeit, als wollte er seine Worte vor sich selbst bekräftigen, und betrat kopfschüttelnd das Waldesdunkel.
Nachdem er eine Weile durch den Hohlweg geschritten war, hörte er vor sich ein Rauschen, das mit jedem Schritte lauter wurde. Schließlich öffnete sich der Weg und gab den Blick auf einen reißenden Gebirgsbach frei, der wie gepeitscht durch sein schmales Bett ins Tal hinunterbrauste, dabei an manchen Stellen tiefe Becken aus dem Gestein herausgewaschen hatte, in die er seine Fluten ergoß, dort die Wasser vorübergehend in ihrem Strömen hemmte und sammelte, bis die Felswannen an den zur Tiefe hin gelegenen Rändern überliefen, so daß er schäumend von einer Kluft zur nächsten stürzte.
Da an ein Überqueren hier nicht zu denken war und unten im Tal Odoakers Schergen durch die Wälder streiften, wandte sich Hildebrand stromaufwärts und ging einen schmalen, in die Felsen gehauenen Pfad neben dem Ufer entlang. Weiter oben im Gebirge, so glaubte er, sollte der Bach auch schmaler werden. Vielleicht, daß es dort eine Brücke gäbe oder große flache Steine, auf denen man hinübergelangen könnte.
Wie er jedoch ein Stück Weges gegangen war, bemerkte er mit wachsendem Erstaunen, daß der Bach immer breiter wurde, dabei immer ruhiger und gleichmäßiger floß und zuletzt einem großen Strome gleichsah.
So groß und breit war der Strom schließlich, daß man kaum das jenseitige Ufer ausmachen konnte. Hildebrand blieb stehen, legte das verschnürte Leichenbündel auf das Geröll, um einen Augenblick auszuruhen, kniff die Augen zusammen und bemühte sich, auf der anderen Seite des Flusses etwas zu erkennen. Dunkel konnte

er eine bergige Landschaft erahnen. Seltsam, dachte er, daß die Sonne noch immer nicht aufgegangen ist; schließlich hat schon längst der Morgen zu grauen begonnen. Da gewahrte er nicht weit entfernt am Ufer einen kleinen hölzernen Kahn, darin ein Mann saß. Er trug einen langen weiten Mantel, und sein Haupt war mit einer Gugel bedeckt, welche sein Angesicht ganz verschattete. Hildebrand rief den Fergen an, doch er rührte sich nicht. Der alte Mann zwängte sich mit dem Leichnam zwischen den Felsbrocken hindurch, die ihn noch vom Ufer trennten, lief eilig über die weißen, knirschenden Kiesel auf das Boot zu, das eigentlich eher ein Einbaum war, doch der Fährmann rührte sich noch immer nicht. Endlich, als Hildebrand vor dem Kahn angelangt war, erhob sich der Ferge und sagte: „Ich will Euch schon übersetzen, Herr Hildebrand. Aber gebt mir zuerst Euren Sohn."
Hildebrand trat so nahe heran, daß seine Stiefel bereits von dem kristallklaren, kühlen Wasser umspült wurden, wollte die Arme ausstrecken und den Toten hinüberreichen – da sackten seine Arme kraftlos nach unten. Das leblose Bündel war auf einmal ungeheuer schwer. Nur mit größter Anstrengung gelang es ihm, seine Last emporzuwuchten und dem Fährmann auf die Arme zu legen. Dieser nahm sie mühelos entgegen und sagte: „Mein Kahn ist voll. Euch nehme ich ein andermal mit. Geht Ihr nur immer an der Küste entlang."
Hildebrand starrte entgeistert; noch immer konnte er das Gesicht des Fährmannes nicht erkennen, obgleich er dicht vor ihm stand. Der Ferge legte den Leichnam ins Boot, nahm darin Platz und blieb völlig regungslos sitzen, worauf der Nachen begann, sich langsam vom Ufer zu entfernen.

„Wohin soll ich gehen?" schrie Hildebrand, aber der Fährmann antwortete nicht. Noch lange sah der müde Kriegsmann dem Kahn hinterher, als dieser sich schon längst in der Ferne verloren hatte. Dann wandte er sich um und ging mit langsamen Schritten am Ufersaum entlang, immer weiter, bis er schließlich hinter einem Felsen verschwand.

Verirrte Wanderer behaupteten noch zuweilen, sie seien Hildebrand im Gebirge begegnet; er habe ihnen den Weg gewiesen und sie gefragt, ob Odoaker noch herrsche oder König Dietrich heimgekehrt sei; und wenn irgendwo in den Bergen über der Etsch oder bei der Berner Klause ein allzu wagemutiger Reisender in die Tiefe gestürzt war, dann hat man noch lange gesagt, der alte Waffenmeister König Dietrichs habe seinem Herrn die Grenzmark verteidigt und halte Wacht, bis dieser wiederkehre, sein Reich zu erobern.
Dank frommer Fürbitte oder kleiner Opfergaben, die man an Wegkreuzungen niederlegte, ist solches glücklicherweise nur selten geschehen.

Erläuterungen

BAUGEN	Armringe, Armreifen.
DER DREIMALHOHE	Odin (nach der Gylfaginning der Prosa-Edda).
EIGENHOLDER	zinspflichtiger Lehnsmann.
EINHERIER	die in einer Schlacht (auf der „Walstatt") gefallenen, von Odin oder seinen Walküren auserwählten Krieger, die ihn beim letzten Kampf gegen die Mächte der Zerstörung („Ragnarök") unterstützen.
FERGE	Fährmann.
FIBEL	Spange zum Verschließen eines Gewandes.
GUGEL	eine Haube, die Kopf und Schultern bedeckt.
HEL	germanische Göttin der Unterwelt sowie die Unterwelt selbst.
HINDIN	Hirschkuh.
HOLMGANG	Zweikampf, der oft auf einer kleinen Insel (Holm) ausgetragen wurde.
IRMINGOTT	großer Gott, mächtiger Gott (nach Jacob Grimm vornehmlich auf Wotan oder den Himmelsgott Ziu, altnordisch Tyr, den späteren Kriegsgott, bezogen).
IRMINSUL	sächsische Darstellung vermutlich des Weltbaumes Yggdrasil, die auf dem Kreuzabnahmerelief der Externsteine überliefert ist. Eine Irminsul wurde von Karl d. Gr. während eines Feldzuges zerstört.
KEBSE	Nebenfrau, Mätresse.
KEMENATE	kleines Zimmer, eigentlich Kaminzimmer.
MAGEN	männliche Verwandte.
MUHME	Tante, ältere weibliche Verwandte.
NEIDING	Verräter.
RABEN	Ravenna.
SCHRAGEN	Holzböcke, auf welche im Mittelalter die Tischplatte gelegt wurde.
SEDELHOF	Herrensitz, Gutshof.
THURSEN	Riesen.
WERGELD	Buße für die Tötung eines Mannes (ahd. Wer).

Die Autoren

Baal Müller

geboren 1969 in Frankfurt am Main, studierte Germanistik und Philosophie in Heidelberg und Tübingen. 2004 promovierte er mit einer Arbeit über die Münchner Kosmische Runde zum Dr. phil. Er lebt als freier Schriftsteller in München und ist Inhaber des Telesma-Verlags. Zuletzt veröffentlichte er ‚Kosmik - Prozeßontologie und temporale Poetik bei Ludwig Klages und Alfred Schuler' sowie Schulers ‚Gesammelte Werke'. Für den Arun-Verlag übersetzte er von Kris Kershaw ‚Odin - der einäugige Gott und die indogermanischen Männerbünde'.

Linde Gerwin

geboren 1973 in Marburg an der Lahn, studierte Kommunikationsdesign an der Fachhochschule Trier, Abschluß 2001 als Diplom-Designerin. Seit 2002 als freiberufliche Designerin und Illustratorin tätig. Verschiedene Projekte in Print- und Screendesign, u. a. gestalterisches Konzept und Layout für "Divine 6", eine Musikzeitschrift im Alternativ-Bereich; Diplomarbeit "Sirius-TV - Der Sender mit dem hellsten Stern": Konzept und Design für einen virtuellen Spartensender. Seit 2003 zweites Studium der Kunst und Geschichte in Koblenz. Die Illustrationen zum Buch sind als Kunstdrucke auf folgender Internetseite zu bestellen: www.nibelungenkunst.de